ヴェルレーヌ
自己表現の変遷

『土星びとの歌』から『叡智』まで

大熊 薫

早美出版社

はじめに

　ヴェルレーヌ (Paul VERLAINE、 1844 —1896 年) は、1866 年『土星びとの歌』(*Poèmes saturniens*) によって、文壇にデビューした。その後、『艶なる宴』(*Fêtes galantes*、1869 年刊行)、『よき歌』(*la Bonne Chanson*、1870 年刊行)、『言葉なき恋歌』(*Romances sans paroles*、1874 年刊行)、『叡智』(*Sagesse*、1880 年刊行) と次々に作品を発表する。

　これらの作品には、創作された年代や、その社会的背景が異なるため、それぞれ何らかの特徴が見いだされるはずである。それゆえ、これら個別の独立した作品の分析をとおして、それらを最終的に統合し、ヴェルレーヌの作品全体像を浮き彫りにすることで、彼の作品が、誤解なく読者に理解されるようになるのではないかとわれわれは考える。

　しかしながら、このような試みはヴェルレーヌ研究において、あまり例をみないものである。とりわけ、『叡智』において、カトリック教義をもとにした、ヴェルレーヌの信仰にかんする具体的な検証は、日本においても、フランスにおいても、いまだかつておこなわれなかった。他者の信仰を問題にすることは非常に困難であり、ましてそれに批判など加えられるべきではないという配慮からであろうか。

　だが、われわれはこの宗教という領域に、敢えて立ち入り、彼が自分の信仰をいかなる表現を用いて告白しているか、具体的に検証してみようと思う。これは身のすくむ思いであるが、これによって、宗教詩としての『叡智』のもつ価値が再認識されるのであれば、いつまでもその入り口に立ち続けるわけにはいかない。

　ただし、彼の信仰を取り扱うときには、できるだけ恣意的な分析にならないよう心がけるつもりである。そのため、聖書に関しては、フランス語版は、カトリックで信頼の厚いエルサレム聖書研究所の聖書 (*La Bible de Jérusalem*、1978 年) を、日本語訳は、註が比較的詳しいドン・ボスコ社の『旧約新約聖書』(1978 年) を使用する。また、

聖書における語句の使用が問題となるときは、当時ユーゴー (Victor HUGO) やランボー (Arthur RIMBAUD) の聖書でもあったと言われる、サシー (Lemaître de Sacy) の聖書 (*La Bible*, traduction de Lemaître de Sacy, préface et textes d'introduction établis par Philippe SELLIER, Éditions Robert LAFFONT, S. A., Paris, 1990) も参考にする。

　ところで、ヴェルレーヌは自己の感情や思想を、詩という形態をとって表現した以上、彼の詩法も当然分析の対象となる。われわれはその分析の過程において、「読者」あるいは「聞く者」と、用語を区別して使用する場合がある。そこでは「読者」とは、目で詩句を追い、理性で詩篇の内容を理解しようとする者であり、「聞く者」とは、聴覚によって詩篇を鑑賞しようとする者を指す。詩篇の理解にはその両者は必要不可欠であることは言うまでもないが、音と意味とを区別して論を展開するときには、敢えてこの両者を使い分ける。

　脚韻については、豊かな脚韻 (rimes riches) とは、子音＋母音の押韻をするもので、これを本書では目立つ脚韻と呼ぶこともある。十分な脚韻 (rimes suffisantes) とは、母音だけの押韻をするもので、これを本書では目立たない脚韻、あるいは弱い脚韻と呼ぶ。

　本書におけるヴェルレーヌの詩篇の引用は、特に断らない限り、すべてプレイヤッド版 (Verlaine; *Œuvres poétiques complètes*, texte établi et annoté par Y.-G. Le DANTEC, édition révisée complétée et présentée par Jacques BOREL, Bibliothèque de la Pléiade, Éditions Gallimard, 1962) による。

目　次

はじめに i

序　論 1

第 一 章
『土星びとの歌』(*Poèmes saturniens*) の数篇における ヴェルレーヌの詩法

第一節：作品の概要 4
　1）作品の構成 4
　2）高踏派と『土星びとの歌』 5
第二節：詩法の考察 11
　1）同一語句や同一概念の「繰り返し」 13
　2）同一音の「繰り返し」 23
　3）「繰り返し」と「句またぎ」による融合 26
　4）ヴェルレーヌの音楽 31

第 二 章
『艶なる宴』(*Fêtes galantes*) に描かれたヴェルレーヌの世界

第一節：高踏派の影響と独自性の問題点 42
　1）独自性についての若干の指摘 42
　2）作品の源泉 43
第二節：個々の作品の創作年代とその内容 48
　1）個々の作品の創作年代 48
　2）作品の内容 49
　3）作品の全体構成 72
第三節：対照法 (antithèse) の観点から見るヴェルレーヌの文体 76
　1）語句あるいは概念の対照法 76
　2）脚韻による対照法 80

第三章

『よき歌』(la Bonne Chanson) における 愛の告白

第一節：全く新しい詩集として指摘される『よき歌』............. 88
  1）作品の成立まで 89
  2）誰のための、また、何のための出版か 91
  3）愛の告白「君と僕」そして「僕たち」...................... 96
  4）作品構成と語彙の変化 110
第二節：「恋愛詩」というジャンルからの考察 115
  1）「恋愛詩」としての型にはまった愛の告白表現 116
  2）ヴェルレーヌ独自の愛の告白表現 124

第四章

『言葉なき恋歌』(Romances sans paroles) における ヴェルレーヌの音楽

第一節：『言葉なき恋歌』誕生までの背景と詩集の概要 134
  1）ヴェルレーヌの私生活 134
  2）各詩篇の創作年代と創作された場所 137
  3）作品出版の意図 144
  4）タイトルとその内容 151
第二節：「詩法」(Art poétique) の考察；詩と音楽 154
  1）脚韻についての考察 160
  2）奇数脚についての考察 168
第三節：『言葉なき恋歌』における「詩法」(Art poétique) の具体的考察 171
  1）第一部「忘れられた小唄」.................................... 171
    ① 意味のレヴェルにおける曖昧さ 172
    ② 音のレヴェルにおける曖昧さ 174
  2）第二部「ベルギー風景」.. 184
  3）第三部「水彩画」.. 193

第 五 章
『叡智』(*Sagesse*) の数篇にみられる信仰告白

第一節：作品の概要 202
    1）作品の成立まで 202
    2）作品の構成 202
    3）作品の評価 207

第二節：社会的時代背景 210
    1）政治とカトリック 210
    2）聖体にかんする教義の変遷：トレント公会議から
       第2バチカン公会議まで 211
    3）個人の信仰を取り扱うときの問題点 219

第三節：ヴェルレーヌの信仰 221
    1）聖書によって定義される神 221
    2）ヴェルレーヌの回心 225
    3）詩篇「IV」における信仰告白 229
    4）詩法にかんする考察 262
    5）詩篇「II」にみる信仰の変遷 264

結　論 284

註 286
おわりに 315
文献目録 316
人名索引 i
用語索引 iii

凡例

1) 本書で引用した文献の表題は、単行本、定期刊行物、および詩集の作品名は『　』で、個々の詩篇のタイトルは「　」で示した。また、これらは欧文の場合、全てイタリック体で表した。
2) 日本で出版された『カトリック教理問答』において、引用のさいに旧仮名づかいで書かれていたものは現代仮名づかいに改めた。同時に難読と思われる漢字は現行の活字体に改めた。
3) 「イエス」は引用中「イエズス」表記の場合、そのままにした。
4) 本文で引用される文献で、特に引用頻度が高いものは、次のように略号を用いた。

O.P.C. :　Verlaine; *Œuvres poétiques complètes*, texte établi et annoté par Y.-G. Le DANTEC, édition révisée complétée et présentée par Jacques BOREL, Bibliothèque de la Pléiade, Éditions Gallimard, 1962

O.en P.C. : Verlaine; *Œuvres en prose complètes*, texte établi, présenté et annoté par Jacques BOREL, Bibliothèque de la Pléiade, Éditions Gallimard, 1972

O.P. :　*Œuvres poétiques de VERLAINE*, textes établis avec chronologie, introductions, notes, choix de variantes et bibliographie, par Jacques ROBICHEZ, Éditions Garnier Frères, 1969

Cor. :　*Correspondance de Paul VERLAINE*, publiée sur les manuscrits originaux avec une préface et des notes par Ad. Van BEVER , tome 1, 2, 3, Réimpression de l'édition de Paris, 1922-1929, Slatkine Reprints, Genève-Paris, 1983

序論

ヴェルレーヌは新しい詩集を創作するとき、その影には必ず何らかの、あるいは、ある人物との出会いがあった。彼の初期作品『土星びとの歌』および『艶なる宴』は、高踏派と呼ばれる人びととの交わりの中から生まれた。『よき歌』誕生のときには、マチルド (Mathilde MAUTÉ) がその影におり、『言葉なき恋歌』のときにはランボーがいた。そして本書で最後に取り扱うことになる『叡智』は、神との出会によって誕生した。

　『叡智』以降、ヴェルレーヌには、特筆すべき新しい出会いはなかった。後に出版された『昔と近ごろ』（*Jadis et naguère*、1885年刊行）、『愛』（*Amour*、1888年刊行）、『平行して』（*Parallèlement*、1889年刊行）等に収められた大部分の作品も、彼が牢獄の中や出獄した後に創作したものである。それゆえ、われわれは、本書では『叡智』までをその分析の対象とする。

　このように、様々な環境や出会いを経て誕生したこれら5つの詩集の中には、それなりの影響が見られるはずである。それでは、その影響とはいかなるものなのか、そしてその影響のもとに、ヴェルレーヌが自分の詩集において表現しようとしたものは何か。

　この問題を解明するため、第一章では、彼の処女詩集『土星びとの歌』において、第二章では、『艶なる宴』において、それぞれ高踏派の影響を受けて創作されたこれらの詩集の中にも、ヴェルレーヌ独自の表現が見いだせないものかどうかを探る。第三章では『よき歌』を、その創作年代、および彼の実生活を考慮に入れて、自己表現がどのように表明されたかを検証し、第四章では、『言葉なき恋歌』と、彼が後に発表した「詩法」との関係を明らかにする。第五章では、カトリック教義を分析の中心に据えて、ヴェルレーヌの神にたいする信仰が、いかなる神に基づいているのかを提示する。

　このように、それぞれの作品に様々な考察を加え、最終的には、彼の自己表現の変遷の道すじを、詩法と作品内容との両面から浮き彫りにすること、それが本書の目的である。これによって、ヴェルレーヌの作品全体像が把握できると同時に、個々の作品のもつ価値を再発見することが可能となるであろう。われわれは、このような期待をもって、ヴェルレーヌの詩の世界に足を踏み入れることにする。

第一章

『土星びとの歌』(*Poèmes saturniens*)
の数篇におけるヴェルレーヌの詩法

第一節

作品の概要

1) 作品の構成

　ここでとり挙げる 3 篇「よく見る夢」(*Mon rêve familier*)、「沈む陽」(*Soleils couchants*) および「秋の歌」(*Chanson d'automne*) は、いずれも『土星びとの歌』に収められたものである。これはヴェルレーヌの最初の詩集であり、アルフォンス・ルメール書店 (Alphonse Lemerre) から 1866 年、ヴェルレーヌが 22 歳の時に自費出版された[1]。この詩集は 1860 年前後から 1866 年にかけて創作されたもので、「序詩」(*Avant-prologue*)、「プロローグ」(*Prologue*)、「メランコリア」(*Melancholia*) 8 篇、「エッチング」(*Eaux-fortes*) 5 篇、「悲しい風景」(*Paysages tristes*) 7 篇、「きまぐれ」(*Caprices*) 5 篇、その他、最後に 12 篇と「エピローグ」(*Épilogue*) 3 篇を含む、計 42 の詩篇からなる。ただ、ボルネック (Jacques-Henry BORNECQUE) が指摘するように、この詩集に収められたそれぞれの詩篇の創作年代を特定することは容易ではない[2]。また、制作された年代順に詩篇が並べられている訳でもない。さらに、何かひとつの筋立てのもとに、最初から最後まで構成されてもいない。そのため、これはさまざまな内容をもつ詩篇の寄せ集めであると言っても過言ではない。

　それゆえ、詩篇の配列について、ヴェルレーヌの意図を探ることは非常に困難である。ヴェルレーヌ自身、作品中における詩篇の配列について、彼の『告白』(*Confessions*、1895年) においても、『土星びとの歌批評』(*Critique des Poèmes saturniens*、1890年) においても、一言も言及していない。このことにかんしての研究が今日おこなわれていないのも、このような資料不足 (ヴェルレーヌが詩篇の創作年月日を残さなかったこと、詩篇の配列やその意図について語らなかったこと、等) に起因するものと思われる。

　確かにこの種の研究は、初期のヴェルレーヌ作品における彼の詩

法を知る上で、非常に有効であると思われるが、本章においては、上記に述べた理由から、個別の詩篇の年代的構成の検討には触れずに、最終的に完成した3篇の詩、「よく見る夢」、「沈む陽」および「秋の歌」を対象として論をすすめたい。

　この3篇が42篇の詩篇の中から、本章で検討の対象として選ばれた理由は、その他の詩篇と比較した場合、まず第一に、多くの人びとに最もよく知られている詩篇であること、次に、ヴェルレーヌが当時親しく交わっていた高踏派(Parnasse)の影響、すなわち、没個性的な作風を比較的容易に検証することができると同時に、これらがヴェルレーヌ自身による、ヴェルレーヌ自身の作品、すなわち、非没個性的作風の作品であるという印象を、強くこの3詩篇から受けるからである。そこでまず、高踏派と『土星びとの歌』について、すでに言いふるされたことではあるが、確認のため若干の考察をおこなう。

2) 高踏派と『土星びとの歌』

　当時、1860年前後から、『土星びとの歌』が出版される1866年頃にかけて、ヴェルレーヌと親交があった人びとにかんしては、ピエール・プチフィス(Pierre PETITFILS)によって詳しく知ることができる[3]。彼らの中から、例えば、ルコント・ド・リール(Leconte de LISLE)、フランソワ・コペ(François COPPÉE)、ジョゼ・マリア・ド・エレディア(José-Maria de HEREDIA)、テオドール・ド・バンヴィル(Théodore de BANVILLE)、らは『現代高踏派詩集』(*Le Parnasse contemporain*)にヴェルレーヌとともに投稿した。彼らは、形式美を尊重し、ロマン主義の反動として、没個性、無感動を目指した。カチュール・マンデス(Catulle MENDÈS)は『現代高踏派伝説』(*La Légende du Parnasse contemporain*)において「我々は無感動な者たち(*les Impassibles*)であった」[4]と証言している。(原文もイタリック。)

　ところで、彼らが精神的師と仰いだのが、テオフィル・ゴーチエ(Théophile GAUTIER)であった。彼らは、いわゆるゴーチエの

「芸術のための芸術」(l'art pour l'art) を標榜した。ゴーチエは『モーパン嬢』(*Mademoiselle de Maupin*, 1835年) の序文において、「芸術のための芸術」とは何かを次のように主張している。

　何の役にも立たないものだけが真に美しい。役に立つものはすべて醜い。・・・中略・・・一軒の家の中で最も役に立つ場所、それは便所だ。5)

　彼はまた、『螺鈿と七宝』(*Émaux et Camées*) の中の最後の詩篇「芸術」(*L'Art*) において 6)

　・・・・・・・・・・・
41　Tout passe. — L'art robuste
42　Seul a l'éternité,
43　　　Le buste
44　Survit à la cité.
　・・・・・・・・・・・
41　すべてが過ぎ去る。— 堅固な芸術
42　それだけが永遠性をもっている、
43　　　胸像は
44　町が滅びても残る。

　このように、「堅固な芸術」だけが永続し、たとえ「町が滅んでも」それは生き残る。これこそが真の芸術であると、「芸術至上主義」を歌いあげた。

　ところで、ピエール・プチフィスの指摘によれば、ヴェルレーヌはボードレール (Charles BAUDELAIRE) の詩に対して、次のような批評を残している。これは、1865 年 11 月 30 日、「シャルル・ボードレール II」(*Charles Baudelaire. II*) のタイトルのもとに、『芸術誌』

(*L'art*) に掲載されたものである。

　そうなのだ、芸術は道徳から切り離されたものである。ちょうど芸術が政治や哲学から切り離されているように。…中略…そうとも、詩 (la Poésie) の目的は美 (le Beau) であり、美だけ (le Beau seul) であり、有用 (Utile)、真実 (Vrai)、正義 (Justice) などの混ぜもののない純粋美だけ (le Beau Pur) である。[7]

　このように、当時のヴェルレーヌは「純粋美」をボードレールの詩篇に読みとろうとしている。

　『土星びとの歌』の中の大多数の作品が、1860年前後に創作されたとはいえ、『土星びとの歌』はこのような思想的背景のもとに出版された。それゆえ、この作品の中には当然、高踏派の芸術理論の影響が随所に見られる。さらに、先行する詩人たちの影響にかんする研究は、多くの批評家たちによって、すでに詳細におこなわれている。

　例えば、詩集のタイトルが最初は1865年に『詩とソネ (印刷中)』« *Poèmes et sonnets* (sous presse) » となっていたものが、後に『土星びとの歌』に変更されたことについて、「タイトルの影響はボードレールに由来する」とするジャン・ムーロ (Jean MOUROT) しかり[8]、エピローグは、当時高踏派の人びとから嘲笑されていたラマルチーヌ (Alphonse de LAMARTINE) とミュッセ (Alfred de MUSSET) を意識して書かれたとする、ジョルジュ・ゼイエ (Georges ZAYED)[9] などである。

　確かに、この作品を一読すると、客観的なもの、例えば、「フィリップⅡ世の死」(*La Mort de Philippe II*) や没個性的な詩篇、例えば「秋の歌」や「沈む陽」などが、随所に見られる。とりわけ、1866年作とされる「エピローグⅢ」においては、高踏派の詩人としての、意気込みが感じられる。

28 ....

29 Ce qu'il nous faut à nous, c'est l'étude sans trêve,
30 C'est l'effort inouï, le combat nonpareil,
31 C'est la nuit, l'âpre nuit du travail, d'où se lève
32 Lentement, lentement, l'Œuvre, ainsi qu'un soleil !

33 Libre à nos Inspirés, cœurs qu'une œillade enflamme,
34 D'abandonner leur être aux vents comme un bouleau ;
35 Pauvres gens ! l'Art n'est pas d'éparpiller son âme :
36 Est-elle en marbre, ou non, la Vénus de Milo ?

37 Nous donc, sculptons avec le ciseau des Pensées
38 Le bloc vierge du Beau, Paros immaculé,
39 ....

29 われわれに必要なもの、それは絶えざる研鑽、
30 未聞の努力、比較にならない戦い、
31 研究のつらい夜、そこから
32 ゆっくりと、ゆっくりと、太陽のように、『作品』がたち昇る。

33 『霊感を受けたもの』に身をまかせ、流し目に燃えさかる心して
34 白樺の木のごとく、その存在を風にゆだねるあわれな人びとよ、
35 『芸術』はその魂を散らすことではない：
36 ミロのヴィーナスは大理石か、否か？

37 だから、われわれは『思考』のたがねで彫るのだ
38 『美』の純潔な塊、パロスの傷なき大理石の塊を

高踏派が標榜する没個性への志向、ゴーチエが「43 胸像は / 44

町が滅びても残る。」と歌った純粋芸術の不滅性が、ここでは、「36 ミロのヴィーナスは大理石か、否か？ / 37 だから、われわれは『思考』のたがねで彫るのだ / 38 『美』の純潔な塊、パロスの傷なき大理石の塊を」(36 Est-elle en marbre, ou non, la Vénus de Milo? / 37 Nous donc, sculptons avec le ciseau des Pensées / 38 Le bloc vierge du Beau, Paros immaculé,) と表現されている。ヴェルレーヌが思想的に、いかに高踏派芸術に影響を受けていたか歴然である。彼は、このような芸術のために、「29 われわれに必要なもの、それは絶えざる研鑽、/ 30 未聞の努力、比較にならない戦い、/ 31 研究のつらい夜、…」(29 Ce qu'il nous faut à nous, c'est l'étude sans trêve, / 30 C'est l'effort inouï, le combat nonpareil, / 31 C'est la nuit, l'âpre nuit du travail, …) が必要だとし、自分の高踏派的な詩法にひたすら磨きをかけることを表明している。

　しかしながら、それでもやはり、『土星びとの歌』はヴェルレーヌによる作品なのだ。その後の詩集、『艶なる宴』、『よき歌』や、『言葉なき恋歌』などに共通して表れる、不安、動揺、悲しみ、魂の嘆きなどが、すでにこの『土星びとの歌』の中に芽を出していると言えないだろうか。このことにかんして、ジャン・ムーロは、タイトルと関連づけて次のような示唆に富んだ指摘をする。（ ）内は筆者の説明である。

　　人間の条件に内在化し、結びついている現代の憂鬱を、すなわち、ほとんど生理的な宿命ともいえる憂鬱を、ヴェルレーヌは「土星の」(saturnien) という語によって示している。そしてこれは、ロマン派の高貴で、これみよがしの、芝居がかった憂鬱とは対立するものである。…中略…それゆえ、「土星の」という言葉のもつ不安感や憂鬱状態は、理想を破壊し、理性の全き努力を無にする。これは人間存在を感覚的な精神異常と同時に、後悔にも結びつける宿命であり、悲しい風景や醜い光景、憂鬱な隣人、淫乱、死などを好む方向に導くものである。それゆえ、タイトルの変更

(最初は『詩とソネ (印刷中) 』となっていたものが、後に『土星びとの歌』と変更されたこと) は、高踏派の無感動が要求する方向と反対の方向に行くものである。形容詞「土星の」は、すでに悲しい思想の告白なのだ[10]。

このように、ジャン・ムーロも『土星びとの歌』の中に、高踏派とは趣を異にする面があることを、具体的には指摘しないが、ある程度われわれに示唆している。

それゆえ、本章では、詩法の観点から、高踏派ではないヴェルレーヌ固有の特徴を検証する。これは、いわば、ヴェルレーヌが高踏派の仲間と交わりながらも、『土星びとの歌』の中の数篇の詩篇によって表現した彼独自の詩法とは何かを探る試みである。

第二節

詩法の考察

Mon Rêve familier

		母音数	脚韻	脚韻音
1	Je fais souvent ce rêve étrange et pénétrant	12	男	a
2	D'une femme inconnue, et que j'aime, et qui m'aime	12	女	b
3	Et qui n'est, chaque fois, ni tout à fait la même	12	女	b
4	Ni tout à fait une autre, et m'aime et me comprend.	12	男	a
5	Car elle me comprend, et mon cœur, transparent	12	男	a
6	Pour elle seule, hélas! cesse d'être un problème	12	女	b
7	Pour elle seule, et les moiteurs de mon front blême,	12	女	b
8	Elle seule les sait rafraîchir, en pleurant.	12	男	a
9	Est-elle brune, blonde ou rousse? — Je l'ignore.	12	女	c
10	Son nom? Je me souviens qu'il est doux et sonore	12	女	c
11	Comme ceux des aimés que la Vie exila.	12	男	d
12	Son regard est pareil au regard des statues,	12	女	e
13	Et, pour sa voix, lointaine, et calme, et grave, elle a	12	男	d
14	L'inflexion des voix chères qui se sont tues.	12	女	e

「よく見る夢」
1 僕は不思議なそして身にしみるこの夢をよく見る
2 見知らぬひとりの女性の夢を、そして彼女を僕は愛し、そして彼女は僕を愛している、
3 そして彼女は夢を見るたびに、全く同じ女性ではなく
4 全く別の女性でもなく、そして僕を愛し、そして僕のことをわかってくれる。

5 彼女が僕のことをわかってくれるから、そして僕の心は、透きとおって
6 彼女のためにだけ、ああ、問題ではなくなる
7 彼女のためにだけ、そして僕のあおざめた額の汗を、
8 彼女だけがそれを拭き去ることができる、泣きながら。

9 彼女の髪は褐色、金髪、それとも赤毛？ ── 僕はそれを知らない。
10 彼女の名前は？　僕はそれがやさしくそして響きがあると覚え
   ている
11 『世間』が追放した恋人たちのそれのように。

12 彼女のまなざしは彫像のまなざしのようだ、
13 そして、彼女の声は、遠く、そして静かに、そしておごそかに、それは
14 いとしい声の響きをおびて沈黙した。

　　　筆者註) 原詩の「繰り返し」の効果を失わないよう、できるだけ原詩
　　　に忠実な訳を試みた。後に引用する詩篇も同様である。

　この詩の形式は14行詩からなる正韻ソネ(sonnet régulier) である。すなわち、4行詩からなるふたつの詩節 (strophe) と3行詩からなるふたつの詩節で構成されている。脚韻 (rime) については、それぞれ、最初のふたつの4行詩において、2種類の脚韻音a,b,が abba,abba,という抱擁韻 (rimes embrassées)、残りふたつの3行詩においては、3種類の脚韻音 c、d、e、が ccd、ede、となっている。この形式が正韻ソネの定義であり、このオーソドックスな12音綴 (alexandrin) による定形詩を用いて、ヴェルレーヌは自分の夢を歌う。
　この形のソネは19世紀ヴェルレーヌの時代には、おおいにもてはやされた。『土星びとの歌』の中の第一部全8篇からなる「メランコリア」(*Melancholia*) においても、全篇がソネ形式である[1]。
　さて、われわれはこの詩篇において、同一語句の「繰り返し」に注目しよう。ところで「繰り返し」(répétiton) には様々なパターンがある。このパターンは次のように、ふたつに大別できる。まず1) 同

一語句や同一概念の繰り返しとしての「列叙法」(accumulation)、「列挙法」(énumération)、「漸層法」(gradation) などである。次に、2)同一音の繰り返しとして「同子音反復」(allitération)、「同母音反復」(assonance) などである[12]。ここでは、ひとつひとつ、それぞれの繰り返しがどのパターンに相当するかという分析ではなく、同じ語句が少なくとも2度以上、近い間隔をおいて使用されるという、「繰り返し」の最も基本的な定義に従って分析をおこなう。その結果、さまざまな繰り返しによってどのような効果が詩に生じているか検討する。

1) 同一語句や同一概念の「繰り返し」
　まず、あまり間をあけず、連続して使用された語句とその数は以下のとおりである。
第1詩節：ni tout à fait 2回、qui 2回、aime 3回、et 6回。
以下のようにこれらだけを抜き出すと、より明確になるであろう。

1 .... et ....
2 ...., et ..... j'aime, et qui m'aime
3 Et qui .... ni tout à fait ....
4 Ni tout à fait .... et m'aime et ....

第1詩節の最終詩行から、第2詩節の最初の詩行にかけて：
me comprend　2回。

4 .... me comprend.

5 ...... me comprend, ...

第2詩節：pour 2回、elle seule 3回、さらに elle だけで4回。

```
 5  ....... elle ............................
 6  Pour elle seule, ...........................
 7  Pour elle seule, ..........................,
 8  Elle seule ...................................
```

第 3 詩節：je 2 回。

```
 9  ........................... – Je .........
10  .......... ? Je ...........................
11  ..............................................
```

最終詩節：regard 2 回、voix 2 回、 et 3 回。

```
12  ........ regard ............ regard ...........,
13  Et, ........ voix, ..........., et ........, et ........., ........
14  ........ voix ........................ .
```

　このような繰り返しが、どのような意味をもつのであろうか。「そして」(et) の繰り返しは、第 1 詩行の「しばしば」(souvent) とあいまって、詩人が、いつまでも、あるいは何度でも、同じ夢を見続けたいという願望を、読者に強く感じさせるのに有効である。ロジェ・ルフェーヴル (Roger LEFÈVRE) もこの「そして」の繰り返しについて、「ヴェルレーヌはこの夢の引き延ばしを望んでいる。」[13] と指摘する。
　また、この「そして」は実に子供っぽい表現の仕方でもある[14]。幼い子供が言う、「そして、… そして … そして … 」そのものである。さらに第 3、4 詩行の詩句「全く」(tout à fait) について、ルイ・アゲッタン (Louis AGUETTANT) は次のように指摘している。

　　非常にくだけた表現である「全く」の 2 度の繰り返しは、ここ

第二節　詩法の考察

で抜きんでており、これらの詩行が与える反高踏派的印象を補完するものである[15]。

アゲッタンもこれらの詩行に、高踏派とは異なるヴェルレーヌの詩法を読みとろうとしている。

次に、第 1 詩節において 3 度も繰り返される「愛する」(aime) であるが、このように何度も同じ語句を繰り返すことで、自分の彼女にたいする愛、あるいは彼女の自分にたいする愛を確信しようする。これによって、詩人は自分と彼女との間の愛の確認をおこなっているのだ。

第 1 詩節は「4 ‥‥ 僕をわかってくれる」(4 ‥‥ me comprend) で終わり、次に第 2 詩節で新たな展開が始まるかと思えば、そうではない。第 2 詩節で再び、「5 ‥‥ 僕をわかってくれる」(5 ‥‥ me comprend ‥‥) から、4 行詩が始まる。その意味で、「僕をわかってくれる」の繰り返しは、彼女がどれほど詩人のことを理解しているかを強調すると同時に、このふたつの詩節を切れ目なく、綿々と続けさせる効果をもつ。これを巧みに紐のように結びつけているのが、第 1 詩節に多用された「そして」の効果である。

第 2 詩節では「彼女だけ」(elle seule) が 4 詩行のうち 3 詩行にわたって繰り返される。この繰り返しは、言うまでもなく、詩人が見た夢の女性がいかにたったひとりであったか、そしてその女性を詩人がどれほど愛しているか、そのような思いを強調するのに非常に有効な手段である。

「そして ‥‥ そして ‥‥」「彼女だけのため ‥‥ 彼女だけのため ‥‥ 彼女だけが」と思いつくままに、何度も言葉を後から積み重ねて、読者に詩人の夢の話しがいつ終わるのか予想させない。この詩節の最後で「8 彼女だけがそれを拭き去ることができる、‥‥」(8 Elle seule les sait rafraîchir, ‥‥) と言い、次のコンマのため少し沈黙がある。そして、やおらぽつんと「8 ‥‥ 泣きながら」(8 ‥‥, en pleurant.) と付け加える。

ここまで、詩人はまるで今でも夢を見続けているかのように、自分の夢を語る。しかし、次の 3 行詩からこの調子は一変する。夢うつつから目覚め始めるのだ。それは一連の疑問文によって明らかである。今まで見ていた夢の女性を必死で思いだそうとするかのようだ。髪の色も、名前もわからない。
　ところで、第 11 詩行において「11『世間』が追放した恋人たちのそれ(名前)‥」(11 ‥ ceux des aimés que la Vie exila.) とは何を意味するのか。ピエール・プチフィスの「エリザの存在に満ちあふれた『よく見る夢』」[16] という指摘に従うならば、それは 9 歳年上の従姉エリザ (Eliza MONCOMBLE) にたいする詩人のかなわぬ恋心、すなわち自分とエリザの名前、あるいは同じような境遇をした恋人たちの名前とも解釈できる。プチフィスは、1863 年夏、レクリューズ (Lécluse) の休暇におけるエリザとヴェルレーヌの関係を次のように紹介する。

　　レクリューズでの数週間、彼の心は従姉エリザ・デュジャルダン (Elisa DUJARDIN) にたいして燃え上がった。しかし、彼女は思いやりをもって、しかも毅然としてその火を消すことができた[17]。

　　筆者註) エリザ・デュジャルダンは彼女の結婚後の名前。

　確かに、ヴェルレーヌは人妻となった従姉エリザに恋心を抱いていた。また、『土星びとの歌』出版に必要な資金は彼女がヴェルレーヌに提供したものである。このような彼の伝記を考慮に入れれば、プチフィスの解釈、すなわち、「よく見る夢」はエリザの想いに満ちあふれているとの解釈は正しいように想われる。
　ところで、われわれは、別の解釈をすることもできる。それはヴェルレーヌの『告白』に基づくものである。( ) 内は筆者による。

　　ところで、私はしばしば、ほとんど毎日、彼女 (ヴェルレーヌ

の母親) の夢を見る。そこでは、私たちは口論をしている、私は自分が悪いと思う。私はそれを彼女に告げ、仲直りを乞い願い、彼女をひどく悲しませたことの苦しみと、今後は自分の愛情は全て彼女のものであり、彼女のためのものだという気持ちでいっぱいになって、彼女の足下に跪こうとする…しかし彼女は消えてしまった！そして私の夢の続きは、いつまでも彼女を捜し求めて増していく不安の中に迷い込む。目が覚めると母は私から離れてはいなかった。何という喜びだろうか、これはみな本当のことではないのだから。しかし恐ろしいことに、いつも記憶が私に蘇ってくる。つまり、母は死んでいたのだという記憶が。これは事実なのだ[18]。

　ヴェルレーヌが、このような母の夢を見た後に、いつも蘇ってくる恐ろしい記憶とは、彼の母がすでに「死んでいた」ということである。すなわち、上記で告白した母の夢は、彼の母が死んでしまった (1886年) 後の話しであり、これをもとに、「よく見る夢」に登場する女性は母親であると解釈することは、時代錯誤であり、とうてい不可能である。しかしこの『告白』の内容は「よく見る夢」の内容と奇妙に重なる。ヴェルレーヌは若いころから、実際にこのような夢を見ていたのではないか、その夢に登場する女性は母親であったかもしれないし、従姉エリザだったかもしれないという仮説は立てられなくもない。いずれにせよ、ヴェルレーヌが実生活で体験した夢の話しが、「よく見る夢」という詩の形をとって、ヴェルレーヌによって表現されたとも解釈できるのである。

　もしそうであれば、すなわち、プチフィスの解釈が、あるいはわれわれの解釈が受け入れられるとすれば、この詩篇は高踏派の特徴のひとつである没個性という側面からは逸脱する。ボルネックはこの箇所には特に言及しないが、この詩篇全体をとおして、エリザにたいする「あつい理解を想起させる」[19]とし、ヴェルレーヌの私生活に基づく読みをおこなう。

これとは異なる解釈もある。ジャック・ロビッシェ(Jacques ROBICHEZ)は「プロローグ」の第78詩行で、動詞「追放する」(exiler)がすでに使用されたことを指摘する[20]。参考までにこの箇所を引用する。下線は筆者による。

74　・・・・・・・・・・・・・・・・・・・・・・
75　Tous beaux, tous purs, avec des rayons dans les yeux,
76　Et sous leur front le rêve inachevé des Dieux!
77　Le monde, que troublait leur parole profonde,
78　Les <u>exile</u>. À leur tour ils <u>exilent</u> le monde!
79　・・・・・・・・・・・・・・・・・・・・・・

75　あらゆる美、あらゆる純粋なもの、瞳の中の光とともに、
76　そしてそれらの額の下に神々の未完の夢が!
77　それらの深い言葉が曇らしていた世間は、
78　それらを<u>追放する</u>。今度はそれらが世間を<u>追放する</u>番だ!

　ここで、世間から追放されていた「美」や「純粋なもの」が、今度は世間を追放するとヴェルレーヌは表現する。ジャック・ロビッシェは、この箇所を指摘するに止まり、何のコメントもしない。しかし、このプロローグが1866年に創作され、「よく見る夢」も同年に発表されていることを考慮に入れれば、ヴェルレーヌが言う「世間が追放した恋人たちの名前」は、「美」や「純粋なもの」と同じ意味であると解釈することも可能である。この解釈は、この詩句が高踏派による影響を受けているとの前提に立つ。すなわち、没個性的な、あるいは純粋美を追求する詩篇であり、ヴェルレーヌの私生活を想起させるものではないという読みの提示である。
　それでは、どちらがこの詩句をより正確に解釈していると言えるだろうか。ヴェルレーヌの私生活を考慮に入れないジャック・ロビッシェの読みは誤りであろうか。われわれはそのいづれも、しかも

同時に、正しい読みであると解釈できないだろうか。すなわち、ヴェルレーヌは高踏派の没個性、純粋美の追求をこの詩篇において実現すると同時に、自分の実生活からの体験、たとえば「追放する」という動詞を使用することで、夢から生じる「不安」、「恐怖」など、彼独特の感情をもまた、密かに、この詩篇の中に忍び込ませているのだ。

　さて、最終詩節の 12 詩行においては、「まなざし」(regard) が 2 度繰り返される。「彫像のそれ」と表現せず、「彫像のまなざし」(regard des statues) と畳みかけるように「まなざし」を連続して用いることで、夢の女性の彫像の無生物的な「まなざし」が強調される。彫像は表情をもたない。笑いも、泣きもしない。無感動そのものであり、先に引用したゴーチエの「胸像」や、「エピローグⅢ」における「大理石」と同じ範疇に入れることができる。この語によって、高踏派芸術の目指した客観性、無感動、虚心的なものといったテーマが再び強調されることになる。

　ヴェルレーヌは、同じ語句をまるで呪文のように繰り返し、畳みかけるように使用することで、われわれをいつの間にか自分の夢の中に誘い込む。詩人と同じ夢を見ているかのごとき錯覚さえ、読者に与える。これがヴェルレーヌの繰り返しの効果である。その結果、読者は、この詩篇における彼女が誰かを特定するよりも、ヴェルレーヌ自身がこの詩篇の中で表現していることを、そのまま受け入れようという気持ちにさせられる。ひとりの同じ女性でもなく、全く別の女性でもなく、髪の色もわからず、名前も定かではない、そのような女性として。

　しかし、これこそがヴェルレーヌの技法である。前述したとおり、この詩篇は高踏派の詩として解釈することは可能であるが、同時に、この詩篇の中に、彼の実生活に基づいた、彼独特の私的感情が、すなわち「不安」や「恐怖」の感情が密かに表現されていることにも、気づかなければならない。

　次に、この詩篇全体をとおして、2 度以上使用された語句の使用

頻度を検証すると、以下のとおりである。
　僕に関係する語として：mon 2 回、je 4 回、me 4 回
　彼女に関係する語として：son 2 回、elle 6 回
　動詞：comprend 2 回、aime 3 回、est 4 回
　名詞：voix 2 回
　関係代名詞：que または qu' 3 回、qui 2 回
　接続詞：et 12 回
　前置詞：de または d' 3 回、des 3 回
　このように、14 行詩で使用される限られた語彙の中で、同じ語が何度も使用されると、語彙の種類はかなり制限されることになる。そのため、反対に、たった 1 度しか使用されなかった語のほうが、かえって貴重な、何らかの重要性をもつのではないだろうか。そこで、この意味を探るため、この詩篇の冒頭から順を追って、わずか 1 度だけ使用された語を抜き出してみる。

1　..... fais souvent ce rêve étrange ...... pénétrant
2　..... une femme inconnue, ...
3　....., chaque fois, ... la même
4　..... une autre, ...

5　Car ...., ... cœur, transparent
6　............, hélas! cesse .... un problème
7　............, ... les moiteurs .... front blême,
8　........... les sait rafraîchir, en pleurant.

9　...... brune, blonde ou rousse? — ..... l'ignore.
10　...... nom? .... souviens .... 'il .... doux .... sonore
11　Comme ceux .... aimés .... la Vie exila.

12　........ pareil au .... statues,

13 ......, ..., lointaine, ... calme, ... grave, ... a
14 L'inflexion .... chères ...... se sont tues.

　順に語句を追っていくと「1 しばしば奇妙な、身にしみるこの夢」、「2 ひとりの知らない女性」、「3 見るたびに、同じ」、「4 別」、「5 なぜなら、透きとおる心」、「6 ああ、やめる、問題」、「7 汗、あおざめた額」、「8 拭き取ることができる、泣きながら」、「9 褐色、金髪、赤毛、それを知らない」、「10 名前、覚えている、やさしく、響きのある」、「11 恋人たちのそれのように、世間が追放した」、「12 似ている、彫像」、「13 遠く、静かに、おごそかに」、「14 響き、いとしい、沈黙した」となる。
　これによって、もうひとつの世界、詩人が繰り返す言葉によって強調され、表面に強く表れた「彼女だけ」に対する愛の世界とは異なった世界、それが見えてこないだろうか。寂しさ、悲しさ、不安、冷たさに満ちた世界が。その結果、強調されたものにだけ、読者は心を奪われてはならないことに気づかされる。同一語句の「繰り返し」によって、ひとつのテーマを強調しつつ、その裏には、もうひとつのテーマが隠されていたのだ。ここにヴェルレーヌのしたたかな詩法を読みとることができる。
　勿論、このような読みの方法が、「繰り返し」を多用したヴェルレーヌの詩篇すべてに適応される訳ではない。これは、これまでいかなる研究者もおこなわなかった全く新しい解釈法の試みである。モザイク的な詩の読み方ではあるが、「よく見る夢」においては、ヴェルレーヌの隠された秘密を知るための、有効な方法であったと思われる。
　ところで同一語句の繰り返しは、ヴェルレーヌだけに見られる彼独特の詩法ではない。例えばボードレールの『悪の華』(*Les Fleurs du mal* 1857 年) における「高翔」(*Élévation*) [21] と題された詩篇の第 1 詩節を見てみよう。下線は筆者による。

1　<u>Au-dessus</u> des étangs, <u>au-dessus</u> des vallées,
2　Des montagnes, des bois, des nuages, des mers,
3　<u>Par-delà</u> le soleil, <u>par-delà</u> les éthers,
4　<u>Par-delà</u> les confins des sphères étoilées,

1　沼の<u>上</u>、谷の<u>上</u>
2　山の、森の、雲の、海の<u>上</u>
3　太陽の<u>むこうに</u>、エーテルの<u>むこうに</u>
4　星きらめく天球の果ての<u>むこうに</u>

　「上」(au-dessus) や「むこうに」(par-delà) の繰り返しは、「高翔」のテーマを際だたせるのに有効なものである。
　また、ヴィクトル・ユーゴーの『オードとバラード集』(*Odes et Ballades*) の中にも同一語句の繰り返しは容易に発見できる。その中で、「第1オード、革命の中の詩人」(*Ode première, Le poète dans les révolutions*、1821年) と題された詩篇を部分的に引用する[22]。下線は筆者による。

7　..........
8　Gardons, coupables et victimes,
9　<u>Nos</u> remords pour <u>nos propres</u> crimes,
10　<u>Nos</u> pleurs pour <u>nos propres</u> douleurs! »

8　罪ある者そして犠牲者たち、保ち続けようではないか、
9　<u>われわれ自身の</u>犯罪にたいする<u>われわれの</u>後悔の念を、
10　<u>われわれ自身の</u>苦しみにたいして流される<u>われわれの</u>涙を！》

　「われわれの」(nos) あるいは「われわれ自身の」(nos propres) の繰り返しは「苦しみ」や「罪」、「涙」や「後悔」が他人のものではなく、われわれのものであるということを強調する。

このように、ボードレールの詩篇における「繰り返し」にせよ、ユーゴーの詩篇におけるそれにせよ、両者ともに、その「繰り返し」によって主張したいテーマが直裁的に強調される。しかしながら、ヴェルレーヌによる「繰り返し」は、一方であるテーマを強調しつつ、一方で隠されたテーマを暗示する。このふたつを同時に提示するのではなく、このふたつの世界の統合が「繰り返し」という技法によって完成する。これがヴェルレーヌ独自の「繰り返し」の詩法なのだ。

2) 同一音の「繰り返し」

　われわれは、音にかんする「繰り返し」において、「同子音反復」、「同母音反復」などのパターンのどれに相当するかという細かい分析はおこなわず、同音あるいは類似音が短い間隔で何度も繰り返されていると思える箇所を検索し、そこから、音によってどのような効果がもたらされているかを検討する。下線は筆者による。

第1詩節：

1　Je fais souvent ce rêve étrange et pénétrant
　　　　ε　s　ɑ̃　s　ε　　e ɑ̃　　e　e　ɑ̃

2　D'une femme inconnue, et que j'aime, et qui m'aime
　　　　　　am　ɑ̃　　　　e　　　e　　　　e

3　Et qui n'est, chaque fois, ni tout à fait la même
　　e　　　e　　　　　　　　　ε　　　ε

4　Ni tout à fait une autre, et m'aime et me comprend.
　　　　　　ε　　　　　　e　ε　e　　　　ɑ̃

第2詩節

5　Car elle me comprend, et mon cœur, transparent
　　　ε　　　　ɔ̃　ɑ̃　e　ɔ̃　　　　ɑ̃　　ɑ̃

6 Pour elle seule, hélas! cesse d'être un problème
         ɛ   e   ɛ   ɛ   ɛ
7 Pour elle seule, et les moiteurs de mon front blême,
         ɛ   e e   ɛ
8 Elle seule les sait rafraîchir, en pleurant.
     ɛ   e   ɛ   ɛ   ã   ã

第 3 詩節
9 Est-elle brune, blonde ou rousse? — Je l'ignore.
     ɛ ɛ   b   b
10 Son nom? Je me souviens qu'il est doux et sonore
     sɔ̃ ɔ̃   k   ɛ   e   sɔ ɔ
11 Comme ceux des aimés que la Vie exila.
       k   e ɛ   e k   a   ɛ   a

第 4 詩節
12 Son regard est pareil au regard des statues,
           a   ɛ a ɛ   a   e   a
13 Et, pour sa voix, lointaine, et calme, et grave, elle a
     e   a   ɛ   e   a   e   a   ɛ   a
14 L'inflexion des voix chères qui se sont tues.
          ɛ   e   ɛ

音そのものは意味をもたない。音は音楽の一要素として耳に入るとき、耳ざわりが良いとか、悪いなどの一種の感覚を、聞く者に喚起する。それゆえ、同じ音あるいは類似した音が、短い間隔で何度も繰り返されると、単調な印象を与える結果となる。第 1、第 2 詩節において、[e] または [ɛ] が極端に多用されていることは一目瞭然である。とりわけ第 1 詩節の第 1 詩行では母音 12 個のうち 6 個が [e] または [ɛ] である。このような同じ音の「繰り返し」によって、

このふたつの詩節は単調な音色をおびる。これによって、音そのものに意味はなくとも、詩篇の内容である夢うつつの状態を表現する役割は十分に果たされている。

ところが、第3詩節においては、[e] または [ɛ] 以外に、様々な変化に富んだ音が聞こえる。例えば、第9詩行では [b]、第10詩行では [s] [ɔ]、第11詩行では [a] [k] など。聞く者は、これによって、夢から目覚めさせられるような感覚を覚える。ところで、第3詩節は疑問形から始まる。この形式は、一種、夢から覚めつつある状態を聞く者に予測させる。このような意味内容を表現するのに、音の変化が十分協力している。

第4詩節の第12詩行では12個の母音の中で、[a] 4回、[e] または [ɛ] 3回のバランスのとれた音感であるが、第13詩行で、再び [e] [ɛ] が5回も使用される。

さらに、ここでは「句またぎ」(enjambement) にも注目しなければならない。すなわち、この第13詩行はここ1詩行で意味を完結せずに、次の詩行にまたがっている。具体的には、最後の elle a が次の第14詩行の始めの L'inflexion des voix chères qui se sont tues. までつながる。そのため、第13詩行と第14詩行は形式上、ふたつの詩行に分かれているとはいえ、意味的には1詩行である。そのことを考慮に入れて、同一音の繰り返しに注目すると、第13詩行は elle a の前までに [e] および [ɛ] が4回、さらに、意味的につながる第14詩行の qui se sont tues. の前まで [e] または [ɛ] が4回と、この2詩行だけで、再び [e] あるいは [ɛ] の同一音が8回も繰り返される。「句またぎ」は、このように詩行の連続性を表現するのに非常に効果的な技法のひとつであるが、ここで、同一音の繰り返しという音の効果からも、この連続性を補完している。

聞く者は再び単調な、あるいは単調であるがために心地よい眠りに誘われそうになるが、突然、最後の言葉、qui se sont tues. という短いリズムの、しかも4種類の異なった音によって、はっと揺り起こされる。このように、同一音の「繰り返し」および全く異なる音の

組み合わせという二重の効果が、夢うつつの世界と覚醒した世界という、ふたつの世界を聞く者に暗示する。それは夢の世界の中なのか、悲しみの現実世界の中なのか、その両者の中なのか。このような曖昧さが、「繰り返し」によって生じている。

　次に引用する「沈む陽」では、同一語句の「繰り返し」と「句またぎ」の組み合わせによって、ヴェルレーヌの世界が暗示される。

3)「繰り返し」と「句またぎ」による融合

Soleils couchants

		母音数	脚韻	脚韻音
1	Une aube affaiblie	5	女	a
2	Verse par les champs	5	男	b
3	La mélancolie	5	女	a
4	Des soleils couchants.	5	男	b
5	La mélancolie	5	女	a
6	Berce de doux chants	5	男	b
7	Mon cœur qui s'oublie	5	女	a
8	Aux soleils couchants.	5	男	b
9	Et d'étranges rêves,	5	女	c
10	Comme des soleils	5	男	d
11	Couchants sur les grèves,	5	女	c
12	Fantômes vermeils,	5	男	d
13	Défilent sans trêves,	5	女	c
14	Défilent, pareils	5	男	d
15	À des grands soleils	5	男	d
16	Couchants sur les grèves.	5	女	c

　　　「沈む陽」
1　　　弱まった曙が

第二節　詩法の考察

2	野に注ぐ
3―4	沈む陽の憂愁を。
5	その憂愁は
6	やさしい歌でやさしく揺する
7―8	沈む陽に我を忘れる我が心を。
9	そして不思議な夢、
10―11	砂浜に沈む陽のように、
12	真紅の亡霊が、
13	続いて行く絶え間なく、
14―15―16	続いて行く、まるで砂浜に沈む大きな陽のように。

筆者註）原詩における「句またぎ」のため、各詩行ごとの日本語訳ができなかった。そのため 3―4、7―8、などのようにして「句またぎ」を示すことができるよう日本語訳を試みた。次に引用する「秋の歌」も同様である。

　5 音綴による 16 行詩である。16 行詩にかんしては、ここでは a、b、c、d、の 4 種類の脚韻から成っており、a b a b a b a b / c d c d c d d c という、結局は 8 行詩ふたつ (それぞれ 2 種類の脚韻 a b および c d) が組み合わされた 16 行詩であると言えよう。脚韻を問題にした場合は、このように分割することが可能だ。しかし機械的にこれを 2 分割できるものだろうか。そうではなく、ひとつのまとまった個体としての 16 行詩であると解釈することも可能だ。

　音綴にかんしては、5 音綴りであることから、リズムは軽快で早いテンポの詩となる。鈴木信太郎が指摘するように、これは「音楽が附けられるにも適している」[23]と言える。ヴェルレーヌ自身も後に「詩法」(Art poétique, 1874 年) において、詩における音楽性の重視と、そのためには奇数脚を選ぶようにと主張する[24]。

　それではまず、同一語句の「繰り返し」を内容の面から検討しよう。この詩篇をふたつの 8 行詩に分割した場合、前半部分の第 4 詩行および第 8 詩行に、タイトルの「沈む陽」(soleils couchants) が登場する。後半部分の第 10 詩行から第 11 詩行にかけてと第 15 詩行から第 16 詩行にかけて再度、「沈む陽」が使用される。このように前

半部分と後半部分の両方に2度ずつ「沈む陽」が使用されることに加えて、後半部分の最初の詩行、すなわち第9詩行の「そして」(Et) という接続詞の働きのため、このふたつの詩節はひとつの詩節として結ばれる。それゆえ、これは8行詩ふたつからなる16行詩というよりも、むしろひとつの16行詩そのものである。

ここで注目したいのは、先に引用した「よく見る夢」における第1詩行の「不思議な夢」(rêve étrange) とこの詩篇の第9詩行の「不思議な夢」(étranges rêves) におけるフランス語の語順の相違である。「不思議な」(étrange) の本来置かれるべき位置および、位置の変化による微妙な意味の相違にかんしては、リトレ (*Littré*) [25]、ロゴス (*Logos*) [26]、レクシス (*Lexis*) [27] その他の辞書類において、étrangeを名詞の前に置く例と名詞の後に置く例が可能であり、そこから生じる微妙な意味の違いは特にないことが確認された。

それゆえ、ヴェルレーヌが étrange の位置を変えることで、「よく見る夢」における「夢」(rêve) の意味と、「沈む陽」における「夢」(rêve) の意味とに、何か特別な相違を持たせたかったというよりも、単なる脚韻の問題であろう。すなわち、(11 … grèves, / 13 … trèves, / 16 … grèves.) と、非常に豊かな脚韻が耳に残るような効果を、ヴェルレーヌは意識していたと思われる。(下線は筆者による。) このことからも、ヴェルレーヌの詩における音楽性の重視が窺われる。

さらに脚韻の綴り字 (grèves と trèves) ではなく、音だけ (grèves と trèves) に注目すると、「夢」(rêve) という音の繰り返しにもなる。これは、言葉あそびであるが、これによって、ヴェルレーヌは自分が描く「沈む陽」の世界が、現実のものではなく、「夢」の世界であるということを、聞く者に暗示しようとしたと解釈するのは穿ちすぎであろうか。

ところで詩の規則としては、本来1詩行の中で意味が完結すべきであるが、ここで引用した「沈む陽」においては、次の詩行まで聞かなければ意味を理解することはできない。このように、1詩行の

終わりから次の詩行の始めまで、またがってかぶせるように、ふたつの詩行をひとつのまとまった意味内容にする「句またぎ」を、ここでさらに詳しく検討する。

第 3 詩行から第 4 詩行にかけて
  3   La mélancolie
  4   Des soleils couchants.

第 7 詩行から第 8 詩行にかけて
  7   .... s'oublie
  8   Aux soleils couchants.

第 10 詩行から第 11 詩行にかけて
  10   .... des soleils
  11   Couchants ....,

第 14 詩行から第 15 詩行にかけて
  14   ...., pareils
  15   À des grands soleils

この第 15 詩行はさらに最終詩行にまたがる。
  15   .... des grands soleils
  16   Couchants ....

このように、この詩篇全体が「句またぎ」で構成されている。すなわち、最初から最後まで、「句またぎ」によって覆いかぶさるように、とぎれなく続き、聞く者は、この詩の速いリズムとあいまって、いつこの詩が終わるのかと最後まで気が抜けない。これは「13, 14 次から次に進んで来る」(13、14 Défilent) という意味をもつ同一語句の繰り返しによって、ますます連続性が強調される。連続性に

かんしては「沈む太陽」が複数形 soleils couchants となっていることも考慮に入れよう。ひとつの太陽に複数形はありえないとすれば、これは何度も何度も、あるいは、来る日も来る日も、同じ太陽が沈んでいくという、その連続性を強調するのに適切な複数形である。

　ただ、太陽の複数形はボルネックも指摘するように[28]、ヴェルレーヌだけの用法ではなく、ボードレールの『悪の華』における、「旅への誘い」(*L'invitation au voyage*) でも見られる。

```
34          ············
35              —Les soleils couchants
36              Revêtent les champs,
37    Les canaux, la ville entière,
38              D'hyacinthe et d'or;
39              ············
```

```
35          —沈む陽は
36—37   野や運河や町全体を覆いつくす
38          橙黄色や黄金色で；
```

　ところで、同一音による「繰り返し」にも注目してみよう。とりわけ、第9詩行から最後の詩行までを。下線は筆者による。

```
 9  Et d'étranges rêves,
10  Comme des soleils
11  Couchants sur les grèves,
12  Fantômes vermeils,
13  Défilent sans trêves,
14  Défilent, pareils
15  À des grands soleils
16  Couchants sur les grèves.
```

下線部を施した音［e］［ɛ］が非常に多く用いられている。とりわけ、第 15 詩行の des grands soleils は、文法的には de grands soleils となるべきではないか。あえてこれを des とすることで、［e］［ɛ］という同一音の「繰り返し」をヴェルレーヌが意識していたとの解釈も可能である。このような同一音の連続と「句またぎ」による詩句の連続性の融合によって、果てしなく繰り返される「沈む陽」の光景が暗示される。

4) ヴェルレーヌの音楽

次に引用する「秋の歌」は、このような音と意味とが協力しあって生まれた、ヴェルレーヌ独自の音楽を証明することのできる作品のひとつである。

Chanson d'Automne

		母音数	脚韻	脚韻音
1	Les sanglots longs	4	男	a
2	Des violons	4	男	a
3	De l'automne	3	女	b
4	Blessent mon cœur	4	男	c
5	D'une langueur	4	男	c
6	Monotone.	3	女	b
7	Tout suffocant	4	男	d
8	Et blême, quand	4	男	d
9	Sonne l'heure,	3	女	e
10	Je me souviens	4	男	f
11	Des jours anciens	4	男	f
12	Et je pleure;	3	女	e
13	Et je m'en vais	4	男	g

14	Au vent mauvais	4	男	g
15	Qui m'emporte	3	女	h
16	Deçà, delà,	4	男	i
17	Pareil à la	4	男	i
18	Feuille morte.	3	女	h

「秋の歌」

1—2—3	秋のヴァイオリンのながいすすり泣きが
4	僕の心を傷つける
5—6	単調なけだるさで
7	まったく息苦しくなって
8—9—10—11	そしてあおざめた僕は、時の鐘が鳴ると、昔の日々を思い出す
12	そして僕は泣く。
13	そして僕は行ってしまう
14	逆風にのって
15	それは僕を運びさる
16	あちら、こちら、
17—18	枯葉のように。

　形式は6行詩で、その脚韻をみるとaabccb、ddeffe、gghiihとなる。これは「6行詩の最も快適であり最も広く用いられている脚韻の配置」[29]である。母音の数は4、4、3、4、4、3と、偶数、奇数が混じり合っている。

　ところで、このような母音の数の数え方に異論を唱えることも可能である。例えば、無音のeを数にいれるか、あるいは半母音、例えばionを1音綴とするか2音綴とするかによって、1詩行における母音の数は異なってくる。ちなみに、ionは名詞の場合2音綴り、

動詞の変化の場合、inos は、条件によっては 1 音綴の時もあれば 2 音綴になる場合もあるなど[30]。いずれにせよ、音綴の数は最終的には、詩作者がその読みにたいして厳密な指定をしていないので、読者の解釈の仕方によって異なる。その実例として鈴木信太郎は、io は名詞の場合 2 音綴とする[31]、としながらも、「秋の歌」では、これを 1 音綴としている。さらに無音の e を 1 音綴として数に加えてもいる[32]。以下は鈴木信太郎による音綴の数え方である。

鈴木信太郎による音節数：

1	Les sanglots longs	lesɑ̃glɔlɔ̃	母音 4
2	Des violons	devjɔlɔ̃	母音 3
3	De l'automne	dəlotɔ:nə$^{1/2}$	母音 4
4	Blessent mon cœur	blɛsmɔ̃kœ:r	母音 3$^{1/2}$
5	D'une langueur	dynlɑ̃gœ:r	母音 3$^{1/2}$
6	Monotone.	mɔnɔtɔ:nə$^{1/2}$	母音 4

　第 2 詩行の「ヴィオロン」(violon) は 3 音綴とし、合計 4 音綴とすべきではないだろうか。また、第 3 詩行および第 6 詩行の脚韻は女性韻であるので、ここに無音の e を 1 音綴として加えることに無理はないだろうか。氏はこのような音綴の数え方にかんして、残念ながら何の根拠も示していない。
　一方、ボルネックはこの詩篇の音綴を 4、4、3、4、4、3 とし、「よろめきのリズムであり、無音の女性脚上で規則的に 3 となり、さらにつまずきはひどくなる：『土星びとの歌』の中では唯一のものである」[33]と主張する。
　このように、ボルネックのほうが音綴の数え方にかんしては、説得力があると思われたので、われわれはこの詩篇の音綴を 4、4、3、4、4、3 とした。こうすることで、偶数の音が 4、4 と続いた後、奇数の 3 が来る。その後再び偶数の 4、4 と続いた後で、奇数の 3 となり、聞く者の耳には、そのリズムは非常に不安定なものとして感

じられる。「15 それは僕を運びさる / 16 あちら、こちら、/ 17—18 枯葉のように。」(15 Qui m'emporte / 16 Deçà, delà, / 17 Pareil à la / 18 Feuille morte.) という詩篇の内容を表現するのに、このリズムは効果的であり、この詩篇の魅力はまさに、この不安定なリズムにあると言える。

　ところで、この詩篇は、これまで検討してきた 2 篇の詩と比較して、意味による同一語句の「繰り返し」がほとんどない。第 2 詩節の最後の詩行の Et と第 3 詩節の最初の詩行の Et のみである。そこで、同一、あるいは類似の音による「繰り返し」に注目しよう。

第 1 詩節：

1	Les sanglots longs	le-sã-glo-lɔ̃	母音 4
2	Des violons	de-vj-ɔ-lɔ̃	母音 4
3	De l'automne	də-lo-tɔn	母音 3
4	Blessent mon cœur	ble-sə-mɔ̃-kœr	母音 4
5	D'une langueur	dy-nə-lã-gœr	母音 4
6	Monotone.	mɔ-nɔ-tɔn	母音 3

　22 個の母音のうち最も多かったのは [o] または [ɔ] 7 回、次に多かったのが [ã] または［ɔ̃］5 回である。同一子音の数で最も群を抜いているのは［l］の 7 回である。次に多いのは [n] の 4 回であり、その他はほとんど目立たない。似たような母音と子音が多用されたため、この詩節は単調な印象を与える。

第 2 詩節：

7	Tout suffocant	tu-sy-fɔ-kã	母音 4
8	Et blême, quand	te-blɛ-mə-kã	母音 4
9	Sonne l'heure,	sɔ-nə-lœr	母音 3
10	Je me souviens	ʒə-mə-su-vjẽ	母音 4
11	Des jours anciens	de-ʒur-zã-sjẽ	母音 4

第二節　詩法の考察

12　　Et je pleure ;　　　　e-ʒə-plœr　　　母音 3

　22 個の母音のうち最も多かった母音は [ə] が 5 回、次に多かったのは [e] または [ɛ] が 4 回と、第 1 詩節と比較した場合、同じ音の「繰り返し」で突出して目立つ母音はない。同一子音の「繰り返し」にかんしても、特に注目すべき音はない。最も多く使用された子音では [s] が 4 回、次に [ʒ] [l] [r] が 3 回ずつとなり、第 1 詩節と比較して、かなりバランスがとれている。その他、多彩な種類の子音 [t] [s] [f] [b] [l] [d] などのために、音的にはこの詩節は変化に富んだものとなり、第 1 詩節の単調な音色から生じる退屈感はややうち消される。

第 3 詩節：

13　Et je m'en vais　　　　e-ʒə-mã-vɛ　　　母音 4
14　Au vent mauvais　　　zo-vã-mɔ-vɛ　　　母音 4
15　　Qui m'emporte　　　ki-mã-pɔrt　　　　母音 3
16　Deçà, delà,　　　　　də-sa-də-la　　　　母音 4
17　Pareil à la　　　　　pa-rɛj-a-la　　　　母音 4
18　　Feuille morte.　　　fœ-j-mɔrt　　　　　母音 3

　22 個の母音のうち最も多く使用された母音は [a] または [ɑ] 5 回、次に [o] または [ɔ] の 4 回、[e] [ɛ] または [ɛj] 4 回である。同一子音の使用で最も多いのは [m] 4 回、次に [r] と [v] がそれぞれ 3 回ずつであり第 1 詩節ほどに際だった子音の多用はみられない。なお、註の最後に、使用された全ての母音および子音を表にして付しているので、参考にされたい。

　母音にかんして、ヴェルレーヌは [o] および [ɔ] 13 回、[e] [ɛ] および [ɛj] 11 回、[ə] 11 回、[ã] および [ɔ̃] 11 回と、きわめて限られた母音のみを多用している。

　これらを合計すると 66 の母音の中で 46 回 (70％) はこの 4 種類の

母音で占められている。子音にかんしては、[l] の音が最も多く、12 回あり、次に多いのは [m] と [r] でそれぞれ 8 回ある。子音全部で 76 個の中の 20 回 (26%) がこの 2 種類の子音で占められている。このように、限られた種類の母音と子音によって構成されたこの詩篇は、全体として、変化のない単調な調子を帯びることとなる。

ところで、モーリス・グラモン (Maurice GRAMMONT) はその著書『フランス詩法概説』(*Petit traité de versification française*) の中で、次のように主張している。

　ある種の感覚は、別の種類の感覚で表現される。重々しい音、はっきりした音、鋭い音、響きわたる音、渇いた音、活気のない音、優しい音、とげとげしい音、固い音などの区別がつけられる。それゆえ、重々しい観念は重々しい音によって、おだやかな観念はおだやかな音によって表現することができる。すなわち、探している印象を表現するために、詩人は自分の詩句の中に、重々しい音をもつ語を、あるいはおだやかな音をもつ語を、あるいはもっと別の音をもつ語を集め入れるのだ。それによって、詩人は自分の気に入った観念やイマージュを、それらを細かく描写せずとも、読者の精神の中に生じさせることができる。詩は本質的に暗示的なものなのだ[34]。

モーリス・グラモンはこの考え方を基調に、母音を鋭い母音 (voyelles aiguës)、はっきりした母音 (voyelles claires)、響きわたる母音 (voyelles éclatantes)、暗い母音 (voyelles sombres)、重々しい母音 (voyelles graves) の五種類に大きく分類する[35]。

それはおおざっぱに次のようにまとめられる。
1) 鋭い母音： [i] [y]
2) はっきりした母音： [i] [y] [e] [ɛ] [ɸ] [ɛ̃]、この中で[i] [y] は鋭い母音でもある。
3) 響きわたる母音： [ɑ] [a] [ɔ] [œ] [ã] [œ̃]

4) 暗い母音： [u] [o] [ɔ̃]

5) 重々しい母音： [œ] [ə] [œ̃] [ɑ] [a] [ɑ̃] [ɔ] [o] [ɔ̃] [u]

　鼻母音にかんしては、「それがどのカテゴリーに属そうとも、鼻にかかってヴェールをかけられたようになる。」[36] そして「全体が緩慢さ、物憂さ、無気力さ、だらしなさ、無精を表現するのに適切である。」[37] と解説する。

　われわれは、グラモンによる母音の分類を「秋の歌」に、試みに適用してみよう。「秋の歌」で最も多く繰り返された母音は [o] [ɔ] [e] [ɛ] [ɛj] [ə] [ɑ̃] [ɔ̃] である。これをグラモンの母音のカテゴリーに配分する。ただし、グラモンの場合、[ɑ]、[a]、[œ]、[o]、[ɔ]、[ɔ̃]、[ɑ̃]、[u] などの母音はさまざまなカテゴリーにまたがって属している。そこでわれわれは分析を単純にするため、以下のように [ɑ] [a] は 3) に、[œ] [ɑ̃] [ɔ̃] は 5) に、[o] [ɔ] [u] は 4) に組み込むこととする。その結果、次のような母音の配置が見られる。詳しくは註の最後に表を付しているので、参考にされたい。

1) 鋭い母音の数：3 個 [i] [y]

2) はっきりした母音の数：13 個 [e] [ɛ] [ɛj] [ɛ́] [je]

3) 響きわたる母音の数：5 個 [a] [ɑ]

4) 暗い母音の数：16 個 [u] [o] [ɔ]

5) 重々しい母音の数：27 個 [œ] [ə] [ɑ̃] [ɔ̃]

これによれば、暗くて重い母音は合計 43 個におよぶ。これは全体の 65 ％である。全体の 65 ％が暗い重々しい母音の「繰り返し」によって、音が発せられている。この中には、響きわたる、はっきりした母音の「繰り返し」がわずかに 18 回数えられる。しかし、たとえ暗い母音の中にはっきりした母音がわずかに配置されようとも、「音調は暗いままである。そのためには、暗い母音の数がそれより多いか、それよりも良い場所を占めているだけで十分である。」[38] というグラモンの説に則るならば、同じ音の「繰り返し」から生じる「秋の歌」は、非常に暗い、寂しい印象を聞く者の心に生じさせる。

　次に、子音について、グラモンは次のような印象を述べている[39]。

1) ぎくしゃくした感じを表わす：［p］［t］［k］［b］［d］［g］
　　2) やさしさ、やわらかさ、物憂さを表す：［m］［n］
　　3) 流動性を表す：［l］
　　4) うなり声を表す：［r］
　　5) やわらかな息吹を表す：［f］［v］
　　6) ひゅうひゅうという音を表す：［s］［z］
　　7) 軽蔑、嫌悪、ため息、すすり泣き、苦しみを表す：［p］
これらを表にして分類したものは、註の最後に付す。

　このような、グラモンの分類に従えば、「秋の歌」で最も多く同一音が発音されたのは、上の分類から、3) 流動性を感じさせる［l］の音が 12 回である。しかし同時に、1) ぎくしゃくした感じを与える子音が 23 回発音されている。「秋の歌」が 4、4、3、4、4、3 のリズムで構成されていることにより、非常な不安定感を聞く者に与えると同時に、このような子音の多用も、この不安定感を表現するのに大いに協力している。また、6) ひゅうひゅう、あるいは 4) うなり声の感じを表す子音が 17 回これらに加わる。これは、「逆風」(vent mauvais) という語のもつ意味を、音によって暗示するのに有効な手段であると言えよう。

　グラモンの説を借りるならば、暗くて寂しい音色をもつ母音を詩句の中に数多く積み重ねることによって、「秋の歌」は、その詩篇のテーマである、「物憂さ」、「不安」、「寂しさ」などを、十分聞く者の心に喚起することができるのである。また、秋風を暗示させる子音の役割もここでは大きな働きをしている。ただし、グラモンの説には、科学的根拠はなく、これを絶対視するつもりはない。しかしながら、少なくとも「秋の歌」を、音と意味内容との両者から鑑賞するとき、同じ音の「繰り返し」によって、「詩人は自分の気に入った観念やイマージュを、それらを細かく描写せずとも、読者の精神の中に生じさせることができる。詩は本質的に暗示的なものだ」、とする彼の説は、ここでは不思議な説得力をもつ。

　「よく見る夢」において、ヴェルレーヌは同一語句の「繰り返し」

第二節　詩法の考察

によって、何度も同じ夢を見続けること、彼女だけを愛すること、などのテーマを強調すると同時に、その裏には別の世界、寂しさや不安に満ちた世界が隠されていた。さらに、同一音の「繰り返し」は、詩人の夢うつつの状態を表現する効果をもつ。その結果、聞く者は夢の世界なのか、現実の世界なのか判別がつかなくなる。このような同一語句と同一音の「繰り返し」によって生じる曖昧な世界、ニュアンスの世界を、読者＝聞く者の心中に想起させる、これがヴェルレーヌ独自の「繰り返し」の詩法である。

　さらに、ヴェルレーヌは、これらの詩法を駆使することにより、この詩篇が高踏派の目指す没個性的な、あるいは純粋美を追求した作品とすると同時に、私的生活から生じる自己の「不安」や「悲しさ」をこの詩篇に密かに忍び込ませたのである。換言すれば、ヴェルレーヌはこの詩篇を高踏派的詩篇とすると同時に、私的感情を詩という形で表現するという二重構造としたと結論づけることができる。

　「沈む陽」においては、「句またぎ」の技法に注目することによって、詩句はとぎれることなく続くこと、また動詞 (Défilent) のもつ「次から次に進んでくる」という意味の繰り返しによって、および [e] [ε] の同一音の繰り返しによって、ますますその連続性が強調されるという、音と意味とが協力し合った「繰り返し」と「句またぎ」の効果を見た。

　「秋の歌」においては詩篇のテーマである「不安」、「寂しさ」、「悲しさ」などが、音のもつ響きによっても聞く者に暗示できるということが指摘された。エレオノール・ツイメルマン (Eléonore M. ZIMMERMANN) は「ヴェルレーヌにおける繰り返しの使用は『土星びとの歌』において頂点に達している。」[40] と指摘する。

　われわれは本章において、「土星びとの歌」の中から、わずか3篇のみを検討の対象とした。これをもってツイメルマンの主張が正当化できるとは思わないまでも、意味による、あるいは音による同一語句の「繰り返し」の効果と、それをさらに強調するための「句

— 39 —

またぎ」の役割にかんしては、確認できたと思われる。

　以上、ここで取りあげた 3 篇の詩から言えることは、ヴェルレーヌは、1) 同一語句および同一もしくは類似の音の「繰り返し」や「句またぎ」によって、曖昧な、非現実の世界を創造し、2) 意味をもたない音によって、詩の内容を暗示し、3) このような詩法を用いて、高踏派の芸術を詩篇の中に追求すると同時に、高踏派とは反対の方向である私的生活から生じた「不安」や「悲しみ」の個人的な感情を「よく見る夢」の中に密かに忍び込ませた。その結果、わかる者にはそれがわかるという二重の構造をもつ詩篇として暗示されている、ということである。これら 1)、2)、3) が本章によって確認できた、高踏派とは若干異なるヴェルレーヌ独自の詩法である。従って、ヴェルレーヌは自己を明確に表には出さない。あくまでもその大部分は、高踏派芸術の中に潜んだままであると言えよう。

　彼は、『土星びとの歌』を出版した 3 年後に、『艶なる宴』を出版する。第二章においては、『艶なる宴』を中心に、ヴェルレーヌがどのような形をして自己を全面に表していくかを検討する。

第二章

『艶なる宴』(*Fêtes galantes*) に描かれたヴェルレーヌの世界

第一節

高踏派の影響と独自性の問題点

1) 独自性についての若干の指摘

　『土星びとの歌』によって文壇にデビューしたヴェルレーヌは、その3年後の1869年、『艶なる宴』を出版する。わずか22の詩篇からなるこの詩集にかんして、ルイ・アゲッタンは次のように指摘する。

　『艶なる宴』は表面の軽さの下に、厳格な非常に注意深い技法によって、また、一見したところ、全体のテーマは没個性的に思われることによって、これは「絵本」であり、韻をふまれた踊りであり、純粋な想像力を喚起する詩篇であり、ワットーの描く背景と幻想の詩的置換である、などの理由で、ヴェルレーヌの高踏派的第二の傑作としてしばしば紹介される。はたして、そうだろうか。もっと仔細に検討すべきではないだろうか[1]。

　彼は、表面的にはこの詩集が高踏派的芸術の流れに沿ったものであることは認めながらも、別の側面から『艶なる宴』を読むことを提案する。
　確かに、この詩集全体は、あくまでも没個性のテーマで貫かれている。例えば月の光に照らされた緑深い森の中で、恋に戯れる男女。登場人物はいずれも、しゃれた身なりの若い男女であり、音楽と踊りと食事に酒も加わり、恋はするが深入りしない、どこか浮気な雰囲気が漂っている。これらの舞台に色を添えるのがイタリア喜劇 (Commedia dell'arte)[2] の役者たち、道化役者のピエロ (Pierrot) であり、コロンビーヌ (Colombine) にクリタンドル (Clitandre)、アルルカン (Arlequin) まで加わって、一見華やかな仮装舞踏会が繰り広げられる。しかし、われわれには、このような表面的な没個性の下に、もっと

第一節　高踏派の影響と独自性の問題点

仔細に検討すべきものがあると思われる。

　クロード・キュエノ (Claude CUÉNOT) は、「形式の着想は、ある程度まで高踏派的である。‥中略‥作品は、その悲しみや非現実性を執拗なまでに感じさせるにもかかわらず、完全に没個性的である。」[3)]と言いながらも、「この作品の価値は形式の驚くべき完璧さにあり、そこにわれわれは、表面上軽快であるが、根底にはしみとおる、えも言えない音楽を見いだす」[4)]と、この作品の価値を音楽性に求める。アントワーヌ・アダン (Antoine ADAM) もまた、

　　『艶なる宴』において、詩はなによりもまず音楽である、との観念がすでに表れている。ヴェルレーヌは詩句の内部に同一母音や同一子音の繰り返しを多用する[5)]。

と言い、この作品の中にヴェルレーヌの音楽的特徴を見いだす。

　このように多くの研究者たちが、『艶なる宴』において、高踏派的な要素を認めつつも、ヴェルレーヌの独自性に注意を払っている。そこで、われわれはより具体的に、『艶なる宴』の全体像を、まず作品の源泉から検討し、次に第二節において個々の作品の創作年代とその内容を検討し、第三節において作品の全体構成の分析をおこない、最後に第四節おいてヴェルレーヌによって描かれた『艶なる宴』の世界とはいかなるものかを探ってみたい。

2) 作品の源泉

　まず、作品の誕生について確認する。ジャック・ロビッシェは「確かに、ワットー (WATTEAU) は『艶なる宴』の中に存在する。しかもタイトルから。ワットーが芸術アカデミー (Académie des beaux-arts) に受け入れられたのは雅宴画家 (peintre des fêtes galantes) としてである。」[6)]と言いながらも、次のように説明を加える。

　　　人びとは長い間、ルペルチエ (LEPELLETIER) によって、ヴェ

ルレーヌはルーヴル美術館におけるラカーズ間 (LACAZE) にあるワットーの絵画を賞賛することができた、と信じていた。エルネスト・デュピュイ (Ernest DUPUY) はこの点にかんして日付の過ちを告発した。『艶なる宴』が出版される前に見ることができたワットーの絵画は『シテール島への船出』(*l'Embarquement pour Cythère*) だけであった[7]。

ルイ・アゲッタンもこの点にかんして、同様の指摘をおこなう。( ) 内は原文のまま。

　『艶なる宴』はルーヴルで見ることができるラカーズコレクションの絵画 (彼が言うには、入ったばかりの) によって着想が得られた、とルペルチエは軽率にも断言した。残念ながら、ラカーズの遺贈品が展示されたのは 1870 年 5 月になってからであった[8]。

ピエール・マルチノ (Pierre MARTINO) はさらに詳しい。

　ヴェルレーヌが『艶なる宴』を書いたとき、パリの美術館にはほんのわずかなワットーの絵画しかなかった。…中略…ルーヴル美術館にある『ジル』(*le Gilles*)、『フィネット』(*la Finette*)、『無関心』(*l'Indifférent*)、『田園』(*la Pastorale*)、『公園の集い』(*l'Assemblée dans un parc*)、『秋』(*l'Automne*) はラカーズ氏の遺贈であった。これは一般大衆にとってはワットーの輝かしい新発見であった。人びとはそこに、『艶なる宴』がこのような環境のもとで直接霊感を受けたのではないかと考えがちである。これは全く不可能である。なぜなら、ラカーズ氏が亡くなったのは 1869 年の秋であり、今日彼の名前が付けられているラカーズ間が開かれたのは、1870 年 5 月になってからである。これは『艶なる宴』の出版の 1 年以上も後のことである。…中略…ヴェル

第一節　高踏派の影響と独自性の問題点

レーヌが多くのワットーの絵画を見たということはありそうもない[9]。

　このように、ワットーの絵画が『艶なる宴』に重大な影響を与えたとするよりも、多くの批評家は、むしろゴンクール兄弟 (les GONCOURT) がヴェルレーヌに多大な影響を与えたのではないか、との見解をとる。ジャック・ロビッシェは「ヴェルレーヌに影響を与えたのはゴンクール兄弟であろう」[10]と言い、ルイ・アゲッタンも「最も確かな文学的影響はゴンクールのそれである」[11]とし、ゴンクール兄弟によって、ワットーに捧げられた『18世紀芸術』(l'Art du dix-huitième siècle) を「ヴェルレーヌはそれを確かに読んだ。」[12]と主張する。ピエール・マルチノも「ヴェルレーヌはこれら数ページを読んで黙想したに違いなかった。2〜3の絵画だけで、ヴェルレーヌの感覚を結晶させるには十分であった。」[13]とゴンクールおよびワットーの両者の影響を『艶なる宴』の中に読む。ゴンクールの『18世紀芸術』は入手することができなかったため、批評家の言を信じるしかないが、その『日記』(Journal) の1859年5月8日付によれば、ゴンクール兄弟はラカーズ家を訪れて、数枚のワットー、数枚のシャルダン (CHARDIN)、数枚のランクレ (LANCRET) 等を見ることができた。ワットーにかんしては「確かに、ワットーは彩色絵 (peinture) におけるより、素描 (dessin) において、はるかに偉大な師匠である。」[14]と書き残している。

　さらにゴーチエの影響も指摘されている。ジャック・ロビッシェは、次のように言う。

　　ゴーチエ、バンヴィルそしてグラチニー (GLATIGNY) らがヴェルレーヌに霊感を与えたことは否定しがたい。とりわけユーゴは、その『テレーズ家の宴』(La fête chez Thérèse) によって。ルペルチエによれば、これはヴェルレーヌが諳んじて好んで朗唱した数少ない詩のひとつである。この詩だけでヴェル

レーヌを『艶なる宴』の道のりに誘うに十分であっただろう[15]。

確かに、『テレーズ家の宴』の最後の詩行 Le clair de lune bleu qui baignait l'horizon [16] は『艶なる宴』においては、冒頭の詩篇のタイトル *Clair de lune* となっている。

ところで、バンヴィルの詩集『金色の脚韻』(*Rimes Dorées*) に収められた「艶なる散歩」(*Promenade galante*) [17] も、そのタイトルと内容において、ヴェルレーヌに、大きな影響を与えたもののひとつと考えられる。なぜならば、「艶なる散歩」の創作された年代は 1868 年 10 月であり、『艶なる宴』が出版されたのは、その 4 ヶ月後の 1869 年 2 月である。バンヴィルとも親交があったヴェルレーヌは、当然この詩篇を読んだに違いないと推測される。しかしながら、ピエール・マルチノはこの件にかんして、否定的である。

「艶なる散歩」の日付は 1868 年 10 月であるが、『艶なる宴』のいくつかは、そのとき、おそらく完成していた。そしてそれが 1869 年に世に出た。…中略…ヴェルレーヌがこの日付の前に『金色の脚韻』を全く知らなかったことはあり得る。バンヴィルがヴェルレーヌの未発表の詩句のいくつかを聞いて、それらを書いたとも仮定される。いずれにせよ、バンヴィルもヴェルレーヌもゴンクールは読んだ[18]。

ヴェルレーヌ自身の証言がないために、作品が受けた影響にかんしてはこれ以上の探求は止めよう。そこで、これらの分析をまとめると、少なくとも次の3点が言える。

(1) ヴェルレーヌは『18世紀芸術』を読み、ゴンクールのワットーにかんする評論には感銘をうけた。
(2) 『テレーズ家の宴』をヴェルレーヌは偏愛した。
(3) ワットーの絵画にも影響を受けた。ヴェルレーヌは確かに『シ

第一節　高踏派の影響と独自性の問題点

テール島への船出』を賞賛したに違いなかった。

　これら様々な要素が複雑に影響しあい、『艶なる宴』が組み立てられ、彩られ、われわれの眼前にその優美な、軽やかな若い男女が恋に戯れる世界が繰り広げられる。
　このように、多くの研究者たちが、様々な角度から、『艶なる宴』に見られる影響について言及してきた。しかし、『艶なる宴』がどのようなかたちで影響を受けたにせよ、いったん完成した作品は、ヴェルレーヌによって描かれた『艶なる宴』であることに間違いはない。そこで、われわれは、次に、個々の作品の創作年代と作品の内容の検討をおこない、どのような意図で、ヴェルレーヌがそれぞれの詩篇を配置して『艶なる宴』を創り上げたのかを考察する。

第二節

個々の作品の創作年代とその内容

1）個々の作品の創作年代

　収められた作品順に創作年代を記すと以下のとおりである。これは、本来ならば、註にまわすべきであるかもしれないが、それぞれの詩篇が、創作された年代順に詩集に配置されていないということを確認することは重要であると考え、あえて本文に記載することとした。年代はボルネックを参照した[19]。

(1)　「月の光」(*Clair de lune*) 1867 年 2 月 20 日『ガゼット・リメ』(*La Gazette rimée*) に掲載

(2)　「パントマイム」(*Pantomime*) 創作年代不明

(3)　「草の上で」(*Sur l'herbe*) 創作年代不明

(4)　「小道」(*L'allée*) 創作年代不明

(5)　「そぞろあるき」(*À la promenade*) 1868 年 7 月 1 日『芸術家』(*L'Artiste*) に掲載

(6)　「洞窟の中」(*Dans la grotte*) 1868 年 7 月 1 日『芸術家』に掲載

(7)　「うぶな人たち」(*Les Ingénus*) 1868 年 7 月 1 日『芸術家』に掲載

(8)　「お供」(*Cortège*) 1869 年 3 月『芸術家』に掲載

(9)　「貝殻」(*Les coquillages*) 創作年代不明

(10)　「スケートしながら」(*En patinant*) 創作年代不明

(11)　「あやつり人形」(*Fantoches*) 創作年代不明

(12)　「恋の島」(*Cythère*) 創作年代不明

(13)　「舟に乗って」(*En bateau*) 創作年代不明

(14)　「半獣神」(*Le faune*) 創作年代不明

(15)　「マンドリン」(*Mandoline*) 1867 年2 月20日『ガゼット・リメ』に掲載

(16)「クリメーヌに」(À Clymène) 1868 年 7 月 1 日『芸術家』に掲載
(17)「手紙」(Lettre) 創作年代不明
(18)「のんきな恋人たち」(Les indolents) 創作年代不明
(19)「コロンビーヌ」(Colombine) 創作年代不明
(20)「地に落ちた愛神」(L'amour par terre) 1869 年 3 月『芸術家』に掲載
(21)「忍び音に」(En sourdine) 1868 年 7 月 1 日『芸術家』に掲載
(22)「感傷的な会話」(Colloque sentimental) 1868 年 7 月 1 日『芸術家』に掲載

　このように、作品は創作年代順に配列されてはいない。それではなぜ、このような詩篇の配列がおこなわれたのか。詩篇の内容が重要なのであろうか。そこで、以下に作品の内容の概略を紹介する。

2）作品の内容
(1)「月の光」
　「いろいろな仮面をつけた人びとが、リュートを奏でながら、踊りながら、風変わりな変装の中で悲しく進む。勝ち誇った愛と人生を、短調の曲にあわせて歌いながらも、彼らは幸せを信じていないようだ。彼らの歌は月の光の中にとけ込んでしまう。静かで悲しく美しい月の光の中に。そして木の鳥たちを夢見させ、大理石の中の噴水を忍び泣かせる。」

4　・・・・・・・・・・・・・・・・・

5　Tout en chantant sur le mode mineur
6　L'amour vainqueur et la vie opportune,
7　Ils n'ont pas l'air de croire à leur bonheur
8　Et leur chanson se mêle au clair de lune,

9　・・・・・・・・・・・・・・・・・

5 短調の音階にあわせて、
6 勝ち誇った愛と時宜を得た人生を歌いながらも、
7 彼らは自分達の幸福を信じていないようだ
8 そして彼らの歌は月の明かりにまざりあった。

　宴が催される舞台は、月に照らされた大理石のある庭園である。そこには木々の鳥たちが夢を見、噴水はほっそりとした水を吹き上げている。そこを仮面を被った人びとが、幻想的な仮装をして、リュートを奏でながら進んでいく。しかし彼らはそれほど楽しそうではない。
　ここで詩人は、これから始まる宴は楽しいものだけではない、ということを暗示している。

(2)「パントマイム」
　「ピエロはクリタンドルと違って、酒瓶を空にするとパテに手を伸ばす。カサンドルは並木の奥で勘当された甥のために密かに涙を流している。粋な身のこなしでコロンビーヌを口説こうとアルルカンは策略を練る。コロンビーヌは夢を見て、風の中に心を感じ、心の中に声を聞いて驚く。」

3 ・・・・・・・・・・・・・・・

4 Cassandre, au fond de l'avenue,
5 Verse une larme méconnue
6 Sur son neveu déshérité.

7 Ce faquin d'Arlequin combine
8 L'enlèvement de Colombine
9 Et pirouette quatre fois.

10 ・・・・・・・・・・・・

4　カサンドルは、並木道の奥で
　　5　人知れず、ひとつぶの涙を流す
　　6　勘当された甥を想って。

　　7　げすなアルルカンは策略を練る
　　8　コロンビーヌを誘惑しようと
　　9　そして4回、つまさき回り。

　いよいよ『艶なる宴』が始まる。イタリア喜劇の役者たちも勢揃いする。抜け目ないピエロに、恋人役のクリタンドル、だまされ役のカサンドル、コロンビーヌを口説こうと、策略を練るアルルカンの登場である。パテも酒も加わる。大騒ぎの宴である。宴たけなわの中にも、カサンドルは勘当された甥のため、人知れず涙を流している。「月の光」と同様、ここには、見かけの楽しさの中にも、どこか寂しさを暗示する光景が描かれている。

(3)「草の上で」
　「司祭はたわごとをいう。公爵はかつらを斜めに被っている。―この古酒はうまい。―カマルゴさん、あなたの項ほどではないけれど。―司祭さん、あなたの策略は見え見えですよ。―奥様たちよ、私が星のひとつでも取ってこられなかったら、私は死んでも構わない。―私は子犬になりたいものだ。ひとりひとり女たちを抱きましょう。―殿方殿、それでは。―あれ、お月さま、さようなら。」

1　L'abbé divague. ― Et toi, marquis,
2　Tu mets de travers ta perruque.
3　― Ce vieux vin de Chypre est exquis
4　Moins, Camargo, que votre nuque.

5　・・・・・・・・・・・・・・・・・

1　司祭はたわごとを言う。　―おい、そこの公爵
2　かつらが斜めになってるぞ。
3　―このシープルの古酒はうまいもんだ
4　カマルゴ様、あなたの項ほどではありませんが。

　酔っぱらってたわごとを言う仮装した司祭や、公爵たちが、草の上で、やはり仮装したカマルゴ嬢や他の女性達を、甘い言葉で誘惑しようとしている。それをさらりとかわした婦人達は、月に別れを告げる。男女の艶っぽい会話にみちた宴の真っ盛りである。ここには、読者の目を楽しませる風景のみ描かれている。

(4)「小道」
　「厚化粧した女性が、緑深い小道を歩いている。かわいいインコにたいするような気取ったふりして。長く尾を引くドレスを身にまとい、これまでの色事を、あれこれ思い浮かべては、ひとりほくそ笑む。」

6　・・・・・・・・・・・・・・・・・・・
7　Sa longue robe à queue est bleue, et l'éventail
8　Qu'elle froisse en ses doigts fluets aux larges bagues
9　S'égaie en des sujets érotiques, si vagues
10　Qu'elle sourit, tout en rêvant, à maint détail.
11　・・・・・・・・・・・・・・・・・・・

7　彼女の裾引く長いドレスは青色で、扇を
8　大きな指輪をはめたほっそりした指で彼女はもてあそぶ
9　ぼんやりといろんな色事を楽しんで
10　彼女は、あれこれこまかく夢想して、ほくそ笑む。

　これまでの色事を、こまごまと思い浮かべながらほくそ笑む、ど

ことなく男まち顔の、きどった浮気女のひとり散歩の風景である。

(5)「そぞろあるき」
　「優雅な衣装の男女が菩提樹の木の下を歩いている。男たちは見かけ倒しの洗練さで、女たちに言い寄る。口づけと平手打ち、男たちのからかいなど、ぶっちょう面はしていても、唇は寛大だ。」

8　・・・・・・・・・・・・・・・・・

9　Trompeurs exquis et coquettes charmantes,
10　Cœurs tendres, mais affranchis du serment,
11　Nous devisons délicieusement,
12　Et les amants lutinent les amantes,

13　・・・・・・・・・・・・・・・・・

9　見かけ倒しの洗練された男達となまめかしい美女達
10　優しい心はしているが、恋の誓いなどしたりはしない、
11　僕たちは上品に談笑する、
12　そして男たちは女たちをからかう。

　恋の戯れの一幕である。恋人同士のふりをして、じゃれあっている。口づけと平手打ちなど、お互いに、恋の駆け引きを楽しんでいる様子が描かれている。

(6)「洞窟の中」
　「私あなたの足下で死ぬ。私の悲嘆は終わりがない。残酷なクリメーヌよ、幾多の戦いで兵士達を地に沈めたこの剣が、私の命と苦痛を終わらそうとしている。私にはこの剣が必要だろう

か、極楽宮へ行くために。愛は尖った矢で私の心を貫いたのか、あなたの目が私を捕らえたときから。」

1　Là! Je me tue à vos genoux!
2　Car ma détresse est infinie,
3　・・・・・・・・・・・・

1　さあ、私はあなたの足下で死にます！
2　私の悲嘆は終わりがないのですから，

　男が女に言い寄っている。恋いこがれた女の膝元で、剣を抜き、恋のため自分の命を絶つなどと、芝居がかった大袈裟なせりふである。宴を楽しんでいる様が窺われる。

(7)「うぶな人たち」
　「高いかかとが長いスカートにからまって、風でときどきふくらはぎが光って見える。時には嫉妬した虫が、小枝の下の美女達の襟元を脅かしていた。これは白い項の輝きだった。僕たちの若い目はこれを見て喜んでいた。夜が来て、秋のあやしい夜に、美女達は夢見心地で僕らの腕にもたれて、小声であのもっともらしい言葉を言う。そのときから僕たちの心は震えおののく。」

1　Les hauts talons luttaient avec les longues jupes,
2　En sorte que, selon le terrain et le vent,
3　Parfois luisaient des bas de jambes, trop souvent
4　Interceptés! ― et nous aimions ce jeu de dupes.

5　・・・・・・・・・・・・・・・・・・

第二節　個々の作品の創作年代とその内容

1　高いかかとの靴が長いスカートにからまっていた、
2　そのため地面や風の状態によっては、
3　ときどきはふくらはぎが輝いて見えた、でも、それほどしばしば
4　見えるものではなかった！――そして僕たちはこのだまし合いが
　　好きだった。

8　・・・・・・・・・・・・・・・・・

9　Le soir tombait, un soir équivoque d'automne:
10　Les belles, se pendant rêveuses à nos bras,
11　Dirent alors des mots si spécieux, tout bas,
12　Que notre âme, depuis ce temps, tremble et s'étonne.

9　夜になった。秋のあやしげな夜：
10　美女たちは、夢見心地に僕たちの腕にもたれて、
11　とてももっともらしい言葉を、低い声でささやいたので
12　僕たちの心は、その時から、震え驚く。

　若い無邪気な男たちが、風のいたずらで見える美しい女の白い脚や、木陰の虫が脅かす女の項を見て楽しんでいた。日が暮れて、女たちは夢見心地に男たちの腕にもたれて、男たちにもっともらしい言葉をささやいたので、男たちはこの言葉に震え驚くという、女から、うぶな男たちに向けられた甘い誘惑の光景である。それともこれは、あくまでも宴における演技を表現しているものであろうか。

(8)「お供」
　「金襴の上着を着た猿が、ちょこまかと彼女の前を進む。彼女はレースのハンカチを手袋はめた手で巧みにもてあそぶ。真っ赤な服の黒人小僧は、力一杯、ゆれるドレスのひだに注意して、すそを持ち上げる。猿は婦人の胸元から目を離さない。黒人小

僧は時々必要以上にドレスを持ち上げる。夜にその夢を見よう
として。彼女は階段を上がる。このような動物たちの無礼には
気にもとめない様子だ。」

8　・・・・・・・・・・・・・・・

9　Le singe ne perd pas des yeux
10　La gorge blanche de la dame,
11　Opulent trésor que réclame
12　Le torse nu de l'un des dieux;

13　Le négrillon parfois soulève
14　Plus haut qu'il ne faut, l'aigrefin,
15　Son fardeau somptueux, afin
16　De voir ce dont la nuit il rêve;

17　・・・・・・・・・・・・・・・

9　猿は目を離さない
10　婦人の白い胸もとから
12　それは神々のひとりの裸の上半身として
11　求められそうなほどの豊満な宝物

13　黒人小僧は時々持ち上げる
14　必要以上に抜け目なく、
15　その贅沢な重いドレスを
16　夜にその夢を見ようとして；

　飼い慣らされた猿と黒人の小僧が、優雅に手袋をはめた婦人に仕
えている。彼らは隙あらば、婦人の肌を覗こうとするが、婦人はこ

のようなお供の者たちのことは全く無視している。官能的な視点からの描写である。

(9)「貝殻」
　「愛し合った洞窟の中に見た貝殻、ひとつは僕が焦げて、君が燃え上がるとき、僕たちの心の真紅の色をしている。もうひとつは、僕のからかう目に嫌気がさした君のものうげを表す貝のようだ。これは君の耳の優雅さを、あれは君のばら色の項をまねているが、中でも僕を乱した貝殻がひとつ。」

　9　・・・・・・・・・・・・

10　Celui-ci contrefait la grâce
11　De ton oreille, et celui-là
12　Ta nuque rose, courte et grasse;

13　Mais un, entre autres, me troubla.

10　これは君の耳の優雅さを
11　まねている、そしてあれは
12　君のバラ色の、短くふっくらとした項を

13　中でも僕を乱した貝殻がひとつ。

　洞窟の中で愛し合った後の、男女のけだるい情景である。男は洞窟の中にある貝殻を見ては、それをひとつひとつ、女の姿や体の部分と重ね合わせる。官能的な描写である。

(10)「スケートしながら」
　「春の浮気心に誘われて、恋心が生まれ、夏になってついにふ

たりは結ばれた。しかし秋がふたりを鍛え、非の打ち所のない恋人同士にする。」

4 ・・・・・・・・・・・・・・・

5　Le Printemps avait bien un peu
6　Contribué, si ma mémoire
7　Est bonne, à brouiller notre jeu,
8　Mais que d'une façon moins noire!

9 ・・・・・・・・・・・・・・・

5　春が少しばかり協力した
6　僕の記憶が正しければ
7　僕たちの戯れを狂わすことに、
8　けれどもそれほど陰険なやり方ではなかったのだ！

48 ・・・・・・・・・・・・・・・

49　L'Automne, heureusement, avec
50　Son jour froid et ses bises rudes,
51　Vint nous corriger, bref et sec,
52　De nos mauvaises habitudes,

53 ・・・・・・・・・・・

49　幸いにも、秋が
50　寒い陽と厳しい北風を連れて
51　僕たちを矯正しにやって来た、ぶっきらぼうに、
52　僕たちの悪い習慣を、

軽い気持ちで結ばれたふたりが、ついに男女の深みにはまってしまう。やがて秋が来て、理性を二人は取り戻した。

(11)「あやつり人形」
　「月の光の中で、スカラムーシュとピュルシネラが、何か悪だくみしようと、盛んに身振りをしている。医者がのろのろと薬草つみをしている。その娘はスペイン男を求めて、肌もあらわにこっそりと、木陰に滑り込む。」

1　Scaramouche et Pulcinella
2　Qu'un mauvais dessein rassembla
3　Gesticulent, noirs sur la lune

4　・・・・・・・・・・・・

1　スカラムーシュとピュルシネラ
2　悪巧みしようと集まって
3　腹黒く、月にさかんに手足を動かす。

6　・・・・・・・・・・・・

7　Lors sa fille, piquant minois,
8　Sous la charmille, en tapinois,
9　Se glisse, demi-nue, en quête

10　De son beau pirate espagnol,
11　・・・・・・・・・・・・

7　その時医者の娘は、はつらつとした顔をして
8　並木道の影に、こっそりと、

9　肌もあらわに、滑り込む、

10　美男子のスペイン人海賊を求めて、

　仮面をつけて仮装した男達や女達の享楽的な、あるいは遊戯的な気分に溢れた場面である。官能的であり、宴の盛り上がりを思わせる。

(12)「恋の島」
　「あずまやがふたりの喜びを隠してくれる。バラのほのかな香りは、通り過ぎる夏のそよ風のため、彼女の香りとひとつになる。彼女は大胆で唇はあまい熱を伝える。愛はみちたりたといえども、空腹は別。」

6　・・・・・・・・・・・・・

7　Comme ses yeux l'avaient promis,
8　Son courage est grand et sa lèvre
9　Communique une exquise fièvre；

10　Et l'Amour comblant tout, hormis
11　La faim, sorbets et confitures
12　Nous préservent des courbatures.

7　彼女の瞳が約束したように
8　彼女の勇気は大胆で、彼女の唇は
9　甘い熱を伝える；

10　そして『愛』は全てを満たす、ただし
11　空腹は別。シャーベットとジャムが

12　僕たちの疲れを癒してくれる。

　人里離れた隠れ家で、男女の恋の戯れの中、生の喜びと恋の快楽を歌っている。性欲が満たされた後は食欲である。これも享楽的な宴のひとこまである。

(13)「舟に乗って」
　「金星が暗い水の上でかすかに震え、舟の乗客たちは大胆にふるまう。騎士は女に色目をつかう。やがて月が出て、舟は夢見る水の上を進む。」

3　・・・・・・・・・・・・・・・・

4　C'est l'instant, Messieurs, ou jamais,
5　D'être audacieux, et je mets
6　Mes deux mains partout désormais!

7　・・・・・・・・・・・・・・・・

4　殿方殿、今ですぞ、もう二度とない、
5　大胆になる時ですぞ、そしてわたしはどこへでも
6　この両手を置きますぞ、これからは！

　騎士や司祭、伯爵などの扮装をした男達と、仮装した女達の、優雅な夜の船遊びの光景である。宴はまさにたけなわである。

(14)「半獣神」
　「古びた半獣神が、晴れ渡ったこの時の後に来る悪いきざしを告げながら笑っている。この時は逃げ出して、太鼓の音にくるくる回る。」

1　Un vieux faune de terre cuite
2　Rit au centre des boulingrins,
3　Présageant sans doute une suite
4　Mauvaise à ces instants sereins

5　Qui m'ont conduit et t'ont conduite,
6　— Mélancoliques pèlerins, —
7　Jusqu'à cette heure dont la fuite
8　Tournoie au son des tambourins.

1　素焼きの古びた半獣神が
2　広い芝生の真ん中で笑っている、
3　この晴ればれとした時の後に
4　きっとくる悪い結果を予想しながら

5　それは僕を導いた、そして君を導いた、
6　— 憂鬱な巡礼者たち、—
7　この時まで、そしてこの時は逃げていく
8　タンバリンの音に合わせて渦巻きながら。

　この詩篇は、これまでの宴たけなわの光景とは、趣を異にしている。相変わらず音楽は鳴っているのだが、その中で、ふたりの恋の破局を予想するかのごとく、芝生の中で、素焼きの半獣神が笑っている。長続きしない恋を予感させる。

(15)「マンドリン」
　「セレナーデを奏でる男たちと、それを聞く美しい女たちが、枝の下で色あせた言葉をかわす。男たちは絹の短い上着を着て、女たちは裾の長いドレスを着ている。彼らの優雅さや喜びは、月の光の中に渦を巻いて、マンドリンはそよ風の中で、うるさく鳴る。」

第二節　個々の作品の創作年代とその内容

1　Les donneurs de sérénades
2　Et les belles écouteuses
3　Échangent des propos fades
4　Sous les ramures chanteuses.

11　・・・・・・・・・・・・・・
12　Et leurs molles ombres bleues

13　Tourbillonnent dans l'extase
14　D'une lune rose et grise,
15　Et la mandoline jase
16　Parmi les frissons de brise.

1　セレナーデを奏でる男たち
2　そしてそれを聞く美女たちが
3　色あせた言葉をかわす
4　そよぐ小枝の下で

11　・・・・・・・・・・・・・・
12　そして彼らの柔らかい青い影は

13　月の恍惚の中に渦をまいて
14　バラ色のそして灰色の月の中に、
15　そしてマンドリンはうるさく鳴る
16　そよ風のざわめきの中で。

　月の光の下で、マンドリンに合わせて踊る男たちに女たち。彼らはみな、遊興に浸っている。音楽の鳴り響く、騒がしいほどの宴が描かれている。

(16)「クリメーヌに」

　「神秘な舟歌、言葉なき恋の歌、あなたの瞳、あなたの声が僕の理性の地平線をかき乱す。あなたの白鳥の青白さの香り、あなたの香りの純真さ、あなたの全存在が、心しみる音楽、死んだ天使の後光、音と香り。これらがその交感の中で、僕の心を導いたのだから。」

1　Mystiques barcarolles,
2　Romances sans paroles,
3　Chère, puisque tes yeux,
4　　　Couleur des cieux,

5　Puisque ta voix, étrange
6　Vision qui dérange
7　Et trouble l'horizon
8　　　De ma raison,

8　..........

1　神秘な舟歌、
2　言葉のない恋の歌、
3　恋人よ、空の色をした
4　　　君の目が、

5　君の声、
6　奇妙な幻影が
7　僕の理性の
8　　　水平線をかき乱すから、

　つれない女性クリメーヌに向かって告白した男の恋心である。色

と音と香りの交感は、非常にボードレール的である。ここには騒々しい宴は感じられない。この詩篇は、読者の視覚に訴えるもの、いいかえれば、ワットーのような絵画を彷彿とさせるものではなく、精神的な宴、しゃれた言葉による楽しみの宴である。

(17)「手紙」
　「奥様、昼も夜も、あなたの面影が私につきまとっています。そのため、私の肉体は魂に席をゆずり、亡霊となるでしょう。私はあなたの下僕です。…中略…世界とあらゆる財産を征服し、あなたの足下に愛の証としたいものです。…中略…奥様、疑わないでください。私はひとつのほほえみのために、シーザーのように戦うことができるでしょう。クレオパトラ様、私はアントニーのように、ひとつの接吻とひきかえに逃げ出すことができるでしょう。」

```
 4  ･･････････････････
 5  À travers des soucis où votre ombre me suit,
 6  Le jour dans mes pensers, dans mes rêves la nuit,
 7  Et la nuit et le jour, adorable Madame!
 8  Si bien qu'enfin, mon corps faisant place à mon âme,
 9  Je deviendrai fantôme à mon tour aussi, moi,
10  ･･････････････････
```

　5　あなたの影が私につきまとっています、
　6　昼は私の思いの中に、夜は私の夢の中に、
　7　そして夜も昼も、うるわしの奥様！
　8　そのためとうとう私の体は私の魂に道をゆずり、
　9　今度は私が亡霊となるでしょう、

　「クリメーヌに」におけると同様に、この詩篇においても、視覚

的な描写はなく、言葉による宴が喚起されている。ただ、あまりにも情熱的な、かつ大袈裟な愛の告白のため、ここには一種の皮肉さえ読みとれる。

(18)「のんきな恋人たち」
　「―嫉妬深い運命に反しても、一緒に死にましょう。―めずらしい提案。―めずらしいのはいいことです。デカメロンの中のように一緒に死にましょう。―奇妙な恋人。―きっと非の打ち所のない恋人です。―あなたは名言をはきますが、しゃべらずにおきましょう。―あの晩チルシスとドリメーヌは、幸せな森の神の側に座って、すばらしい死を延期するという、あがない得ない間違いを犯したのです。」

1　― Bah! malgré les destins jaloux,
2　Mourons ensemble, voulez-vous?
3　― La proposition est rare.

4　― Le rare est le bon. Donc mourons
5　Comme dans les Décamérons.
6　― Hi! hi! hi! quel amant bizarre!

7　・・・・・・・・・・・・

1　―さあさあ！　嫉妬深い運命に反しても
2　一緒に死にましょうよ、いいでしょう。
3　―珍しい申し出ですこと。

4　―珍しいことはいいことです。だから死にましょう
5　ちょうどデカメロンの中でのように。
6　―ふ、ふ、ふ、何て奇妙なお方！

口上手な男が女を露骨に口説いている。官能的な会話である。こ
こにはルネッサンス風のエロチシズムが感じられる。

(19)「コロンビーヌ」
　「ばかのレアンドル、ピエロがぴょんぴょん飛び跳ねて、詐欺
師のアルルカンは、仮面の中から目を光らせている。美しい意
地悪な小娘の前で、みんな笑い、歌い、踊る。彼らは運命の定
めに従って進むが、容赦ない小娘はスカートをまくり上げて、
だまされやすい人びとの群を、どんな陰鬱な災いへと導くのか。」

1　Léandre le sot,
2　Pierrot qui d'un saut
3　　　De puce
4　Franchit le buisson,
5　Cassandre sous son
6　　　Capuce,

7　Arlequin aussi,
8　Cet aigrefin si
9　　　Fantasque
10　Aux costumes fous,
11　Ses yeux luisant sous
12　　　Son masque,

13　・・・・・・・・・・

27　・・・・・・・・・・
28　Oh! dis-moi vers quels
29　Mornes ou cruels
30　　　Désastres

31　L'implacable enfant,
32　Preste et relevant
33　　　Ses jupes,
34　La rose au chapeau,
35　Conduit son troupeau
36　　　De dupes?

1　ばかなレアンドル
2　ピエロがぴょんと
3　　　飛び跳ねて
4　茂みを飛び越え
5　カサンドルは
6　　　被りものして

7　アルルカンもまた
8　この詐欺師は
9　　　とてもきまぐれ
10　ばかな服着て
11　その目は光っている
12　　　マスクの下で

13　‥‥‥‥

28　さあ！言っておくれ、どんな
29　陰鬱なまたは残忍な
30　　　災難に

31　容赦ない、すばやい
32　子供がスカートを
33　　　めくりあげながら

34　帽子にバラをくっつけて
35　導くのか
36　　　だまされやすい人の群を

　みんなで笑ったり踊ったりしながら、ひとりの女を追いかけている。しかしその女はみんなをだまして、どこかへ連れていくのかもしれない。遊戯的な雰囲気あふれる光景である。しかしここには 28 詩行から最後の詩行にかけて、一抹の不安が読みとれる。楽しみの中に、何か不吉な災難がありそうだが、それがどこだか分からないのだ。

(20)「地に落ちた愛神」
　「昨夜の風が愛神を倒した。その顔は僕たちに、ある日のことを思わせていたのに。朝風に大理石は回って散っている。台座を見るのは悲しい。そこには作者の名前が、かろうじて読める。台座だけ立っているのを見るのは悲しい。憂鬱な思いが、僕の夢の中で行き来する。その夢の中では、深い悲しみが、孤独で不幸な未来を思わせる。あなたも悲しいでしょう。たとえあなたの移り気な目が、残骸でおおわれた小道の上を飛ぶ蝶を見て楽しんでいても。」

8　・・・;・・・・・・・・・・・・

9　Oh! c'est triste de voir debout le piédestal
10　Tout seul! Et des pensers mélancoliques vont
11　Et viennent dans mon rêve où le chagrin profond
12　Évoque un avenir solitaire et fatale.

13　・・・・・・・・・・・・・・・

9　ああ！台座が立っているのを見るのは悲しいことだ
10　しかもたったひとりで！そして憂鬱な思いが僕の夢の中で
11　行ったり来たりしている。そこでは深い悲しみが
12　孤独で不幸な未来を思わせる。

　風に吹き飛ばされた愛の像は、地面に落ちて壊れてしまった。残った台座だけが、ひとつたたずんでいる。これは、いかに宴が楽しかろうと、恋を夢見ようとも、その後には孤独な悲運が訪れることを暗示している。詩人にとって、楽しみはいつまでも続かないのであろうか。

(21)「忍び音に」
　「高い小枝がつくる薄明りの中に、静かに僕たちの愛を沈ませよう。松の木と、やまももの物憂さの中に、僕たちの魂、心、恍惚感を溶かし込もう。目を閉じて。腕を組んで。まどろんだ君の心から、どんな思いも追い出すように。あなたの足下に吹いてくる風に身を任せよう。黒い樫の木から夜が落ちると、夜鳴き鳥が僕たちの絶望を歌うだろう。」

1　Calmes dans le demi-jour
2　Que les branches hautes font,
3　Pénétrons bien notre amour
4　De ce silence profond.

5　・・・・・・・・・・・・・・

17　Et quand, solennel, le soir
18　Des chênes noirs tombera,
19　Voix de notre désespoir,
20　Le rossignol chantera.

2　高い小枝が作る
1　薄明りの中に、静かに
3　僕たちの愛を沈ませよう
4　この深い沈黙によって

5　..........

17　そして、荘厳に、夜の帷が
18　暗い柏の木から降りてくるとき、
19　僕たちの絶望の歌を
20　夜鳴き鳥が歌うだろう。

　愛し合っていても、最後には、ふたりの恋は絶望の歌となってしまう。やはり、楽しみの後に訪れる不安、悲しみ、絶望などが暗示されている。ここには、もはや浮かれ騒ぎの宴は存在しない。仮面を被った優雅な男女の、歯の浮くような会話もない。そろそろ宴も終わりかと予想させる。

(22)「感傷的な会話」
　「ひとけのない、凍てついた古い公園の中で、ふたつの影が通って行った。彼らの目は生気なく、唇は活気がない。言葉もほとんど聞き取れない。ふたつの亡霊は、過去を呼び覚ました。―僕たちの楽しかった頃を覚えているかい。―どうして覚えていろと。―僕の名前を聞いて心ときめくかい。僕の夢を見るかい。―いいえ。―ぼくたちが口づけを交した幸せな日々よ。―そうかもしれない。―空は青く、希望は大きかった。―希望は逃げてしまった。彼らはからす麦の中を歩いていた。夜だけが彼らの話を聞いた。」

10　..................

11 ― Ah! les beaux jours de bonheur indicible
12 Où nous joignions nos bouches! ― C'est possible.

13 ― Qu'il était bleu, le ciel, et grand, l'espoir!
14 ― L'espoir a fui, vaincu, vers le ciel noir.

15 Tels ils marchaient dans les avoines folles,
16 Et la nuit seule entendit leurs paroles.

11 ―言葉には言い尽くせない幸福の美しい日々！
12 僕たちは口づけを交していたね。 ―そうかもしれない。

13 ―空はなんと青く、希望はなんと大きかったことか！
14 ―希望は逃げて行きました、うち負かされて、暗い空へと。

15 こうしてふたりはからす麦茂る中を歩いていた、
16 夜よりほかにふたりの話を聞いた者はいなかった。

　人気のない公園での、かつて恋人同士だったふたりの会話である。ひとりはまだ過去の楽しかった思い出に浸ろうとするが、相手のほうは、すっかり冷めている。「16 夜よりほかにふたりの話を聞いた者はいなかった。」(16 Et la nuit seule entendit leurs paroles.) で終わるこの詩篇は、遊興的な宴とは対照的に、悲惨である。楽しみの後の悲しみが現実のものとなって宴は終わった。
　以上が、配列された順番による、各詩篇の大まかな内容である。
　次にこれらの内容をもとにして作品全体の構成に検討を加える。

3) 作品の全体構成
　22篇からなるこの作品を一読すれば、ひとつの筋立てのもとに構成されていることに気づく。すなわち、巻頭に置かれた「月の光」

において、詩人は、これから始まる宴は楽しいものだけではない、ということを暗示していた。

第2篇から、いよいよ『艶なる宴』が始まる。イタリア喜劇の役者たちも勢揃いする。しかし、カサンドルはその宴のなかでも人知れず涙を流している。

第3篇の「草の上」から第19篇の「コロンビーヌ」までは、いくつかの詩篇を除いては、まさにワットーの絵画を見るようである。しかし、この浮気な、優美な、享楽的な宴の中にも、第14詩篇の「半獣神」におけるように、恋は長続きしないと悲しく歌う詩篇も組み込まれていた。

楽しみの中にも、将来に対する不安を感じるという、悲観的な視点は、ヴェルレーヌ的とも言えるのではないだろうか。やがて宴の終わりを予測させる第20篇「地に落ちた愛神」、および第21篇「忍び音に」においても、このような不安が歌われている。そして『艶なる宴』の最終篇である「感傷的な会話」は、まさにこの宴の終わりを決定的なものとしている。このような「楽しみと不安」というテーマで『艶なる宴』を読むと、以下のように、この詩集の構成を見ることができる。

詩集構成一覧表

宴	タイトル	テーマ
宴のはじまり	「月の光」	悲しみの予感
宴そのもの	「パントマイム」	楽しさの中の悲しさ
	「草の上で」	甘い言葉、宴の真っ盛り
	「小道」	浮気女の散歩の風景
	「そぞろあるき」	恋人同士の恋のかけ引き
	「洞窟の中」	芝居がかった口説きの文句
	「うぶな人たち」	女から誘われて震える若者
	「お供」	官能的風景

宴	タイトル	テーマ
宴そのもの	「そぞろあるき」	恋人同士の恋のかけ引き
	「洞窟の中」	芝居がかった口説きの文句
	「うぶな人たち」	女から誘われて震える若者
	「お供」	官能的風景
	「貝殻」	官能的風景
	「スケートしながら」	恋の戯れ
	「あやつり人形」	官能的風景
	「恋の島」	官能的風景
	「舟に乗って」	優雅な船遊び
	「半獣神」	恋の破局の予感
	「マンドリン」	音楽の宴
	「クリメーヌに」	恋心の告白
	「手紙」	大袈裟な愛の告白
	「のんきな恋人たち」	官能的な口説き
	「コロンビーヌ」	悲しみの予感
	「地に落ちた愛神」	悲しみの予感
	「忍び音に」	悲しみの予感
宴の終わり	「感傷的な会話」	悲しみの実現

　これによって、ヴェルレーヌがひとつの意図をもって、『艶なる宴』を構築したということが、明白になったのではないだろうか。宴は夜に始まり、夜に終わった。悲しみの予感は、それが現実のものとなって終わった。ヴェルレーヌによって描かれた宴は、遊興的かつ享楽的なものであり、そこで戯れる優美な男女は、浮気っぽく、決して深みにははまらない。「そぞろ歩き」にみられるように「10 優しい心はしているが、恋の誓いなどしたりはしない、」(10 Cœurs tendres, mais affranchis du serment,)。時には官能的でさえある宴も、決して長続きしない。これがヴェルレーヌの宴なのである。「感傷

的な会話」で「16 夜よりほかにふたりの話を聞いた者はいなかった。」(16 Et la nuit seule entendit leurs paroles.) と締めくくることで、ヴェルレーヌは彼の『艶なる宴』を終わらせた。このような筋立てのもとに個々の詩篇を配置し、自分の『艶なる宴』を描くこと、これがヴェルレーヌの意図ではないだろうか。

　ところで、われわれは、ヴェルレーヌの『艶なる宴』において、様々な内容の宴が、例えば、「楽しみ」や「悲しみの予感」などが配置されていることを、詩集構成一覧表によって発見できる。人間の肉体が、様々な部分から成り立って、ひとつの個体、ひとりの人間を形成しているのと同様に、『艶なる宴』においても、「楽しみ」と「悲しみ」というふたつの異なる概念の共存によって、ひとつの統一体としての姿が現れていると言える。

　それゆえ、『艶なる宴』が一見、高踏派の没個性的な作品であるとの印象を読者に与えようとも、このような観点から作品を読み終えたわれわれは、その中に、ヴェルレーヌの表現によって描き出された世界を見ることができるのではないかと考える。それでは、ヴェルレーヌの表現とは何か、またその世界とはどのようなものか、数篇の作品の中から、彼の文体を中心に検討することで、このふたつの問いに答えてみよう。

第三節

対照法 (antithèse) の観点から見るヴェルレーヌの文体

　われわれは『艶なる宴』の中に、相対立するふたつの観念、すなわち、「楽しみ」と「悲しみ」あるいは、「希望」と「絶望」が共存していることを指摘した。これは一種の文彩であり、このことに関して、アンリ・モリエ (Henri MORIER) は「対照法とは、ある概念が別の概念を引き立たせるために、ふたつの概念の間にコントラストを据える文彩である。対照法はふたつの語、ふたつの概念、ふたつの色を対照させることができる。」[20] と言う。さらに対照法のカテゴリーにかんして、「主題は無尽蔵にある。」[21] と述べ、様々な対照法の可能性を認めている。

　それゆえ、われわれは、ここでふたつの対照法を検証する。ひとつは 1) 語句、あるいはその語句のもつ概念の対照法、ただし撞着語法 (oxymore) ほど厳密な対立ではない、および 2) 脚韻による対照法である。

1）語句あるいは概念の対照法 （下線は筆者による。）
「月の光」
　3　<u>Jouant</u> du luth et <u>dansant</u> et quasi
　4　<u>Tristes</u> sous leurs <u>déguisements fantasques</u>.

　3　<u>リュートを奏でながら</u>そして<u>踊りながら</u>そしてほとんど　　　　享楽
　4　<u>悲しく、幻想的な仮装</u>の下で。　　　　　　　　　　　　　　悲しみと祭り

　5　Tout en chantant sur <u>le mode mineur</u>
　6　L'amour vainqueur et <u>la vie opportune,</u>
　7　Ils n'ont pas l'air de croire à leur bonheur

5　短調の音階にあわせて、　　　　　　　　　　　　　　　悲哀
　6　勝ち誇った愛と時宜を得た人生を歌いながらも、　　　　幸福
　7　彼らは自分達の幸福を信じていないようだ　　　　　　　不安

「パントマイム」
　4　Cassandre, au fond de l'avenue,
　5　Verse une larme méconnue

　4　カサンドルは、並木道の奥で　　　　　　　　　　　　　喜劇役者
　5　人知れず、ひとつぶの涙を流す　　　　　　　　　　　　悲哀

「スケートしながら」
　45　Rires oiseux, pleurs sans raisons,

　45　無駄笑い、理由のない涙、　　　　　　　　　　　　　笑いと涙

「半獣神」
　1　Un vieux faune de terre cuite
　2　Rit au centre des boulingrins,
　3　Présageant sans doute une suite
　4　Mauvaise à ces instants sereins

　1　素焼きの古びた半獣心が
　2　広い芝生の真ん中で笑っている、　　　　　　　　　　　笑い
　3　この晴ればれとした時の後に　　　　　　　　　　　　　幸福
　4　きっとくる悪い結果を予想しながら　　　　　　　　　　不吉さの予感

「コロンビーヌ」
　14　Tout ce monde va,
　15　　Rit, chante

16　Et <u>danse</u> devant
17　Une belle enfant
18　　　Méchante

14　この人たちはみんな進み、
15　　<u>笑い、歌う</u>　　　　　　　　　　　享楽
16　そして<u>踊る</u>　　　　　　　　　　　享楽
17—18　美しい意地悪娘の前で

29　<u>Mornes ou cruels</u>
30　　　Désastres

29　<u>陰鬱なまたは残忍な</u>　　　　　　　陰鬱
30　　災難に　　　　　　　　　　　　　不幸

「地に落ちた愛神」
　1　<u>Le vent de l'autre nuit a jeté bas l'Amour</u>
　2　Qui ....
　3　<u>Souriait</u> en bandant malignement son arc,

　1　<u>昨夜の風が『愛神』を地に落とした</u>　　愛の終わりの予感
　2　その愛神は……
　3　自分の弓を引き絞りながら<u>いたずらっぽく笑っていた</u>、　笑い

10　……. Et des <u>pensers mélancoliques</u> vont
11　Et viennent dans mon rêve où <u>le chagrin profond</u>
12　Évoque <u>un avenir solitaire et fatale</u>.

10　……そして<u>憂鬱な考え</u>が行ったり来たりする　　憂鬱
11　僕の夢の中を。そこでは<u>深い悲しみ</u>が　　　　　悲しみ

— 78 —

第三節　対照法の観点から見るヴェルレーヌの文体

12　<u>孤独で宿命的な未来</u>を連想させる。　　　　　　　　　　　不幸な運命

14　................, bien que ton œil frivole
15　<u>S'amuse au papillon de pourpre et d'or</u> qui vole
16　<u>Au-dessus des débris</u> dont l'allée est jonchée.

14　……たとえ君の移り気な目が
16　<u>小道を覆う愛神の残骸</u>の上を舞う　　　　　　　　　　　愛の破局
15　<u>真紅や黄金色の蝶を見て楽しんでいて</u>も。　　　　　　　楽しみ

「忍び音に」

1　Calmes dans le demi-jour　　　2　高い小枝が作る
2　Que les branches hautes font,　1　薄明かりの中に、静かに
3　Pénétrons bien notre amour　　3　僕たちの愛を沈ませよう
4　De ce silence profond.　　　　4　この深い沈黙によって
　　…………　　　　　　　　　　　　…………
17　Et quand, solennel, le soir　17　そして、荘厳に、夜の帷が
18　Des chênes noirs tombera,　 18　暗い柏の木から降りてくるとき、
19　Voix de notre désespoir,　　19　僕たちの絶望の歌を
20　Le rossignole chantera.　　 20　夜鳴き鳥が歌うだろう。

　ここでは語句の対照法というより、その内容における概念の対照法に注目した。第1詩行から第16詩行までは（第5詩行から第16詩行まで内容が同様なので、その部分は省略した）、静かな愛の喜びを歌うが、最終詩節の第17詩行から第20詩行においては、愛が絶望の歌に変わるだろうと、愛と絶望の対照をなしている。

「感傷的な会話」

13　— Qu'il était <u>bleu</u>, le ciel, et <u>grand</u>, l'espoir!
14　— <u>L'espoir a fui</u>, <u>vaincu</u>, vers <u>le ciel noir</u>.

— 79 —

13 ―<u>空はなんと青く</u>、<u>希望はなんと大きかったことか</u>！　　　　　希望
14 ―<u>希望は逃げて行きました</u>、<u>うち負かされて</u>、<u>暗い空へと</u>。　　絶望

　このように、われわれは、数篇の詩篇の内部に「喜び、楽しみ、希望」と「悲しみ、不安、絶望」の対照法を確認した。さらに、『艶なる宴』をひとつの統一体としてとらえたとき、詩集構成一覧表によって、同様に「享楽」と「悲しみ」の対照法をなしていることを発見した。すなわち、『艶なる宴』においては、1篇の詩篇の中に、「歓」と「悲」の対照法をもつものがあり、統一体としても、「歓」と「悲」の概念が組み込まれているのだ。アンリ・モリエが言う「ある概念が別の概念を引き立たせるため」の対照法は、ヴェルレーヌにおいては「悲しみの概念」によって「喜びの概念を」引き立たせ、「喜びの概念」によって、「悲しみの概念」を引き立たせている。結果として、相対立するふたつの概念を、ヴェルレーヌは同時に強調しているのである。これによって、彼の描く『艶なる宴』は、楽しい世界であるが、最後には悲しい結末で終わるという筋立てを、実に効果的にわれわれに描いてみせている。

2) 脚韻による対照法

　『艶なる宴』において、各詩篇のそれぞれの脚韻に注目すると、男性韻、女性韻が時には平韻であれ、抱擁韻であれ、総じて平均的に配列されている。そのため、聞く者は、耳に心地よい変化を楽しむことができるのであるが、わずかに2篇だけが、ひとつは男性韻のみ、もうひとつは女性韻のみからなる。女性韻だけで構成された詩篇は「マンドリン」であり、男性韻だけで構成された詩篇は「忍び音に」である。
　グラモンは、男性韻と女性韻の交替をおこなわない場合の効果と、それぞれの韻の特徴を、以下のように説明する。

　　詩人がもし、均一性や単調さといった印象を表現したいなら

ば、また、変化しない状態や状況を描きたいならば、脚韻の交替をおこなわないことが、詩人のできる手段の一つである。…中略…脚韻の交替をおこなわないとき、それを全て男性韻にするか、全てを女性韻にするかは、どうでもよい。男性韻は、なにか明確な断固としたものがあり、作品の周囲にある憂鬱さや、優柔不断さには全くふさわしくない。…中略…女性韻は弓が弦から離れた後でも震え、鳴り響く弦のように、強勢された母音の後に続く子音によって、いわば余韻を残す。その結果、より弱々しい、より穏やかな、そして同時に、より持続的な印象を与える[22]。

　この説に則って、まず女性韻だけで構成された「マンドリン」を検討してみよう。その内容は、月の光の下で、マンドリンに合わせて踊る男たちと女たちが、遊興に浸っている。音楽の鳴り響く、騒がしいほどの宴であった。これが、全て女性韻で構成されているため、この詩篇の内容と脚韻の使用目的とがみごとに一致している。とりわけ最後の詩行「15 そしてマンドリンはうるさく鳴る / 16 そよ風のざわめきの中で。」(15 Et la mandoline jase / 16 Parmi les frissons de brise.)において、いつまでもマンドリンが鳴り響く様を意味する動詞「うるさく鳴く」(jaser) との相乗効果も加わって、女性韻のみの脚韻の使用は、聞く者に十分その持続性の効果を示すことができる。

　しかしながら、全てが女性脚韻だけであれば、おのずと詩篇全体が単調な音色を帯びることになるが、ここではそれを防ぐための豊かな脚韻 (rimes riches) が使用されていることにも注目しよう。下線は筆者による。

1 .... sérén<u>ades</u>　　　　　a
2 .... éc<u>outeuses</u>　　　　b
3 .... f<u>ades</u>　　　　　　a
4 .... chan<u>teuses</u>.　　　b

5	……………… Aminte,	c
6	……………… Clitandre,	d
7	……………… mainte	c
8	……………… tendre.	d

……………

13	……………… l'extase	g
14	……………… grise,	h
15	……………… jase	g
16	……………… brise.	h

　とりわけ、第6詩行と第8詩行の脚韻は、あまりにも豊かすぎる。このような豊かな脚韻について、グラモンは「豊かすぎる脚韻は言葉遊びのようで、真面目なジャンルにおいては、常に避けられるべきである。」[23] と警告する。確かに真面目なジャンルにおいては、グラモンの指摘に従うべきであろうが、この「マンドリン」においては、扮装した男女が歌ったりマンドリンを奏でる宴のさなかの世界であり、かえって豊かすぎる脚韻は、真面目ではない光景を彷彿とさせるに十分な効果を持つと言えるのである。これによって、単調な音色となるはずのものに、アクセントが加わったのである。

　さらに、ポール・スリエ・ラペイール (Paule SOULIÉ-LAPEYRE) は豊かな脚韻について、「豊かな脚韻は、何か鋭いものを詩に付加する」[24] と説明する。

　これらを総合すれば、「マンドリン」は、すべてが女性脚韻で構成され、単調になりがちであるが、豊かすぎる脚韻の使用のために、単調さは免れ、なにか変化に富んだ、鋭い詩篇であるという印象を聞く者に与えるのである。これに加えて、女性韻だけによって構成されたこの詩篇は、グラモンが言うように「より持続的な印象を与える」ため、この「宴」がいつまでも、永続的に楽しいものであり

第三節　対照法の観点から見るヴェルレーヌの文体

続けるという印象をわれわれに与えるのに、非常に有効な働きをしている。

　これとは反対に、「忍び音に」は全て脚韻は男性韻で終わる。脚韻の交替がおこなわれない場合、「単調さといった印象」や「変化しない」状態がいつまでも継続するという印象を、聞く者に与えるというグラモンの説も、「マンドリン」の場合は、豊かすぎる脚韻のおかげで、「単調さといった印象」に限ってはこれを免れていた。しかし「忍び音に」において、豊かすぎる脚韻は 20 詩行のうち、1 組しかない。

```
6  ......................... extasiés,
7  .........................
8  ......................... arbousiers.
```

　そのため、この詩篇は、単調な状態がいつまでも続くという印象を聞く者に与える。なぜ、彼はここで、豊かすぎる脚韻を使用しなかったのか。それはこの詩篇の内容による。ここでは、楽しみの後に訪れる「不安」、「悲しみ」、「絶望」などが暗示され、もはや浮かれ騒ぎの宴は存在しない。仮面を被った優雅な男女の、歯の浮くような会話もないという、いささか楽しい宴とは趣を異にしたものであることから、ヴェルレーヌは「マンドリン」におけるような、豊すぎる脚韻を使用することを控えたと推測できる。

　さらに、グラモンが言うように、男性韻は「何か明確な、断固としたもの」を表現するのに有効であり、「憂鬱さや優柔不断さを表現するには」適切ではない。ここでは、最終詩節がこのことを明確に、聞く者に印象づけている。この詩篇でヴェルレーヌが最も強く表現したかったこと、それが最終詩節であることを、この男性韻によって、聞く者は感じとることができるのである。

17 Et quand, solennel, le soir

18　Des chênes noirs tombera,
19　Voix de notre désespoir,
20　Le rossignol chantera.

17　そして、荘厳に、夜の帷が
18　暗い柏の木から降りてくるとき、
19　僕たちの絶望の歌を
20　夜鳴き鳥が歌うだろう。

　すなわち、楽しみの後には、必ず絶望の歌が待っているということを、ヴェルレーヌは男性韻だけの使用によって、「何か明確な、断固としたもの」のように表現したのだ。これがヴェルレーヌが最も描きたい世界であり、ここでも「マンドリン」同様、脚韻のもつ音の響きが大きな役割を演じている。これらの検証により、ヴェルレーヌが、音の響き、すなわち詩句の音楽性によってその内容を聞く者に暗示するため、いかに技巧を駆使しているか納得させられるであろう。グラモンは言う。

　　脚韻がなければ、詩句は紙の上と目のためのものでしかない。詩句は本来、聞かれるために作られている。…中略…詩句をただ単に目だけで読むこと、それは誤読である[25]。

　われわれは、女性韻のみで構成された詩篇と、男性韻のみで構成された詩篇の対照法を、『艶なる宴』の中で見た。この音の響きによる対照法によって、ヴェルレーヌが描こうとする世界、すなわち、喜びや楽しみの世界がいつまでも続くというひとつの概念と、しかしそれでも最後には必ず絶望で終わるというもうひとつ概念、このふたつの概念を同時に、聞く者＝読む者の心に暗示する。これが、ヴェルレーヌの対照法という文体によって表現されたヴェルレーヌの世界である。

『土星びとの歌』においては、ヴェルレーヌは高踏派の芸術理論をその詩集の中で追求しながらも、例えば「よく見る夢」の中に、彼の「不安」や「悲しみ」といった個人的な感情を、密かに忍び込ませていた。その結果、彼の自己表現は、明確には正面に現れていなかった。ところが、『艶なる宴』においては、高踏派の目指す没個性的なテーマを中心に置きながらも、楽しい宴もいつかは悲しみで終わるというひとつの筋立てのもとに創作された世界を、彼の文体をとおして見ることができた。これこそ、ヴェルレーヌの個人的感情の表現であり、高踏派とは一線を画す傾向にあると言えよう。しかしながら、このような自己表現も、相変わらず、高踏派の影響のもとにあり、まだ明確に表面に押し出されているとは言い難い。

　ヴェルレーヌは『艶なる宴』を出版した後、高踏派とは全く無縁の、ひとりの女性と出会う。彼女によって、彼の詩は大きく変化するのである。われわれは、次の章においてその変化に立ち会うことになる。

第 三 章

『よき歌』(*la Bonne Chanson*)
における愛の告白

第一節

全く新しい詩集として指摘される『よき歌』

『土星びとの歌』および『艶なる宴』においては、高踏派芸術が目指す没個性的なテーマの中に、ヴェルレーヌは少しずつ自己を表面に表していた。しかし、それはまだ、非常に明確な形としては表現されてはいなかった。事実、『土星びとの歌』にかんして、ヴェルレーヌ自身も次のような評価を下している。《　》は原文のまま。

　私は1867年に『土星びとの歌』によってデビューした。これはまだ青くさく、必然的に、いたるところ模倣の跡がみられる。その上、私はその作品において、当時流行していた言葉どおり、《無感動》(impassible) だった[1]。

ところで、『よき歌』を解釈するとき、ヴェルレーヌの伝記は欠かすことのできない要素のひとつとなる。なぜならば、クロード・キュエノが主張するように、

　これはルコント・ド・リールとの完全な断絶であり、高踏派とのほとんど完全な断絶である。これは全く内心の、全く個人的リリスムの作品であり、そこでは、ほとんどひとつひとつの作品が、正確な出来事に結びついている[2]。

からである。

ブロニスラヴァ・モンキエヴィッチ (Bronislawa MONKIEWICZ) も、次のように言う。

　これは客観的で叙述的詩から、個人的表現の、そして魂の告白への移行の詩である[3]。

第一節　全く新しい詩集として指摘される『よき歌』

　確かに、『よき歌』の中には、『土星びとの歌』に見られた没個性あるいは無感動は存在しない。「秋の歌」のすすり泣きも、あるいは、『艶なる宴』で見た、将来にたいするヴェルレーヌ独特の理由のない不安の暗示もない。このような変化を、モンキエヴィッチの言を借りるならば、「個人的表現の、そして魂の告白への移行の詩」を理解するため、以下に極めて簡単ではあるが、ヴェルレーヌの生き様を紹介し、作品理解の一助としたい。

1）作品の成立まで

　ヴェルレーヌは『土星びとの歌』および『艶なる宴』によって、文壇に確固たる地位を占めた。しかし、その生活はまさに地獄そのものだった。市役所での仕事を終えると、作曲家でもありピアニストでもある友人シャルル・ド・シヴリイ (Charles de SIVRY) やルペルチエラと酩酊するまで酒をのみ、居合わせた客との暴力沙汰もしばしばだった。さらには酔った勢いで、自分の母親に向かってサーベルを振り回すことさえあった[4]。

　このような乱れた生活の中で、運命的な出会いがあった。1869年6月の始め、友人シヴリイ宅での妹マチルド・モーテ (Mathilde MAUTÉ) との出会いである。ヴェルレーヌはこの16歳になったばかりの少女に一目惚れする。このときマチルドは、すでに『土星びとの歌』と『艶なる宴』を読んでおり、その作家がヴェルレーヌであることを知っていた。これらの詩集は以前、兄のシヴリイから与えられたものだった。彼女は、

　　最初の詩集の中に私はとても美しいものを見いだしました。第二集は私には素晴らしく思えました。そして、それは私を完全に魅了したのです。シャルルはこの詩集の中の数篇に曲をつけ、私は、中でも「公園」や「感傷的な会話」の歌を学んだのです。やがて兄はカリヤス (Nina de CALLIAS) 婦人宅でよく会うその作家と、ますます親交を深めていきました。私はベルトー (Madame BERTEAUX) 婦人宅での夜会の後、数ヶ月間、彼とは会

いませんでした。それが私たちの家で彼と出会うなんて、ほんとうに全くの偶然です。ある日、彼は私の兄に会いに来たのです5)。

と、『我が生涯の思い出』(*Mémoires de ma vie*) の中で証言している。

　この訪問の数日後、ヴェルレーヌは、叔父の住むファンプー (Fampoux) で母親と過ごし、そこからシャルルに宛てて、マチルドとの結婚が拒まれていないかどうか確かめるよう頼んでいる。残念ながらその手紙は発見されていないが、マチルドの証言によって、その概要は知ることができる。

　彼はそこにおよそ一週間ほどおり、その時、彼はシャルルに宛てた手紙の中で、彼が私を見て魅了されたこと、私が彼に言ったことによって、彼はすっかり私に夢中になっていることなどを書き、彼は私の兄に、自分の求婚が拒否されていないかどうか、自分に希望があるかどうか知らせてくれるように頼んでいました。
　シャルルは少し驚きましたが、ちっとも悪い気はしていませんでした。というのも、兄はその友人が大好きだったからです。兄は私にその手紙を見せてくれました。それから私たちは母を呼びました。たった一度話しただけで、こんなにも性急な愛情に、母も私同様、驚いていました。── きっと一目惚れにちがいありません！──6)

　プチフィスによれば、1869年7月20日頃、シャルルはヴェルレーヌに、結婚にかんして希望的な返事を与えた7)。この頃から、ヴェルレーヌは『よき歌』に収められるであろう詩篇のいくつかを書き始める8)。友人たちとの酒も断ち、仕事を終えると真っ直ぐに帰宅し、母親にも優しくつくすようになる9)。
　結婚の契約は1870年6月23日と6月24日におこなわれ10)、その後、マチルドとその母親が相次いで天然痘に罹る。そのため6月29

第一節　全く新しい詩集として指摘される『よき歌』

日におこなわれるはずの結婚式は 8 月 11 日に延期された[11]。このように、ヴェルレーヌがマチルドと知り合って、1 年 2 ヶ月後には結婚することになる。そのときヴェルレーヌは 26 歳であった。このわずか1年足らずの間に 16 歳の婚約者のことを想って作った詩篇や、直接手渡したと思われる詩篇は、21 篇の詩集としてまとめられ、『よき歌』と題されて、590 部が 1870 年 6 月 12 日に刷り上がった。しかし、7 月 17 日にプロシアへの宣戦布告がなされたため、実際、詩集の販売は 1872 年まで遅れることとなった。以上のような過程を経て『よき歌』は完成した。

2）誰のための、また、何のための出版か

　これまでの詩集、すなわち『土星びとの歌』および『艶なる宴』は、いわば、不特定多数の読者から、あるいはユーゴーやマラルメ (Stéphane MALLARMÉ)、サント・ブーヴ (SAINTE-BEUVE) などの文人たちから、高い評価を得ようとの期待がヴェルレーヌにはあったと思われる。しかし、『艶なる宴』は「一般の読者よりは、概して、玄人たちによって評価された。」[12]

　プチフィスの指摘によれば、ヴェルレーヌは自分の詩集の評判を非常に気にしていたようで[13]、友人のルペルチエに宛てた1869 年 3 月の手紙で、

　　　僕は君に『艶なる宴』を送る。これを無駄にしないでくれ。(―広報係として―) つまり、賞賛で胸がむかつくほどの記事が欲しいのだ。さもなくば死を[14]。( ) は原文のまま。

と書き送っている。

　しかし、『よき歌』の読者は、これまでとは全く異なる。これは婚約者マチルドを念頭において作られたものである。いわば、ヴェルレーヌのマチルドに対する切々たる恋心を歌った私的恋文とも言

えよう。それでは、ヴェルレーヌはなぜ、散文ではなく韻文で恋文を作ったのか。この問いに何と答えよう。ヴェルレーヌ自身の証言は、どこにも見いだせなかった。そこで再び、マチルドに証言を求めよう。（　）は筆者による。

　私の兄がファンプーに到着するとすぐに、彼(ヴェルレーヌ)は『よき歌』の最初の詩篇を作りました[15]。

と述べ、その詩篇の最初と最後の詩節を彼女は引用している。ここでは、ヴェルレーヌから渡されたとは明言していない。おそらく、兄のシャルル・ド・シヴリイから手渡されたものであろう。なぜなら、彼女は『よき歌』の第2詩篇について、次のように語っているからである。

　帰宅して数日後に、シャルルは私に『よき歌』の第2詩篇を渡しました[16]。

この間、マチルドは兄と共に、1967年の8月と9月をブエルの城館(château de Bouëlle)で過ごしていた。マチルドは続ける。

　このようなあらゆる楽しみの最中に、私の哀れな詩人はどうなっていたのでしょう。奥様、本当のことを申しますと、私はあの方のことを少し忘れていたのですよ。でも、あの方はいつも私のことを思ってくれていたんです。と申しますのも、あの方は私の兄に宛てた手紙で、『よき歌』の中でも、最も美しい詩篇のひとつを私に渡すように頼んでいたのです。この最初の詩句は次のようなものです。
　　　ひだかざりのついた灰色と緑の服を着て・・・

　私はこの詩にとても感動しました。そこで、私は母に頼んで、

第一節　全く新しい詩集として指摘される『よき歌』

この詩を作った方にお礼の手紙を書く許しを得たのです。母は少し躊躇しましたが、同意してくれました[17]。

　このように、ヴェルレーヌはことあるごとに、シャルルに頼んで、自分が作った詩をマチルドに渡していたのである。また、これを機に、ふたりの文通が始まる。この中には、詩以外にヴェルレーヌの手紙も含まれていたであろう。マチルドは言う。

私の手紙はどれひとつ、ここに紹介できるようなものではありません。それは本当に子供の手紙なのです。自分のためにだけ美しい詩を書いて下さる方にたいして、愛らしくしよう、失礼にならないようにしよう、としているとてもおとなしい幼い娘の手紙なのですから[18]。

　このように、今となってはマチルドの手紙を見ることはできない。ヴェルレーヌがマチルドに宛てた手紙にかんしても、同様である。その内容は全くわからない。以下はマチルドがブエルの城館で家族写真を撮り、その一枚をヴェルレーヌに、母の許可を得て送った時の思い出である。(　)は筆者による。

私は母に頼んで、ヴェルレーヌに一枚の写真を送る許可を得ました。あの方の手紙と詩は日毎、ますます私を魅了していたのです。そしてあの方は、次のような詩句で、私に感謝の念を表してくれたのです。
　　　彼女の右の手は、愛らしく優しいしぐさで、
　　　妹の首のあたりに憩う・・・(IX)[19]

　以上のようなマチルドの証言をもとにすれば、ヴェルレーヌはなぜ恋文を散文ではなく韻文で書いたのかとの問いにたいして、以下のように答えることができるだろう。

ヴェルレーヌは、もちろん散文でも手紙は書いていたようだが、それは、マチルドの記憶にはあまり深く残っていない。そのため、散文の手紙の内容について、彼女は『我が生涯の思い出』の中で証言してはいない。最後に引用した「あの方の手紙と詩は日毎、ますます私を魅了していたのです。」程度のものである。しかし、ヴェルレーヌの詩にかんしては、彼女は数多く引用している。彼女にとっては、散文の手紙よりも、韻文で書かれた恋文のほうが印象深いのだ。再度、最後の引用に注目しよう。「そしてあの方は、次のような詩句で、私に感謝の念を表してくれたのです。」ヴェルレーヌは、写真を送ってくれたことにたいする感謝の気持ちを、詩によって表現しているのだ。

　彼は詩人だ。人は誰でも自分が最も得意とする分野で、女性の愛を得ようと試みるのではないだろうか。ピアニストであればピアノを演奏することで、画家ならば自分の描く絵画で、詩人ならば詩で。これが、ヴェルレーヌはなぜ恋文を、散文ではなく韻文で書いたのかとの問いにたいする答えである。

　ところで、『よき歌』は、婚約者マチルドのみを念頭において創られたものであり、それが対象とする読者は、マチルドひとりであると先に述べた。そこで、新たな疑問が生じる。それではなぜ、ヴェルレーヌはこれを詩集として出版したか。このことによって、読者はマチルドだけでなく、一般大衆にまで拡大する。ヴェルレーヌは出版する以前から、マチルド以外の読者も想定していたのか。出版することで、何か野心があったのか。

　経済的な野心か。それはあり得ない。『よき歌』は、これまでの2作『土星びとの歌』および『艶なる宴』同様、自費出版されており[20]、出版によって経済的に豊かになるという考えはヴェルレーヌにはなかった。

　それでは、文壇においてますます名声を高めようとする野心があったのか。その可能性はないとも言えない。なぜなら、ヴェルレーヌはこの詩集をテオドール・ド・バンヴィルや、ルコント・ド・リール

第一節　全く新しい詩集として指摘される『よき歌』

らにも送り、彼らの賞賛を得ているからである[21]。しかし、『艶なる宴』にたいして、ルペルチエに宛てた手紙において、あれほど評価を気にしていたヴェルレーヌ自身が、『よき歌』の評判にかんして気をもんでいたという内容の文面は見いだすことができない。彼自身は『よき歌』について、後に『告白』の中で次のように述べている。

　彼女は別荘暮らしでノルマンディにいて、私はパリ市役所の執務室にいたため、この小詩集は手紙によって作られたのである。この小詩集は…中略…私のこの粗末な作品の中で、今でもまだ、私が最も愛する作品なのだ[22]。

また、1893年におこなわれた『現代の詩人たちにかんする講演』(*Conférence sur les poètes contemporains*) において、彼は次のような発言をしている。下線は原文ではイタリック。

　全く別の音楽が『よき歌』の中で歌われている。『よき歌』は文字通り、実を言えば、結婚の贈り物なのだ。なぜなら、この小詩集を出版したのは、そのときおこなわれようとしていた、そしておこなわれた結婚のためだった。その作家は、この作品を愛している。なぜなら、この作品が彼の作品の中でも、おそらく最も<u>自然</u>なものだからである[23]。

われわれは、このようなヴェルレーヌ自身の発言から、『よき歌』が出版された理由は次のように推測できる。すなわち、文壇にたいして、若干の野心はあったかもしれないが、この詩集は、やはり愛するマチルドのためにのみ創作されたものである。詩人は、婚約時代の恋文のやりとりから生まれたかずかずの詩篇の集大成である『よき歌』を、結婚のとき、新妻に贈り物として捧げたかったのだ。この点にかんして、『よき歌』は高踏派の没個性とは、全く趣を異

にしている。

　ヴェルレーヌは『告白』の中でも、『講演』の中でも、『よき歌』を「いまでも愛している」と言い続け、自分の野心については何も語らない。それゆえ、われわれは、彼の野心についてこれ以上の追求は止めよう。むしろ、『よき歌』の中で、彼がどのような表現を用いて愛を告白したのか、彼が使用する言語を媒介としてそれを観察する。

3) 愛の告白「君と僕」そして「僕たち」

　これまでの研究は、それぞれの詩篇がいつ頃、どこで書かれたかを実証するものがほとんどであった。われわれは、時にはその研究成果を借りることもあるが、本章では、愛の告白において、ヴェルレーヌが自分自身を、及びマチルド自身を表現するため、いかなる語彙を使用したのかに注目し、その語彙によって、告白された彼の魂の状態を検証する。

　『よき歌』に収められた詩篇は、ヴェルレーヌにとって詩のミューズであったマチルドに捧げられた巻頭の「序歌」は別として、その創作年代順にⅠからⅩⅩⅠまで構成されている。「序歌」は1870年7月5日の日付が付されているが、最初の印刷が完了したのは1870年6月12日である。この日付にかんして、プチフィスは、「中国紙に印刷された49部のうちの1冊に、手書きの4連からなる4行詩が付されていた。これはこの詩集のミューズに捧げられたものだった。」[24]と述べ、この献辞の「序歌」が詩集の印刷後に付け加えられたことを示唆している。それゆえ、われわれは、『よき歌』の語彙を分析するにあたり、この「序歌」は創作年代順に従って、最後に配列する。

　以下の第1表において、ヴェルレーヌが自分自身を、及びマチルド自身を、さらに、その両者を、愛の告白において表現するため用いた語彙を拾い上げる。ただ、これらの詩篇には、自分自身や彼女を表現するために、1) 一般的な「人」(on) を含めて、人称代名詞が

第一節　全く新しい詩集として指摘される『よき歌』

用いられる場合、2) 提喩 (synecdoque) による場合、3) 換喩 (métonymie) による場合、4) その他、隠喩 (métaphore) による場合など、様々である。そのため、第1表においては、これらの煩雑さを避けるため、1) のみを拾い上げた。ただし、この中には、命令文として主語がない場合もあるが、その場合は、その動詞を引用して、主体が誰であるかを示した。また、できるだけ表を簡素にするため、所有形容詞は除いた。

　第2表において、われわれは、1) 以外のもの全てを考慮に入れて、ヴェルレーヌが自分自身や彼女を表現するために用いた表現を、さらに詳しく見ることにする。そのときには、詩篇がいつどこで創られたか、ヴェルレーヌは直接マチルドに会っていたかなども問題となるであろう。作品の創作年代はジャック・ロビッシェ[25]およびマチルドの『我が生涯の思い出』[26]を参考にした。

第1表 (アラビア数字は各詩篇の詩行を示す。)

詩　篇	ヴェルレーヌ	マチルド	ふたり
I	4 : on（ヴェルレーヌを含む、人は） 17 : on（ヴェルレーヌを含む、人は） 18 : il（彼は）	×	×
II	28 : on（ヴェルレーヌを含む、愛する人は）	3, 13, 14, 16, 19 : elle（彼女は）	×
III	2, 7, 13, 16 : je（僕は）	3, 5 : elle（彼女は）	×
IV	2, 26, 27 : m', me（僕を） 3 : moi（僕） 12 : on（ヴェルレーヌを含む、人は）	27 : elle（彼女は）註） 17 : vous は beaux yeux を指し、18 : toi は main を指すので、この表では	

詩篇	ヴェルレーヌ	マチルド	ふたり
IV	13, 17, 21, 26, 28：je（僕は）	採用せず、第二表に入れる。	×
V	×	註） 1：tu は Pâle étoile du matin を指すのでこの表には入れない。 9：ton は L'alouette を指すのでこの表には入れない。	×
VI	×	×	12：Rêvons, 主体は（僕たち）
VII	11：me（僕を） 11：j'（僕は） 13：moi（僕）	×	×
VIII	15：je（僕は）	×	×
IX	×	7：elle は sa pensée を指すのでこの表には入れない。 12：elle は sa robe を指すので、この表には入れない。	×
X	4, 6, 8, 9：on（ヴェルレーヌとマチルドの両者を指すとも解釈できるが、マチルドの不在を嘆く詩の内容から、ここではヴェルレーヌを指し示していると解釈したい。特に、6, 8, 9の on はヴェルレーヌ自身であろう。）	25, 29：elle（彼女は）	×

第一節　全く新しい詩集として指摘される『よき歌』

詩　篇	ヴェルレーヌ	マチルド	ふたり
X	23：Je（僕は） 26：moi（僕）		
XI	4, 7：je（僕は） 16：me（僕に）	9：la（彼女を）	×
XII	×	2, 15：elle （彼女、彼女は） 2, 4：lui（彼女に） 10：vous （あなたは）	×
XIII	8, 13：je（僕は）	7：vous（あなたは）註） 10：vousはマチルドではなく、恋する者、読者、あるいはヴェルレーヌを指すのもであり、曖昧なので、この表には入れない。	1：on （昨夜のふたりの語らいを示すため、僕たち、と解釈できる。）
XIV	×	×	×
XV	1, 2, 9, 17, 24 ：je（僕は） 4, 18, 22：m', me（僕を、僕に） 9：moi（僕）	6, 8, 10, 12, 13, 17, 24：vous（あなた、あなたを、あなたに） 9：pardonnez-moi （主体は、あなた） 24：t'（君を）	×
XVI	×	×	×
XVII	6：onは、ヴェルレーヌを含まないのでこの表には入れない。	×	3, 4, 5, 6, 10, 11, 12, 15, 16, 17 ：nous（僕たちは、僕たちを、僕たち）
XVIII	×	13：te（君に） 14：toi（君）	1, 8, 9：nous （僕たちは、僕たちに、僕たちを）

詩　篇	ヴェルレーヌ	マチルド	ふたり
XIX	×	×	×
XX	9：me（僕に）	×	13：Nous（僕たちを）
XXI	9：J'（僕は） 19：Me（僕に）	19：Toi（君）	×
序歌	4：je（僕は） 8：m'（僕を）	3, 6：Te, t'（君を） 4：Toi（君）	13：Espérons,（主体は、私たち） 15, 16：nous（僕たちを、僕たちは）

　この表から、詩篇ⅠからXVIまで、ヴェルレーヌとマチルドの両者を指示する「僕たち」(nous) が全く使用されていない、ということに気づく。勿論、詩篇VIにおいては「夢見よう」(Rêvons) が使用されることによって、この主体は「僕たち」(nous) であることは明らかであるが、これ一言である。詩篇XIIIにおいても、「僕たち」(nous) とは言わず、「僕たち」をやや拡大した意味で、その場にいた「人たち」までふくめた「僕たち」(on) が使用されている。しかもわずか1度だけである。

　ところが、詩篇XVIIから「序歌」までには、詩篇XIXおよび詩篇XXIを除き、全ての詩篇に「僕たち」(nous) が登場する。とりわけ詩篇XVIIでは「僕たち」(nous) は10詩行に亘って使用されている。その理由は、これらの詩篇が創作された年代を照合することで、説明される。ジャック・ロビッシェによれば、

　　1869年冬から1870年にかけて、毎晩、彼は彼女のところへ訪問する許可を得ていた。彼が彼女に詩篇XV、XVI、XVII、XVIIIを手渡したのはその時である[27]。

とし、詩篇の創作された年代を明らかにするとともに、詩篇XVか

第一節　全く新しい詩集として指摘される『よき歌』

ら、その後の詩篇は直接、マチルドに手渡されたと説明する。ところが、マチルドはブエルの城館からパリへ戻るときのことを次のように言う。(　)は筆者による。

　　私たちの出発前夜、次のような『よき歌』を受け取りました。
　　　つらい試練が今終わろうとしている、
　　　僕の心よ、未来に向かって微笑むのだ！(XI)
　　汽車に乗り込もうとしたとき、再び、私は詩を受け取りました。
　　　行け、歌よ、羽ばたいて・・・(XII)
　　私たちが(パリに)戻ったその日の夜、ヴェルレーヌは私たちに会いに来たのです[28]。

このような彼女の証言によれば、詩篇 XII までは、手紙か、その他、何らかの方法によって、間接的にマチルドに送られたものである。彼女はさらに続ける。(　)は筆者による。

　　翌日（パリに戻り、ヴェルレーヌの訪問を受けた翌日）、彼はお母様を連れて、再び私を訪れました。そして彼は私に次のような詩を手渡したのです。そこには、彼が初めて私の所へ訪問したときの、彼の魂の状態がとてもよく描かれていました。
　　　昨日、僕たちはいろんなことを話していた
　　　そして僕の目は君の目を探しながらさまよっていた・・・(XIII)[29]

彼女の証言が正しければ、ヴェルレーヌはすでに、詩篇 XIII から、直接マチルドに詩を手渡していたことになる。マチルドは、

　　こういうわけで、ヴェルレーヌは正式に認められた婚約者として、家に来るようになったのです[30]。

と言い、詩篇 XIV からは、ヴェルレーヌは正式な婚約者として、マチルドとも会い、その都度、彼の詩篇を彼女に手渡していたことが推測される。

　ここで、「彼が彼女に詩篇 XV、XVI、XVII、XVIII を手渡したのはその時である」とするジャック・ロビッシェとマチルドとの証言には食い違いが生じる。このことにかんして、ロビッシェは、次のようにかっこ付きで付け加えることを忘れない。(　) は原文のまま。

(彼女が『我が生涯の思い出』において使う表現は曖昧である。)[31]

　確かなことは、詩篇 XIV もしくは詩篇 XV が作られる頃からは、ふたりはしばしば会っていたということである。このような理由によって、詩集の後半部分から、にわかに、「僕たち」(nous) という語が多用されるようになったと言える。以上が、第 1 表から読みとった成果である。次に、2) 提喩によって、3) 換喩によって、4) その他、隠喩によってなど、全てを含めてヴェルレーヌが自分自身を、マチルドを、そしてふたりをどのように呼んでいるか、第 2 表で検証しよう。ただし、ここでは、恣意的な選択を避けるため、あくまでも指呼的表現のみに限定する。それゆえ、例えば、詩篇 II において、第 3 詩行および第 4 詩行にみられる、彼女にたいする説明的と思われる描写は排除した。

2 ・・・・・・・・・・・・・
3 　Elle a la candeur des enfances
4 　Et les manèges innocents.

5 ・・・・・・・・・・・・・

3 　彼女はこども時代のあどけなさ
4 　そして無邪気な小細工を持っている。

第一節　全く新しい詩集として指摘される『よき歌』

確かに、ここで、「3 こども時代のあどけなさ」(3 la candeur des enfances)、あるいは「4 無邪気な小細工」(4 les manèges innocents) を表の中に加えることも可能かもしれない。しかし、これらの表現は、あくまでも彼女に対する説明であると解釈する。さらに複雑な問題がある。第1詩篇の第15詩行および第16詩行を例にとろう。

14 ....
15 Blanche apparition qui chante et qui scintille,
16 Dont rêve le poëte et que l'homme chérit,
17 ....

15　歌いきらめく白い幻、
16　それを詩人は夢みそれを男は愛する、

　「15 歌いきらめく白い幻」(15 Blanche apparition qui chante et qui scintille,) は確かにマチルドである。ここまではそれでよい。しかし、ヴェルレーヌが自分をどのように表現しているか、との問いには、ここでは、「歌いきらめく白い幻」を「夢み」「それを愛する」「詩人」であり「男」である、と答えることになる。その結果、「歌いきらめく白い幻」はヴェルレーヌの項目にも、マチルドの項目にも入ることになり、第2表は非常に煩雑なものとなる。それゆえ、上記のふたつの例で示したとおり、第2表においては、曖昧さ、複雑さを避けるため、説明的に使用されたと思われる表現は大胆に排除し、指呼的表現のみの選択に限定する。
　本来、このような二項対立的な分類に難があるのかもしれない。しかし、この方法によって、ヴェルレーヌが自分自身を、あるいはマチルドをどのように呼んでいるかを検証することは、意義のあることである。これによって、詩人の魂の告白が、時間や環境の変化に応じてどのよう変化していくかを知ることができれば、この表は有益なものとなるであろう。

第 2 表 (アラビア数字は各詩篇の詩行を示す)

詩　　篇	ヴェルレーヌ	マチルド	ふたり
I 1869年7月末、兄のシャルルがファンプーにいるヴェルレーヌを訪問し、ふたりの結婚について曖昧な返事を持って行った。そのとき、この詩篇が作られた。 兄がパリに戻ってマチルドに兄から手渡された[32]。	11：le songeur（夢見る人） 16：le poëte（詩人） 16：l'homme（男） 19：son âme（彼の魂）	14：cette jeune fille（この若い娘） 18：La Compagne（生涯の伴侶） 18：l'âme（魂）	×
II 1869年8月初旬、ファンプーにて作られた[33]。 パリにいるマチルドが兄から手渡された[34]。	12：Le cœur pris par elle en secret（彼女にひそかに奪われた心） 22：un poète épris（心奪われた詩人） 24：L'audacieux（大胆な男）	5：Ses yeux（彼女の目） 5：les yeux d'un ange（天使の目） 9：sa main（彼女の手） 14：l'âme noble（高貴な魂） 19：la muse（詩の女神） 註）マチルドこそヴェルレーヌにとっては『よき歌』のミューズであった。	×
III 1869年8月初旬ファンプーにて作られた。[35] ブエルの城館に家族と共に過ごしていたマチルドが兄から手渡された[36]。	3：mes yeux（僕の目） 7：mon âme assombrie（悲しむ僕の魂）	9：Sa voix（彼女の声） 15：la petite Fée（幼い妖精）	×

第一節　全く新しい詩集として指摘される『よき歌』

詩　篇	ヴェルレーヌ	マチルド	ふたり
IV 1869年8月10日頃、レクリューズ(Lécluse)にて、マチルドから手紙をもらった後、作られた[37]。 兄から、詩篇IIIをもらって喜んだマチルドが、ヴェルレーヌに手紙を書くことの許可を得た。この頃から二人の文通が始まる[38]。	18：ma main （僕の手）	13：un Être de lumière（光の人） 17：beaux yeux aux flammes douces（優しい炎の美しい目） 18：main où tremblera ma main（僕が震える手で握る手）	×
V 1969年8月半ば、レクリューズにて作られた[39]。 マチルドはブエルで別荘暮らし。	5：le poète（詩人）	18：Ma mie（僕の愛しい人）	×
VI 1869年8月半ば。レクリューズにて作られた[40]。 マチルドはブエルで別荘暮らし。	×	6：O bien aimée.（最愛の人）	×
VII 1869年8月23日ヴェルレーヌがアラス(Arras)からパへ戻る旅の最中に制作したと思われる[41]。 マチルドはブエルで別荘暮らし	11：les yeux（目） 12：mon cœur（僕の心）	12：La blanche vision（白い幻） 13：la douce voix（優しい声） 14：le Nom si beau, si noble et si sonore（かくも美しく、かくも高貴で、かくも響きある名前）	×

詩篇	ヴェルレーヌ	マチルド	ふたり
VIII 1869年8月後半ヴェルレーヌがパリに戻ってから制作した[42]。 マチルドがブエルの城館にいるときに、この詩を彼女は受け取った[43]。	×	1：Une Sainte en son auréole,（後光さす聖女） 2：Une Châtelaine en sa tour,（塔にこもる城の奥方） 5：La note d'or（黄金の音色） 9：le charme insigne（驚くほどの魅力） 16：son nom Carlovingien（カルロヴィンガ風の名前）[44]	×
IX 1869年9月初旬パリからマチルドに、家族写真のお礼として、送られたもの[45]。 マチルドはブエルで別荘暮らし。	×	× 註）ここには彼女の腕や目などの描写がみられるが、それは単なる体の一部としての描写であり、彼女全体を表現するものではないと判断し、除外した。	×
X 1869年9月15日頃パリで作られた[46]。 マチルドはブエルで別荘暮らし。	×	×	×
XI 1869年9月後半パリで作られた[47]。 マチルドがノルマンディからパリに戻ろうとする前夜、彼女	2：Mon cœur（僕の心） 6：Mon âme（僕の魂） 9：Mes yeux exilés de la voir（彼女を見ることから追放	12：Les notes d'or de sa voix tendre（彼女の優しい声の黄金の音色） 16：la fiancée（婚約者）	×

第一節　全く新しい詩集として指摘される『よき歌』

詩　篇	ヴェルレーヌ	マチルド	ふたり
が受け取った[48]。	された僕の目） 11 : Mon oreille avide d'entendre（聞きたがっている僕の耳） 13 : Tout mon être et tout mon amour（僕の全存在と僕の全ての愛）		
XII 1869年9月28、29または30日頃パリで作られた[49]。 マチルドがブエルからパリに戻るため、汽車に乗り込もうとしたときに受け取った[50]。 彼女がパリに着いたまさにその夜、ヴェルレーヌが彼女の家を訪れた[51]。	3 : mon cœur fidèle（忠実な僕の心）	16 : Celle（彼女）	×
XIII 1869年10月1、2日頃、パリで作られた[52]。 この詩篇はヴェルレーヌがマチルド家を訪問した翌日、母親と共に再度彼女の家を訪問して、彼女に手渡した。この訪問の日から、ヴェルレーヌはマチルドの正式な婚約者として、家族	2 : mes yeux（僕の目） 3 : le mien（僕のもの） 6 : Mon amour（僕の愛） 14 : mon cœur（僕の心）	2 : les vôtres（あなたのもの） 3 : votre regard（あなたのまなざし） 6 : vos pensées（あなたの思い） 8 : votre secret（あなたの秘密） 9 : la voix（声） 9 : les yeux de Celle（その人の目）	×

詩篇	ヴェルレーヌ	マチルド	ふたり
から認められる[53]。			
XIV　1869年冬から1870年にかけてパリで作られた。正確な年代は特定できない。この頃、ヴェルレーヌは毎晩マチルドと会っていた。以下XVからXVIIIまで、正確な制作年代は特定できない[54]。	2 : le doigt（指） 3 : les yeux（目） 8 : mon rêve（僕の夢）	3 : les yeux aimés（愛されている目）	×
XV	4 : l'âme（魂） 6 : ce cœur tout à vous（全てあなたのものであるこの心） 7 : Mon cœur（僕の心） 15 : mon être（僕の存在）	5 : votre image（あなたの像）	×
XVI	×	×	×
XVII	×	×	8 : Nos deux cœurs（僕たちふたつの心） 9 : deux rossignols（2羽の夜鳴き鳥）
XVIII	18 : tout mon cœur（僕の全心）	14 : Toi la bonté（善良さの君） 14 : toi le sourire（微笑みの君）	2 : le mariage des âmes（魂の結婚） 3 : l'union des cœurs（心の結びつき） 5 : deux courages（ふたりの勇気）

第一節　全く新しい詩集として指摘される『よき歌』

詩　篇	ヴェルレーヌ	マチルド	ふたり
XVIII			9：couple ravi（うっとりしたふたり） 12：Notre amour fier（高潔な僕たちの愛）
XIX 1870年5月パリで作られた。 二人の結婚は6月29日に行われることが決まった。この日以来、ヴェルレーヌはますます足繁くマチルドを訪問するようになる[55]。	2：ma joie（僕の喜び）	4：votre chère beauté（あなたの愛しい美しさ）	7：nos deux fronts heureux（僕たちふたりの幸せな額） 12：époux（夫婦）
XX 1970年5月パリで作られた。 次の詩篇XXIもほとんど同時期に作成され、出版のためルメール(Lemerre)書店に原稿が渡されたに違いない。[56]	8：le voyageur（旅人） 10：Mon cœur craintif（臆病な僕の心） 10：mon sombre cœur（暗い僕の心）	3：Vos chères mains（あなたの愛しい手） 6：Votre regard（あなたのまなざし） 9：Votre voix（あなたの声）	×
XXI	3：le cœur le plus triste（最も悲しい心） 14：mon amour（僕の愛）	×	6：jeunes soleils（若い太陽たち）
「序歌」 日付は1870年7月5日である。1870年6月12日に印刷完了後、ヴェルレ			

— 109 —

ヴェルレーヌ	ヴェルレーヌ	マチルド	ふたり
ーヌによって書き加えられ、マチルドに手渡された[57]。	×	13：ma mie （僕の愛しい人）	×

　第2表によって、ヴェルレーヌが自分自身を表現する語彙と、マチルドを表現するそれとを比較した場合、後者の語彙の豊かさは、一目瞭然である。とりわけ、マチルドにかんしては、詩篇Ⅰから詩篇XIIIまでは実に様々な語彙を用いて、ヴェルレーヌは彼女を表現している。しかし、詩篇XIVからは彼女を表現する語彙は急激に貧困なものとなる。なぜか。この疑問はこれらの詩篇が創作された年代と、ヴェルレーヌおよびマチルドの環境の変化を考慮に入れることで、解決できるであろう。

4）作品構成と語彙の変化

　第1表で、われわれは詩篇Ⅰおよび詩篇Ⅱまで、ヴェルレーヌが自己を表現するために「僕」(je) という語を全く使用していないことに気づく。それでは彼は「僕」の代わりに、いかなる語彙を用いたのか。第2表によって、それは、詩篇Ⅰにおいては「11 夢見る人」(le songeur)、「16 詩人」(le poëte)、「16 男」(l'homme)、「19 彼の魂」(son âme) であり、詩篇Ⅱにおいては、「12 彼女にひそかに奪われた心」(Le cœur pris par elle en secret)、「22 心奪われた詩人」(un poète épris)、「24 大胆な男」(L'audacieux) であることを知ることができる。ヴェルレーヌは詩集の冒頭から、「僕」という自己を全面に押し出すことなく、3人称を用いて、自己の愛を表現する。「僕」は「夢見る人」や「詩人」の中に隠れ潜んでいる。詩篇Ⅱにおいて、彼は「僕」の代わりに、詩人として、恋する女性の窓の下で歌を歌い、その歌の出来具合によって褒美を望む。

第一節　全く新しい詩集として指摘される『よき歌』

21　. . . . .
22　À l'égard d'un poète épris
23　Qui mendierait sous sa fenêtre,
24　L'audacieux! un digne prix

25　De sa chanson bonne ou mauvaise!
26　. . . . .

22　心奪われた詩人は
23　その人の窓の下で歌う歌にふさわしいご褒美を
24　ねだるであろう、なんと大胆な男！

25　彼の歌が上手いか下手かによって！

　彼は詩人として、マチルドに愛の歌の褒美を、すなわち、自分の愛を受け入れる許可を要求しようとする。かなり大胆な歌である。これは『艶なる宴』の、軽やかで、どことなく浮気っぽく、時には官能的でもある光景を、すでにそれを読んでいたマチルドにも、十分喚起させたに違いない。

　詩篇 III から、初めて「僕」が 4 度登場する。詩篇 IV においては、「僕」に相当する語は (me, moi, ma, mes などを含めると)、13 回使用される。いよいよヴェルレーヌ自身が自己主張を始めるのだ。

　この詩篇 IV をマチルドが手にした後から、ふたりの文通が始まったことは第 2 表に記した。第 2 表によれば、詩篇 I から詩篇 XII が創作された頃は、ヴェルレーヌ自身の旅や、マチルドの家族旅行などで、ふたりは会うことができなかった。そのため、ヴェルレーヌの胸中には、マチルドにたいする恋心がいやが上にも燃え盛り、彼女は非現実的な女性として偶像化された。例えば、第 2 表における詩篇 II の「5　天使の目」(les yeux d'un ange)、「14　高貴な魂」(l'âme noble)、「19　詩の女神」(la muse)、詩篇 III の「15　幼い妖精」(la petite Fée)、詩篇 VII の「13 光の人」(un Être de lumière)、詩篇 VII の「12 白い幻」(La blanche vision)、「14 かくも美しく、かくも高貴で、かくも響きある名前」(le Nom si beau, si noble et si sonore) などである。とりわけ、詩篇 VIII で、「1 後光さす聖女」(Une Sainte en son auréole,) と表現されるように、彼女はヴェルレーヌによって神聖化される。彼女にたいするイマージュはヴェルレーヌの中で、彼女と離れていればいるほど、豊かに膨れ上がった。詩篇 X において、彼はマチルドに会えない苦しみを、次のように歌う。

1　Quinze longs jours encore et plus de six semaines
2　Déjà! Certes, parmi les angoisses humaines,
3　La plus dolente angoisse est celle d'être loin.

4　・・・・・・・・・・・・・・・・・・・・

1　まだ2週間の長い日々が、そして6週間以上が
2　すでに！　確かに、人間の苦悶の中で、
3　最も悲しい苦悶は離れているということです。

詩篇 XI においても、会えない苦しみを訴えている。

8　・・・・・・・・・・・・・・・

9　Mes yeux exilés de la voir
10　De par un douloureux devoir,

11　Mon oreille avide d'entendre
12　Les notes d'or de sa voix tendre,

13　・・・・・・・・・・・・・

第一節　全く新しい詩集として指摘される『よき歌』

10　つらい義務によって、
 9　彼女を見ることから追放された僕の目

12　彼女の優しい声の黄金の音色を、
11　聞くことを渇望している僕の

　ようやく、ヴェルレーヌが初めてマチルドを訪問したのは、(最初にマチルドと知り合ったときの訪問は別として) 1869 年 10 月 1 日か 2 日であった。そのとき彼は詩篇 XII を携えていた。その詩の始まりは、次のようなものであった。

1　Va, chanson, à tire-d'aile
2　Au-devant d'elle, et dis-lui
3　・・・・・・・・・・・・

1　行け、歌よ、羽ばたきをして
2　彼女の前に、そして彼女に伝えよ

　翌日、彼は自分の母親と共に再度マチルドを訪問し、詩篇 XIII をマチルドに手渡した。この詩篇は昨夜の訪問を歌ったものである。これにかんして、われわれは、第 1 表において、詩篇 XIII にヴェルレーヌやマチルド、その家族などを含めた「僕たち」を意味する (on) が、1 度だけ使用されたのを確認した。
　この訪問によって、ヴェルレーヌは正式に婚約者として認められ、その後、しばしば彼女と会うことができたということは前述したとおりである。これを境に、ヴェルレーヌは現実のマチルドを、その目で見、感じとることができるようになった。もはや想像する必要はなくなったのである。そのため、詩篇 XIV 以後は、彼女を表現するために用いられた観念的な語彙が消滅する。詩篇 XIV における、「3　愛されている目」(les yeux aimés)、詩篇 XV における、「5　あなた

の像」(votre image)、詩篇 XVIII における、「14　善良さの君」(toi la bonté) および「14　微笑みの君」(toi le sourire)、詩篇 XIX における、「4　あなたの愛しい美しさ」(votre chère beauté) など、具体的な表現に止まるのである。

　詩篇 XIX の後、結婚の日が決められた。詩人の眼前にいるのは婚約者マチルドその人である。詩人にとって、彼女はもはや、彼の詩的創造を喚起する「詩の女神」(la muse) (詩篇 II) たり得なくなった。空想の世界 (詩篇 I から詩篇 XIII) が現実の世界 (詩篇 XIV から「序歌」まで) によって駆逐されたのである。その結果、マチルドを表現する語彙はますます貧困になっていく。詩篇 XX においては、「3　あなたの愛しい手」(Vos chères mains)、「6　あなたのまなざし」(Votre regard) および「9　あなたの声」(Votre voix) であり、最後に作られ、巻頭に置かれた「序歌」では「13　僕の愛しい人」(ma mie) だけである。そして、最後の詩篇 XXI の第 16 詩行において、ヴェルレーヌは次のように歌う。

15　・・・・・・・・・・・・・・・・・

16　Et tous mes espoirs ont enfin leur tour.

17　・・・・・・・・・・・・・・・・・

16　そして僕の希望はすべてついに叶う番がきた。

　このように、各詩篇において、使用された語彙の変化に注目することで、『よき歌』の作品構成に作家の意図を読み込むことができる。すなわち、ひとつひとつの詩篇がその創作年代順に配列されていることにより、ヴェルレーヌは自己の愛のプロセスを、まるでドラマのごとく描くという意図があったのではないかと推測されるのである。これがこれまでの 2 作品との大きな相違であり、『よき歌』から、まったく新しいヴェルレーヌが誕生したと言えるであろう。

第二節

「恋愛詩」というジャンルからの考察

　われわれは、第2表によって、詩人の魂が、非現実的な女性から、次第に現実の女性へと向けられ、その愛の告白も、それに従って、変化していったことを確認した。このことによって、批評家達が指摘するように、彼の詩篇のひとつひとつが、時間や環境と密接に結ばれていることが証明された。次に、ヴェルレーヌがマチルドにたいして、いかなる態度で臨んだか、「恋愛詩」(poésie amoureuse) というジャンルに身を置きながら、彼の文体を中心に探る。ところで、「恋愛詩」に着目したのは、われわれだけではなかった。多くの研究者の中でひとり、ショシヴェール (J.-S.CHAUSSIVERT) が次のように述べている。(　) は原文のまま。

　　彼の詩の中で、ヴェルレーヌがマチルドを想う態度は、愛にたいするある種の概念を想起させる。その起源はグイード・カヴァルカンティ (Guido CVALCANTI) とダンテ (DANTE) の時代のイタリア詩にある。貴婦人が精神の浄化へと導く。そのまなざしが精神の徳へと導く。われわれは『よき歌』のいくつもの詩篇の中にこの種の姿勢を見いだす。例えばマチルドは「光の存在」(詩篇IV)で、彼女の目は「天使の目」(詩篇II)、彼女のまなざしは「朝だった」(詩篇XX)。しかしイマージュはイタリアの巨匠たちにおけるよりはるかに貧弱である。イマージュはペトラルカ(PÉTRARQUE) のそれよりも、やはり同様に貧弱である。・・・中略・・・しかしヴェルレーヌはペトラルカ風の詩から大したものは取り出していない。捕らわれた心のイマージュ(詩篇III、詩篇XV)、魅惑された心(詩篇III)、愛する人の名前あそび(詩篇VIII)、最初のまなざしによって生まれた愛(詩篇III)、これらはもはや愛の特別な概念の印ではなく、純粋に紋切り型の表現と言えるであろう[58]。

残念なことに、彼の指摘はこれで止まる。なぜこれ以上先に彼は進まないのか。なぜ、これまでの多くの批評家たちは「恋愛詩」と彼の文体との関係に注目しなかったのか。作品の創作年代の特定などの実証的な研究に、あまりも多くのエネルギーが費やされたためであろうか。確かに彼らの研究によって、また適切な指摘によって、われわれは、ヴェルレーヌの詩篇を直感や印象で解釈するという誤りを避けることができた。しかし、これからおこなう試みには、ショシヴェールによって示唆されたとはいえ、いかなる道案内もいない。われわれは彼の指摘に肉付けし、ヴェルレーヌのマチルドにたいする愛の告白表現にかんして、われわれ独自の論を展開する。そのため、恣意的な解釈であるという批判を被る恐れは十分にある。しかし、自己告白という表現方法から見えてくる彼の魂がいかなるものであるかを知ることは、やはり重要である。なぜならば、『よき歌』から、彼の魂の告白が始まり、以後創作されることになる、『言葉なき恋歌』(*Romances sans paroles*、1874年) を経て、『叡智』(*Sagesse*、1881年) において、彼の告白は結実するとわれわれは考えるからである。

1)「恋愛詩」としての型にはまった愛の告白表現

『よき歌』を、単なる私的恋文としてではなく、韻文で書かれた芸術作品として、いわゆる「恋愛詩」というジャンルでとらえた場合、われわれはこの作品のいたるところに、ショシヴェール同様、「恋愛詩」特有の型にはまった表現を発見する。すなわち、恋する女性にたいする主体性のなさとしての、 a) 受け身的文体、愛する女性の下僕になって仕えたいという、 b) 隷属的文体などである。それぞれ、例として、以下のようなものが挙げられるであろう。

a) 受け身的文体表現
詩篇II
　　　　................

12　Le cœur pris par elle en secret.

12　密かに彼女によって捕らえられた心
　　................

22　À l'égard d'un poète épris

22　心奪われた詩人に対して

　主体はすべて彼女である。ヴェルレーヌは彼女によって、心を捕らえられ、心を奪われたと表現する。
詩篇IV
　　................

22　Vers le but où le sort dirigera mes pas,

22　運命が僕のあゆみを導いてくれるであろう目的のほうへ

　ヴェルレーヌは自分で道を選び目的に向かうのではなく、運命にその身を任せる。
詩篇VII
　　................

12　La blanche vision qui fait mon cœur joyeux,

12　僕の心を明るくしてくれる白い幻

　彼女の「白い幻」によって、彼は明るい心になる。
詩篇XI
　　................

 9　Mes yeux exilés de la voir

 9　彼女を見ることから追放された僕の目

　彼は、彼女に会うことができない自己を、「追放された僕の目」

と、受け身的に表現する。

詩篇XIV

　　　・・・・・・・・・・・・・・・・・

　3　Et les yeux se perdant parmi les yeux aimés;

　3　愛する人の目の中に目は吸い込まれ

　「じっと彼女を見つめる」という内容を、「目が吸い込まれる」と、受け身的に表現する。

詩篇XX

　　　・・・・・・・・・・・・・・・・・

　9　Votre voix me dit : « Marche encore! »

　9　あなたの声は僕に言う：『もっと歩け！』

　彼は、彼女から命令される。この表現は、次に示す愛の奴隷になりたいというような隷属的表現でもある。

b) 隷属的文体表現として

詩篇III

14　　・・・・・・・・・・・・・・・・・
15　Au plein pouvoir de la petite Fée
16　Que depuis lors je supplie en tremblant.

15　その小さな妖精の絶対的な力に
16　その時から僕はその妖精に震えながら哀願する。

　小さな妖精の前にひれ伏して震えながら哀願する表現は、いわば、貴婦人にたいする家臣の態度を想起させる。

第二節 「恋愛詩」というジャンルからの考察

詩篇XIII

　　　..............
  7 Et quand vous parliez, à dessein distrait,
  8 Je prêtais l'oreille à votre secret:

  7 あなたが故意にぼんやりと話していたとき、
  8 僕はあなたの秘密に耳を傾けていた：
　　　..............

　彼女はヴェルレーヌの心を確かめるために、「故意にぼんやりと話しているのか」わからないが、忠実な下僕（ヴェルレーヌ）がその女主人（マチルド）の言葉の中に真意を見つけようと、熱心に耳を傾けている様が表現されている。

詩篇XV
  1 J'ai presque peur, en vérité,
  2 Tant je sens ma vie enlacée
  3 À la radieuse pensée
  4 Qui m'a pris l'âme l'autre été,

  5 Tant votre image, à jamais chère,
  6 Habite en ce cœur tout à vous,
  7 Mon cœur uniquement jaloux
  8 De vous aimer et de vous plaire;

  9 Et je tremble, pardonnez-moi
 10 D'aussi franchement vous le dire,
 11 À penser qu'un mot, un sourire
 12 De vous est désormais ma loi,

 13 Et qu'il vous suffirait d'un geste,

14　D'une parole ou d'un clin d'œil,
15　Pour mettre tout mon être en deuil
16　De son illusion céleste.

17　............

1　僕はほとんど怖がっています、本当に、
2　それほどに僕は感じるのです、僕の人生が
3　輝く思いにまとわりついているのを
4　去年の夏に僕の魂をとらえたその思いに

5　それほどにあなたの像は永久に愛しく、
6　すべてあなたのものであるこの心の中に住み着いています
7　僕の心はひたすら焦がれています
8　あなたを愛しようと、あなたに気に入られようとして；

9　そして僕は震えています、僕を許してください
10　これほど率直にあなたにそれを言うことを、
11　あなたの一言、あなたのひとつの微笑みが
12　これからは僕の掟となることを考えると、

13　そしてあなたにとっては、しぐさひとつで、
14　言葉ひとつであるいはまばたきひとつで十分でしょう、
15—16　天国の夢想から僕の全存在を地獄の喪の悲しみの中に落とすためには。

　愛する者の抱く、愛の恐れと不安の表現である。そして、彼はひたすら彼女に気に入られたいと願う。「11　あなたの一言、あなたのひとつの微笑みが／12　これからは僕の掟となることを考えると」(11 À penser qu'un mot, un sourire／12 De vous est désormais ma loi,)とい

第二節 「恋愛詩」というジャンルからの考察

う表現は、愛の奴隷となることの表明である。彼は何ひとつ、彼女には逆らわない。彼女の「14 まばたきひとつ」でも彼は「15 地獄の喪の悲しみに」落とされてしまう。

ところで、これら、受け身的表現、あるいは隷属的表現はトゥルバドゥール (troubadour) 以来の「恋愛詩」における伝統的表現であり、高貴な既婚の婦人に恋をして、献身的に仕える騎士を想起させる「宮廷風恋愛」(amour courtois) の詩、とも呼べるものであろう。したがって、上記に引用したいくつかの詩句はヴェルレーヌ独自の文体とは言い難い。ジャン・ベック (Jean BECK) は「宮廷風恋愛」を次のように定義する。《 》は原文のまま。

愛は、その欲望の対象とする人が持っている魅力を前提とする。宮廷風恋愛の理論においては、この優位性が、婦人にたいする真の崇敬という形をとって、恋する男の中に表現される。この崇敬は非常に観念論的で、やや神秘的で、高上する徳を備えている。愛する女性の恩寵に価するため、恋する男はよろこんで長い間《お仕え》した。この敬意を認めた婦人は、《献身的な男》の心と精神の君主となった。･･･中略･･･恋する男は自己の崇敬にたいする報いを求める権利を持たない[59]。

このような考え方、あるいは感情に基づいて、「恋愛詩」においては、隷属的、受け身的表現形式の文体が生じる。例えば、次の詩篇はミュッセ (Alfred de MUSSET) が愛人のジョベール婦人 (Madame JAUBERT) を想って創作した (1835年) 詩篇の一部である。

10 ･･･････････････････
11 Si je vous le disais, qu'une douce folie
12 A fait de moi votre ombre, et m'attache à vos pas :
13 Un petit air de doute et de mélancolie,

14　Vous le savez, Ninon, vous rend bien jolie ;
15　Peut-être diriez-vous que vous n'y croyez pas.

16　................

(À Ninon in *Poésies nouvelles*)[60]

11―12　甘い狂気が僕をあなたの影にしたと、そしてそれが、私をあなたの歩に結びつけていると、たとえ私があなたに言ったとしても、
13―14　ニノン、あなたもご存じのように、疑いや憂鬱のちょっとした様子が、あなたをとても美しくするのです。
15　　　 たぶん、あなたはそんなこと信じない、とおっしゃるでしょうが。

「ニノンへ」

　ここで、詩人は愛する人の影となって、その人が歩いて行くところにはどこにでもついていく、という自分の愛する人に対する隷属的状況を表現しても、それを信じてもらえない嘆きを歌っている。
　ボードレールもまた、サバチエ婦人 (Madame SABATIER) に送った詩篇 (1854年) の中で次のように歌う。

10　...................
11　Son fantôme dans l'air danse comme un flambeau.
12　Parfois il parle et dit : « Je suis belle, et j'ordonne
13　Que pour l'amour de moi vous n'aimiez que le Beau ;
14　Je suis l'Ange gardien, la Muse et la Madone. »

(XLII in *Les Fleurs du mal*)[61]

　　...................
11　彼女の幻は松明のように空中で舞う
12　時にはその幻は語って言う：「私は美しい、そして私は命じる

第二節　「恋愛詩」というジャンルからの考察

13　私の愛のためにあなたは『美』しか愛さないようにと。
14　私は守護天使、詩の女神、聖女なのだ。」

「悪の華　XLII」

　詩人は愛する人「守護天使、詩の女神、聖女」から愛の掟を命じられる下僕である。別の詩句において、サバチエ婦人は天使にまで高められる。

　1　Ange plein de gaieté, ...
　　　............
　6　Ange plein de bonté, ...
　　　............
　11　Ange plein de santé, ...
　　　............
　16　Ange plein de beauté, ...
　　　............
　21　Ange plein de bonheur, de joie et de lumière、
　　　............

(*XLIV Réversibilité* in *Les Fleurs du mal*)⁽⁶²⁾

　1　陽気さに満ちあふれる天使よ、‥‥
　　　............
　6　善良さに満ちあふれる天使よ、‥‥
　　　............
　11　健康に満ちあふれる天使よ、‥‥‥
　　　............
　16　美しさに満ちあふれる天使よ、‥‥
　　　............
　21　幸福、喜び、光に満ちあふれる天使よ、

「悪の華 XLIV 功徳」

以上、ヴェルレーヌ以外の詩人の例を若干示したが、このような「恋愛詩」の最たるものはダンテの『神曲』(*La Divina Commedia* 1305-1318年頃) であろう。また、既婚の貴婦人にたいする騎士道的恋愛という意味での「宮廷風恋愛」とは若干異なるが、ペトラルカ(Francesco PETRARCA) の恋愛詩『カンツォニエーレ』(*Canzoniere*、*Rerum vulgarium fragmenta*、1327-1374年頃) の中に、愛する女性の美しさを讃え、精神的な恋の奴隷となる表現が、いたるところに見いだされることは、ショシヴェールの指摘を待たない。

　ヴェルレーヌもまた、このような伝統的手法を用いて愛の告白をしている。ところが、報酬を求めない、ひたすら献身的にあこがれの女性に奉仕するという内容の恋愛詩と、ヴェルレーヌのそれが全く同じであるかと言えばそうではない。われわれはこのような手法の中にも、ヴェルレーヌ独自の告白の表現方法があり、彼独特の自己が表現されていると考える。これを証明するために、彼のいくつかの詩篇を検証する。

2）ヴェルレーヌ独自の愛の告白表現

まず、詩篇Ⅱの第2詩節に注目しよう。

　4　 ・・・・・・・・・・・・・・

　5　Ses yeux, qui sont les yeux d'un ange,
　6　Savent pourtant, sans y penser,
　7　Éveiller le désir étrange
　8　D'un immatériel baiser.

　9　 ・・・・・・・・・・・・・・

　5　彼女の目は、天使の目、
　6　とは言え、思いもよらずに、

7 奇妙な欲望を呼び覚ます術を知っている
8 非肉体的な口づけをしたいという

　ここでわれわれは、第8詩行の「非肉体的な」(immatériel) という形容詞に注目したい。この語は「物質の、肉体的な」などを意味する matériel という語に、否定の接頭辞 im が着いたものである。それゆえ、この詩節全体の意味内容は「彼女の目を見ていると、肉体的接触を伴わないような口づけをしたいという奇妙な欲望に僕はかられてしまう」というものになる。ヴェルレーヌは口づけを望んでいる。しかし、それは「非肉体的」なもの。しかし、本当であろうか。彼がいかに否定的に「肉体的」(matériel) を用いたとしても、その魂の奥底深くに、「肉体的」な「口づけ」を期待しているのではないか。それゆえ「肉体的な」を意味する語を使用し、それに敢えて im をつけて表面的に否定しているのではないだろうか。同じ詩篇の第22詩行から第25詩行までを見てみよう。

21 ....
22 À l'égard d'un poète épris
23 Qui mendierait sous sa fenêtre,
24 L'audacieux! un digne prix

25 De sa chanson bonne ou mauvaise!
26 ....

22 心奪われた詩人は
23 その人の窓の下で歌う歌にふさわしいご褒美を
24 ねだるであろう、なんと大胆な男！

25 彼の歌が上手いか下手かによって

この詩篇は、彼がまだ明確に自己を表面に出さず、詩人という姿をして、マチルドに愛を告白する詩であり、『艶なる宴』の一幕を想起させるような歌であることはすでに述べた。伝統的な「恋愛詩」においては、相手に愛の報いを求めず、ひたすら献身的な表現をするものであるが、ヴェルレーヌは恋する女性の窓の下で歌を歌い、その褒美を望んでいる。その褒美とは、肉体の交わりであろうか。

　詩篇IXは、マチルドから送られた家族写真にたいする返礼の詩である。彼は写真のマチルドを、なめるように見ていることが読みとれるであろう。下線は筆者による。

1　<u>Son bras droit</u>, dans un geste aimable et douceur,
2　Repose autour du cou de la petite sœur,
3　Et <u>son bras gauche</u> suit le rythme de la jupe.
4　À coup sûr une idée agréable l'occupe,
5　Car <u>ses yeux</u> si francs, car <u>sa bouche</u> qui sourit
6　Témoignent d'une joie intime avec esprit.
7　Oh! sa pensée exquise et fine, quelle est-elle?
8　Toute mignonne, tout aimable, et toute belle,
9　Pour ce portrait, son goût infaillible a choisi
10　La pose la plus simple et la meilleure aussi:
11　Debout, le regard droit, en cheveux; et sa robe
12　Est longue juste assez pour qu'elle ne dérobe
13　Qu'à moitié sous ses plis jaloux <u>le bout</u> charmant
14　<u>D'un pied</u> malicieux imperceptiblement.

1　<u>彼女の右腕</u>は、優しく愛らしいしぐさで、
2　妹の首のまわりに置かれている、
3　<u>彼女の左腕</u>はスカートのリズムを追っている。
4　まちがいなく心地よい思いが彼女の中にある。
5　なぜならこれほど率直な<u>彼女の目</u>は、なぜなら微笑む<u>彼女の口</u>は

第二節　「恋愛詩」というジャンルからの考察

```
 6  彼女の心にひそむ喜びを示しているから。
 7  ああ、上品で繊細な彼女の思いはどんなもの？
 8  それはとてもかわいい、とても愛らしい、そしてとても美しい、
 9  この写真のために、彼女は完全無欠な趣味で選んだ
10  最も素朴でそして最もいい姿勢を；
11  立って、真っ直ぐ前を見て、帽子はかぶらず；そして彼女の服は
12  ちょうどよい長さだ。半分だけ隠すのに
13―14  嫉妬深いひだの中にごくわずかに見えるいたずらな足のかわい
        らしい足先を
```

　ヴェルレーヌの目を追ってみよう。まず、彼女の右腕、次に左腕、その先にあるスカート(第 3 詩行)、そして目、口、全身(第 9 詩行から第11詩行にかけて)。彼女の髪(第 11 詩行)、そして最後に彼女の服と足の順である。彼の目は彼女のスカートに移り、最後はそこから見える足に思いをよせる。これはヴェルレーヌのフェティシズムである。『艶なる宴』に見られた官能的な描写とは異なるが、われわれは、ここに彼の好色が潜んでいるのを見抜く。これは、伝統的恋愛詩における表現と全く異なるものである。次に、詩篇 IV の第 9 詩行から第 21 詩行を検討する。

　　　　・・・・・・・・・・・・・・・・

```
 9  Arrière aussi les poings crispés et la colère
10  À propos des méchants et des sots rencontrés ;
11  Arrière la rancune abominable! arrière
12  L'oubli qu'on cherche en des breuvages exécrés !

13  Car je veux, maintenant qu'un Être de lumière
14  A dans ma nuit profonde émis cette clarté
15  D'une amour à la fois immortelle et première,
16  De par la grâce, le sourire et la bonté,
```

17 Je veux, guidé par vous, beaux yeux aux flammes douces,
18 Par toi conduit, ô main où tremblera ma main,
19 Marcher droit, que ce soit par des sentiers de mousses
20 Ou que rocs et cailloux encombrent le chemin ;

21 Oui, je veux marcher droit et calme dans la Vie,
22 ・・・・・・・・・・・・・・・・・・・・・・・

 9　握りしめた拳も怒りも引き下がれ
10　道で出会った悪党どもやばか者どもにかんしては；
11　引き下がれ、いまわしいうらみごとよ！引き下がれ
12　嫌悪する飲み物の中に求める忘却よ！

13　なぜなら今となっては、光の存在が
14　暗い僕の夜の中で、その明るさを
15　恩寵によって、不滅の最初のひとつの愛の明るさを放ったので
16　僕は、微笑みと善良さが欲しいのだ、

17　優しい炎を持った美しい目よ、僕はおまえによって案内され
18　私が震える手で握る手よ、おまえによって導かれ
19　僕は真っ直ぐ歩きたい、たとえそれが苔むした小道であっても
20　あるいは岩や小石でごろごろした道であっても

21　そうとも、僕は『人生』を真っ直ぐそして穏やかに歩きたい、
　　・・・・・・・・・・・・・・・・・・・・・・・

　ここに表現されているのは、ヴェルレーヌの望みである。何度も繰り返される「僕は欲する」(Je veux) によって、彼の要求がいかに強いものかが強調される。マチルドと出会う前まで、彼の生活は、酒と暴力という、すさんだものであったことは前述した。ここでは、

その生活ぶりが第9詩行から第12詩行に歌われている。彼はそのような生活に向かって、「9　引き下がれ」(9 Arrière) と命じる。しかし、自分ひとりでは、そのような生活から救われない。彼は、マチルドの「16　微笑み」(16 le sourire)、「16　善良さ」(16 la bonté)、彼女の「17　美しい目」(17 beaux yeux)、彼女の「18　手」(18 main) を必要とするのだ。彼女の美しさ、優しさを褒め称えつつ、「13　光の存在」(13 un Être de lumière) と崇めつつ、彼はひたすら自己の救いを訴える。彼は「21『人生』を真っ直ぐそして穏やかに歩きたい」(21 Oui, je veux marcher droit et calme dans la Vie,) のだ。詩篇XVの第5詩節においても同様である。

　　・・・・・・・・・・・・・・・

17　Mais plutôt je ne veux vous voir,
18　L'avenir dût-il m'être sombre
19　Et fécond en peines sans nombre,
20　Qu'à travers un immense espoir,

17　しかしむしろ僕はあなたを見たい
18　たとえ未来が僕にとって暗く
19　無数の苦しみに満ちあふれていたものとなるにしても
20　大きな希望をとおしてだけ

　彼は希望を媒介としてだけ「17　あなたを見たい」(17 Mais plutôt je ne veux vous voir,)、と表現する。そして、次の詩節において、彼は自分の愛を直裁に告白する。

21　Plongé dans ce bonheur suprême
22　De me dire encore et toujours,
23　En dépit des mornes retours,
24　Que je vous aime, que je t'aime !

21　この至上の幸福にひたって
22　さらにそしていつもひとりごとを言う
23　陰鬱な返事は考えないで
24　あなたを愛する、君を愛すと！

　ヴェルレーヌがマチルドを愛していることは確かなのだ。しかし、それは第三者の目から見た場合、自分が救われたい、希望を持ちたいがためだけではないだろうか。ゴブリイ(Ivan GOBRY) は言う。

　　彼を惹きつけたのは、マチルドの人格ではない。…中略…彼女の魅力でも美しさでもない。なぜなら、彼が彼女の中に見たもの、それは寓話的な女性、すなわち、心と精神のためにだけ愛される女性である。そのような訳で、おそらく彼はこの子供を選んだ。彼女が若ければ若いほど、彼女はより素朴であり、より徳の象徴となる。ヴェルレーヌは徳と結婚しようとしている(63)。

　ゴブリイの指摘とわれわれの推論は、ヴェルレーヌの好色さという点を除けば、一致する。ヴェルレーヌはマチルド自身というよりも、自分自身が救われるためであれば、誰でもよかったのだ。たまたまそこにマチルドがいた。彼は自分のために彼女を愛したのである。しかし「恋愛詩」の直接の受取人であり読者でもあるマチルドは、これが見抜けなかった。彼女はあまりにも幼かったのである。マチルドの読解力不足について、ツィメルマンは次のように言う。

　　マチルドはいずれにせよ、彼女の求婚者の詩句を理解することは困難であったに違いない。そして、『よき歌』は彼女のために書かれたものなので、それが全体としてかなり平凡なものであったとしても、驚くべきことではない(64)。

第二節 「恋愛詩」というジャンルからの考察

　前半部分の指摘に対して、われわれは同意する。しかし、後半部分にたいしては同意できるであろうか。ヴェルレーヌは、「恋愛詩」という一形態をとりながら、自分のマチルドにたいする恋心を歌った。作品全体が、そのために「恋愛詩」特有の、型にはまった表現で満ちあふれていることは、すでに確認したとおりである。
　しかし、ヴェルレーヌの内心には、マチルドを愛しながらも、彼女の「肉体」を求める願望と、自分だけの「救い」を求める願望が潜んでいた。彼は自分の救いのために、純粋なものにあこがれながらも、内心に潜む自分の好色やエゴイスムを、「恋愛詩」という形式の中に隠す。
　このような彼の表現方法を考慮に入れるならば、『よき歌』は決して平凡な歌ではない。むしろ『土星びとの歌』や『艶なる宴』において、明確には表面に出なかった自己を、純粋な「恋愛詩」を装いながも、分かる者には分かるように表現するという、全く新しい試みが、『よき歌』においてなされたのである。
　ところで、ヴェルレーヌが自分の作品を評して、「全く別の音楽が『よき歌』の中で歌われている。」と語ったことは前述した。彼の言う「全く別の音楽」とは、これまでの分析によって、高踏派とは「全く別の詩集」であるとの解釈が成り立つ。なぜならば、この詩集は、彼の実生活に密接に結びついたものであり、没個性どころか、実に個性的な詩集だからである。それゆえ、彼はこの詩集を、高踏派芸術に縛られない「おそらく最も自然なもの」（『告白』）と呼んだのではないだろうか。
　『よき歌』はマチルドという、詩のミューズによって生まれた。われわれは、その詩集の中に、愛の告白と同時に好色さや、自分だけが救われたいと望むヴェルレーヌの魂の状態を見た。そして、彼はマチルドと結婚する。彼の希望は、これによって叶えられたのだろうか。ヴェルレーヌはその新婚時代に、再び新しい出会いを体験する。今度は 17 歳の少年、アルチュール・ランボー (Arthur RIMBAUD) とのそれである。彼は、妻マチルドとランボーとの間を、

さながら「ブランコ」のように揺れ動く。彼のこのような魂の状態は、今後、いかなる形をとって表されるのであろうか。次章では、そのような彼の生活から生まれた詩集、『言葉なき恋歌』を、彼の「詩法」(*Art poétique*)を中心に、考察をおこなう。

第 四 章

『言葉なき恋歌』(*Romances sans paroles*) におけるヴェルレーヌの音楽

第一節

『言葉なき恋歌』誕生までの背景と詩集の概要

1) ヴェルレーヌの私生活

　1870年8月11日、ヴェルレーヌはマチルドと結婚する。しかし、ふたりの幸福な結婚生活は長続きしない。9月4日、パリで共和政宣言がなされ、新しい政府が樹立した。ヴェルレーヌは「妻に尻をたたかれて」[1]国民軍守備隊 (la garde nationale sédentaire) に入隊する。このことが、後にヴェルレーヌをベルギーやロンドンまで逃避行にかりたてる一因ともなる。1871年1月5日、パリはプロシア軍によって包囲され、砲撃を受ける。3月になるとプロシア軍はパリ西部地区に入城する。3月18日、国民軍は政府の武装解除命令を拒否、パリ・コミューン (la Commune) の蜂起。ヴェルレーヌは熱心にコミューンに肩入れする。

　この頃から、彼の生活は乱れ始める。彼は市役所の仕事を終えると、酒を飲んでは帰宅し、マチルドとの喧嘩が絶えなくなる。5月28日、コミューンは鎮圧され逆にコミューンに加担した者たちへの弾圧が始まる。6月にヴェルレーヌは人目を避けるため、ファンプーへ妊娠4ヶ月の妻と共に行き、8月までそこに滞在する。彼はそこで悪い酒癖から立ち直る。この頃ヴェルレーヌは市役所を解雇されていた。8月末、彼は妻と共にパリへ戻る。

　パリへ戻るとランボーからの最初の手紙を受け取る。手紙に同封された詩篇にヴェルレーヌは感動する。ランボーからの2度目の手紙をヴェルレーヌは受け取り、ついに彼をパリへ呼び寄せる。9月15日頃、ランボーはモーテ家に到着。この日から、ヴェルレーヌの新しい人生ともいうべきものが始まる。彼はランボーを自分の仲間たちに紹介するが、ランボーはなかなか受け入れてもらえず、酒と暴力の日々が続く。1872年1月頃から、妻や子供にたいして、ヴェルレーヌは激しく暴力をふるうようになる。その結果、マチルドと

は別居状態となる。2月にはマチルドは離婚請求訴訟の書類を作成する。これがもとで、ランボーはパリを離れる。マチルドが戻ってきて和解が成立するが、ヴェルレーヌは5月に再びランボーを呼び寄せる。

　1872年7月7日、ヴェルレーヌはランボーとアラス (Arras) 行きの列車に乗る。しかしアラス駅で憲兵に怪しまれ、パリに送り返される。パリへ到着するとシャルルヴィル (Charleville) を経由してベルギーへ入る。ふたりの放浪生活の始まりである。7月20日、マチルドとモーテ婦人はヴェルレーヌ説得のためブリュッセルへ向かう。ブリュッセルで和解は成立したかに見えたが、3人でパリに戻る途中の国境で、ヴェルレーヌひとり列車から降り、ふたりと分かれる。それ以来マチルドはヴェルレーヌとは会わない。

　コミューン加担者として、警察がふたりを監視していることを知ったヴェルレーヌとランボーは、密かにブリュッセルを離れ、9月8日にロンドンへ着く。生活のための職探しが始まる。この頃ヴェルレーヌは、『言葉なき恋歌』の抜粋をすでに用意していた。そして1872年11月末には『言葉なき恋歌』はほぼ完成していた。この間、マチルドは着々と離婚の準備をしていた。

　12月末、ランボーは母に呼び戻され、シャルルヴィルへ。ヴェルレーヌはひとりロンドンに残る。1873年1月、ヴェルレーヌは病気になり、ランボーを呼び寄せる。4月4日、マチルドと和解するためパリへ戻る。パリではマチルドから再会を断る手紙を受け取る。この頃ランボーはフランスに戻り、母の所で生活する。ヴェルレーヌは5月19日、友人のルペルチエに『言葉なき恋歌』の出版を依頼する。

　5月24日頃、ふたりは、ロンドンに到着する。ロンドンでは、再びヴェルレーヌは酒を飲んでは暴れ出す。しかしランボーはヴェルレーヌを相手にしない。プチフィスはこのようなヴェルレーヌの性癖を、次のようにみごとに表現している。

ヴェルレーヌが妻とその家庭を失うことを恐れれば恐れるほど、ランボーは「怒りっぽい意地悪な」[2]自分を見せた。ランボーが残忍になればなるほど、ヴェルレーヌはマチルドを懐かしんだ。この地獄のサイクルは、暴力でしか断ち切ることができなかった[3]。

　1873年7月3日、口論の末、ヴェルレーヌはランボーと別れ、マチルドと和解するため、ブリュッセルへ向かった。7月9日、ランボーもブリュッセルに到着する。酒が入ったため、ふたりはまた口論を始める。7月10日、ヴェルレーヌはひとりでピストルを買い、昼頃、ランボーと酒を飲む。再び口論となる。ホテルに戻って、ランボーが出て行こうとするのを見て、ヴェルレーヌはピストルを発射し、そのうちの1発が、ランボーの左手首に命中する。ヴェルレーヌを連れ帰るため来ていた母が、銃声を聞きつけ部屋に入り、ランボーの傷の手当をし、病院に連れて行く。その日の内に、ランボーはヴェルレーヌと別れようとする。ヴェルレーヌは母と共にランボーを駅まで送って行く。その途中でヴェルレーヌの様子が再びおかしくなり、危険を察したランボーは警察に保護を求めた。ヴェルレーヌはここで逮捕され、収監された。その後、ヴェルレーヌは禁錮2年の判決を受ける。1873年10月25日にはモンス(Mons)の刑務所に移される。

　1874年3月『言葉なき恋歌』が印刷完了する。4月になって、ヴェルレーヌは獄中で、そのワンセットのゲラ刷りを渡された。以上は主に、ピエール・プチフィスを参考にした[4]。

　以上が、『言葉なき恋歌』成立までのヴェルレーヌを取り巻く環境である。このような、実に波瀾万丈の生活をとおして、『言葉なき恋歌』は創作されたのである。それゆえ、この詩集を誤解なく理解する上で、作品成立の過程は、ある程度必要なものであると考え、やや不必要かと思われる箇所もあったが、ここに敢えて紹介した。作家の伝記を知らなければ、その作品の価値が理解できないという

第一節　『言葉なき恋歌』誕生までの背景と詩集の概要

訳では決してない。ただ、ヴェルレーヌの場合、テクストの外にある要素もまた、作品理解の助けとなるとわれわれは考える。それゆえ、ヴェルレーヌの伝記も考慮に入れながら、次に作品の構成に検討を加える。

2）各詩篇の創作年代と創作された場所

　『言葉なき恋歌』は三部からなる。第一部は「忘れられた小唄」(*Ariettes oubliées*)、第二部は「ベルギー風景」(*Paysages belges*)、第三部は「水彩画」(*Aquarelles*)である。以下、それぞれに創作年代を示す。

第一部

　「忘れられた小唄」の中で、発表され、あるいは創作された年代が明確なものは以下のとおり。

　　詩篇I　　1872年5月18日『文芸復興誌』(*La Renaissance littéraire et artistique*) に『言葉なき恋歌』(*Romances sans Paroles*) のタイトルで発表[5]。
　　詩篇II　　1872年9月22日、ブレモン (Emile BLÉMONT) 宛の手紙に同封[6]。
　　詩篇V　　1872年6月29日『文芸復興誌』に「小唄」(*Ariette*)のタイトルで発表[7]。
　　詩篇IX　　ヴェルレーヌ自身の日付によれば1872年5—6月[8]。

　1872年代はヴェルレーヌがマチルドと不仲になった頃で、ランボーとベルギーへ旅立ったり、7月20日以降はマチルドと分かれた時期でもある。詩篇 III、IV、VI、VII、VIII については、創作年代は不明であるが、おそらく同じ頃にパリ、もしくはベルギーで創作されたものであろう。

第二部
「ベルギー風景」(*Paysages belges*)

「ヴァルクール」(*Walcourt*)
　　　　　ヴェルレーヌ自身の日付によれば、1872年7月[9]。
「シャルルロワ」(*Charleroi*)
　　　　　創作年代は不明であるが、おそらく7月か8月頃。
「ブリュッセル」(*Bruxelles*)
　「素朴な壁画」(*Simples fresques*)
　　　　　ヴェルレーヌ自身の日付によれば、1872年8月、居酒屋ジュンヌ・ルナール(Estaminet du Jeune Renard[10]。)
「ブリュッセル」(*Bruxelles*)
　「木馬」(*Chevaux de bois*)
　　　　　ヴェルレーヌ自身の日付によれば、1872年8月、サン・ジル(Champ de foire de Saint-Gilles)の市の広場[11]。
　「マリーヌ」(*Malines*)
　　　　　ヴェルレーヌ自身の日付によれば、1872年8月[12]。
　「夜の鳥」(*Birds in the night*)
　　　　　ヴェルレーヌ自身の日付によれば、ブリュッセル、ロンドン、1872年9月—10月[13]。

　ところで、これらの詩篇が創作されたのは1872年7月から10月にかけてということになる。この時期、ヴェルレーヌはマチルドと別れ、ランボーとブリュッセル、ロンドンで放浪の旅の最中である。この頃『言葉なき恋歌』に収められる大部分の詩篇は完了していた。

第三部
「水彩画」(*Aquarelles*)
　「グリーン」(*Green*) 創作年代不明。
　「憂愁」(*Spleen*) 創作年代不明。
　「通り」I (*Streets I*)　創作年代不明。
　　　　　ヴェルレーヌによれば場所はソーホー(Soho)[14]。

第一節 『言葉なき恋歌』誕生までの背景と詩集の概要

「通り」II (*Streets II*) 創作年代不明。
　　ヴェルレーヌによれば、場所はパディントン (Paddington)[15]。
「幼妻」(*Child wife*)
　　ヴェルレーヌによれば、1873年4月2日、ロンドン[16]。
「貧しく若い羊飼いへ」(*A poor young shepherd*) 創作年代不明。
「輝き」(*Beams*)
　　ヴェルレーヌによれば、「1873年4月4日、《コンテス・ド・フランドル号》に乗って、」(à bord de la 《Contesse-de-Flandre》)[17]。

判明している年代やタイトルを考慮に入れると、これらの作品は、ヴェルレーヌがひとり、あるいはランボーとロンドンに滞在中に創作されたものと思われる。特に最後の詩篇「輝き」はランボーと別れ、マチルドとの和解のため、希望にもえて船に乗り込んだ日である。

これら第一部から第三部まで、作品とその創作年代、および創作場所をつきあわせると、この詩集は、ヴェルレーヌがマチルドと不仲になりかけた頃から創作され始めた。すなわち、第一部「忘れられた小唄I」の第3詩節で、

12　　･･････････

13　Cette âme qui se lamente
14　En cette plainte dormante
15　C'est la nôtre, n'est-ce pas?
16　La mienne, dis, et la tienne,
17　　･･････････

(*Ariettes oubliées* I)

13　嘆き悲しむこの心
14　この眠っているうめき声の中に
15　これは僕たちのもの、そうでしょう？
16　僕の心と、ほら君の心と

「忘れられた小唄Ⅰ」

　「13　嘆き悲しむ」心は「15　僕たちのもの」だと歌い、マチルドと心を共有しようとする。アダンはこの「忘れられた小唄Ⅰ」にたいして、次のように説明する。

　彼はマチルドに手紙を書いていた。われわれは、もはやその手紙を見ることはできないが、その手紙の中で、われわれも知っているように、彼は彼女に戻ってくるように哀願していた。「忘れられた小唄」の最初の詩篇から、それを理解することができる[18]。

　このように、『言葉なき恋歌』は、その冒頭から、マチルドへの想いが表現されている。さらに「忘れられた小唄　Ⅴ」は、明らかにマチルドとの楽しかった思い出を歌っている。第1詩節を引用してみよう。

1　Le piano que baise une main frêle
2　Luit dans le soir rose et gris vaguement,
3　Tandis qu'avec un très léger bruit d'aile
4　Un air bien vieux, bien faible et bien charmant
5　Rôde discret, épeuré quasiment,
6　Par le boudoir longtemps parfumé d'Elle.

7　・・・・・・・・・・・・・・・・

(*Ariettes oubliées* Ⅴ)

第一節　『言葉なき恋歌』誕生までの背景と詩集の概要

1　か細い手が触れるピアノは
2　バラ色と灰色の夕べにぼんやりと光る、
3　とても軽やかな羽の音とともに
4　とても古く、とても弱いそしてとても魅力的な曲が
5　控えめに、ほとんどおずおずとさまよう、
6　『彼女』の香りがいつまでも残った部屋の中を。

「忘れられた小唄　Ⅴ」

　ヴェルレーヌは、かつて彼女と過ごした穏やかな日常を懐かしむようである。「忘れられた小唄　Ⅶ」においては、彼女のことを想って悲しむ。

1　O triste, triste était mon âme
2　À cause, à cause d'une femme.

3　............

(Ariettes oubliées Ⅶ)

1　僕の心はなんと悲しかったことか
2　たったひとりの、女のために。

「忘れられた小唄　Ⅶ」

　第二部「ベルギー風景」においては、もっぱらベルギーの首都や、彼が旅をした風景の描写で埋められている。しかし、最後の詩篇「夜の鳥」においては、相変わらずマチルドのことが、ヴェルレーヌの念頭にある。プチフィスは「夜の鳥」の一部を引用して、これは、1872年7月21日、マチルドとモーテ婦人がヴェルレーヌを説得するため、ベルギーのホテルに赴き、彼とマチルドとが部屋で会ったときの状況描写であると示唆する[19]。

48 ・・・・・・・・・・・・・

49　Je vous vois encor. J'entr'ouvris la porte.
50　Vous étiez au lit comme fatiguée.
51　Mais, ô corps léger que l'amour emporte,
52　Vous bondîtes nue, éplorée et gaie.

53 ・・・・・・・・・・・・・

(Birds in the night)

49　僕はまだあなたが見える。僕は扉を半ば開けた。
50　疲れた女のようにあなたはベッドにいた。
51　だが、愛がはこぶ体の軽いこと
52　あなたは飛び上がった、裸で、悲しくそして陽気に。

「夜の鳥」

　第三部の「グリーン」では、マチルドに対するヴェルレーヌの優しい想いが、表現されている。第1詩節を見てみよう。

1　Voici des fruits, des fleurs, des feuillies et des branches
2　Et puis voici mon cœur qui ne bat que pour vous.
3　Ne le déchirez pas avec vos deux mains blanches
4　Et qu'à vos yeux si beaux l'humble présent soit doux.

5 ・・・・・・・・・・・・・・・・・・・・

(Green)

1　ここに果物と花と葉と枝があります
2　そしてまたここにあなたのためにしか鳴らない僕の心臓があります。
3　それをあなたの白い両手で引き裂かないでください
4　そしてあなたのかくも美しい目に、つつましい贈り物がやさしく映りますように。

「グリーン」

第一節　『言葉なき恋歌』誕生までの背景と詩集の概要

このような詩篇は『よき歌』における「宮廷風恋愛」(amour courtois)を想起させる。ところが「幼妻」ではマチルドを非難する。

1　Vous n'avez rien compris à ma simplicité,
2　　　Rien, ô ma pauvre enfant!
3　Et c'est avec un front éventé, dépité,
4　　　Que vous fuyez devant.

5　............

(*Child wife*)

1　あなたは僕の素朴さが何も分からなかった、
2　　　何も、ああ、なんとかわいそうな子供よ！
3　そしてばかみたいなくやしそうな顔をして
4　　　あなたは逃げていく。

「幼妻」

そして第三部の最後の「輝き」において、

8　..............

9　Des oiseaux blancs volaient alentour mollement
10　Et des voiles au loin s'inclinaient toutes blanches.
11　Parfois de grands varechs filaient en longues branches,
12　Nos pieds glissaient d'un pur et large mouvement.

13　Elle se retourna, doucement inquiète
14　De ne nous croire pas pleinement rassurés,
15　Mais nous voyant joyeux d'être ses préférés,
16　Elle reprit sa route et portait haut la tête.

(*Beams*)

9 　白い鳥たちがまわりをゆっくりと飛んでいた
10　そして遠くに帆が白く傾いていた。
11　ときおり大きな海藻が長い枝のように広がっていた、
12　僕たちの足は純粋で大きな動きで滑って行った。

13　彼女は不安げにゆっくりと振り返った
14　僕たちが心から安心してはいないのかと、
15　しかし僕たちが彼女のお気に入りであることを喜んでいるのを見て、
16　彼女は再び進んだ、そして頭を高く上げた。

「輝き」

　ヴェルレーヌはマチルドと和解することができるという希望をもって船に乗り、イギリスを離れたことは前述した。その船の中で書かれたのが、この詩篇である。この詩節からは、彼が空や海面をながめ、「12　僕たちの足は純粋で大きな動きで滑って行った。」(12 Nos pieds glissaient d'un pur et large mouvement.) と言う表現からも、大急ぎでフランスに渡りたいという希望が読みとれる。また、第13、15、16 詩行の「彼女」は、プチフィスの解釈によれば、「『希望』の擬人化」[20] である。このような希望を歌うことで、『言葉なき恋歌』は完了する。

　これは非常に大雑把な読みではあるが、第一部では喧嘩別れをした妻を想い、第二部では、ランボーとの放浪生活を描き、第三部では、再び妻と和解しようとする内容の筋立てが、『言葉なき恋歌』に見られる。そのため、マチルドの影が、この詩集の中に点在している。

3）作品出版の意図

　『言葉なき恋歌』は、その誕生から完成にいたるまで、常にその側にランボーがいた。そのために、ヴェルレーヌは作詩上、ランボーから何らかの影響を受けたはずである。またランボーも、ヴェル

第一節　『言葉なき恋歌』誕生までの背景と詩集の概要

レーヌから同様に影響を受けたであろう。しかし、ヴェルレーヌの詩篇の中に、ランボーから具体的な影響を受けたであろうと思われる箇所を、例えば『地獄の季節』(*Une Saison en Enfer*) の中から探すのは、非常に困難である。なぜなら、ランボーはヴェルレーヌと生活を共にしていたとき、『地獄の季節』を書いていたが、まだそれは完成していなかった。

ところで、『地獄の季節』が印刷され、それがヴェルレーヌの手元に届けられたのは、1873 年 10 月 24 日であり、ヴェルレーヌはモンスの獄中にいた[21]。ランボーの与えた影響にかんして、ジャック・ボレル (Jacques BOREL) は言う。

> ヴェルレーヌがランボーに対して負った借りは、見ることはできるが、それは人が思っているほどに、あるいは言っているほどには明瞭ではなく、なかなか容易にはその場所を決定できない。…中略…ランボーは、ほとんど全ての『言葉なき恋歌』の誕生に立ち会っている。この誕生における彼の役割は、酵母のそれである[22]。

アゲッタンもボレルと同じ立場に立つ。

> ランボーがヴェルレーヌの詩に影響を及ぼしたのは確実である、たとえ正確に指し測ることは困難であるとは言え[23]。

このように、具体的にランボーの影響を見いだすことは困難であるが、ヴェルレーヌは、彼から受けた詩的霊感にたいする感謝の気持ちを、彼に表したかったに違いない。アゲッタンも同様にこのことを指摘する。

> 彼の最初の意図は詩集をランボーに献呈することだった[24]。

— 145 —

ヴェルレーヌは友人のルペルチエに宛てた手紙（1873年5月19日）の中で次のように書き送っている。下線部は原文ではイタリック。

　僕はランボーへの献辞にとても執着している。なぜなら、これは、まず<u>抗議として</u>、次に、この詩集は彼がそこにいたから、そして僕がこの詩集を作るのを、彼が大いに勇気づけてくれたからであり、とりわけ、彼がいつも、特に僕が死にかけたとき、僕に示してくれた献身と愛情に感謝するためなのだ。こうすることで、僕は恩知らずにはならないはずだ[25]。

「抗議として」とは、マチルドにたいしてのあてつけとも解釈できる。この手紙によって、ヴェルレーヌがいかにランボーに感謝していたかが、読みとれるであろう。
　以上のような検証から、ヴェルレーヌは『言葉なき恋歌』をランボーに捧げたかったということは確実である。次に作品創作の動機にかんしては、どのような推測が可能であろうか。『よき歌』でマチルドの心をとらえようと試みたように、今度は離れていった彼女を取り戻すためか。しかし、『よき歌』に見られる恋愛詩を想起させるような詩篇はほとんど見られない。強いて引用するならば、以下の詩句であろう。

1　Voici des fruits, des fleurs, des feuillies et des branches
2　Et puis voici mon cœur qui ne bat que pour vous.
3　Ne le déchirez pas avec vos deux mains blanches
4　Et qu'à vos yeux si beaux l'humble présent soit doux.

5　J'arrive tout couvert encore de rosée
6　Que le vent du matin vient glacer à mon front.
7　Souffrez que ma fatigue à vos pieds reposée

第一節　『言葉なき恋歌』誕生までの背景と詩集の概要

8　Rêve des chers instants qui la délasseront.

9　................

(*Green*)

1　ここに果物と花と葉と枝があります
2　そしてまたここにあなたのためにしか鳴らない僕の心臓があります。
3　それをあなたの白い両手で引き裂かないでください
4　そしてあなたのかくも美しい目に、つつましい贈り物がやさしく映りますように。

6　朝の風が僕の額の露を凍らせにやって来る
5　その露にびっしょり濡れて僕はやって来ます。
7　ゆるしてください、僕の疲れがあなたの足下で憩い
8　疲れを癒す甘い瞬間を夢見ることを

「グリーン」

　恋する女の前に心までも捧げ、その足下で、憩いたいという愛の表現である。あるいは、

2　................

3　Chère, pour peu que tu te bouges,
4　Renaissent tous mes désespoirs.

5　................

(*Spleen*)

3　愛しいひとよ、少しでも君がうごけば、
4　あらゆる僕の絶望がよみがえる。

「憂愁」

この詩篇もまた以下に引用する『よき歌』の詩篇 XV と同じジャンルに入れることができるであろう。『よき歌』で、ヴェルレーヌはマチルドにたいして、次のように愛を告白していた。

12　................

13　Et qu'il vous suffirait d'un geste,
14　D'une parole ou d'un clin d'œil,
15　Pour mettre tout mon être en deuil
16　De son illusion céleste.

17　................

(XV)

13　　　そしてあなたにとっては、しぐさひとつで、
14　　　言葉ひとつであるいはまばたきひとつで十分でしょう、
15—16　天国の夢想から僕の全存在を、地獄の喪の悲しみの中に落とすためには。

「XV」

　しかしながら、『言葉なき恋歌』においては、上記のような愛の告白は、きわめて希である。以下は「夜の鳥」の第 15 詩節である。ここで、彼女にたいする愛が見られるであろうか。

56　................

57　Je ne veux revoir de votre sourire
58　Et de vos bons yeux en cette occurrence
59　Et de vous enfin, qu'il faudrait maudire,
60　Et du piège exquis, rien que l'apparence.

61　................

(Birds in the night)

第一節　『言葉なき恋歌』誕生までの背景と詩集の概要

57　あなたの微笑みから、そしてあなたの上等な目から
58　そしてこのような場合、最後にはあなたを呪わなければならないだろうが、
59　そしてそのあなたから、そして心地よい罠から
60　僕は外見だけをもう一度見たいのだ。

「夜の鳥」

　われわれは、『よき歌』において、ヴェルレーヌが、マチルドをとおして希望を見ようとしていたことを思い出そう。

　.................

17　Mais plutôt je ne veux vous voir,
18　L'avnir dût-il m'être sombre
19　Et fécond en peines sans nombre,
20　Qu'à travers un immense espoir,

　.................

(*XV*)

17　しかしむしろ僕はあなたを見たい
18　たとえ未来が僕にとって暗く
19　無数の苦しみに満ちあふれていたものとなるにしても
20　大きな希望をとおしてだけ

「XV」

　『よき歌』の詩篇 XV においてはヴェルレーヌは「20　大きな希望をとおして」(20 Qu'à travers un immense espoir,) マチルドを見たいと告白しているが、先に引用した『言葉なき恋歌』の「夜の鳥」では彼女の「60　外見だけをもう一度見たい」(60 Et du piège exquis, rien que l'apparence.) 、と表現が変化している。彼にとっては、彼女の外

見だけでいいのだ。
　ところで、われわれは『よき歌』において、ヴェルレーヌは自分が救われたいがために、たまたま目の前にいたマチルドを選んだ、相手はマチルドでなくてもよかった、そしてそのマチルドを愛した、自分のために、と主張した。『言葉なき恋歌』においてもまた、同様のことが言えるのではないだろうか。親友のルペルチエに宛てた1872年9月の手紙の中で、彼は次のように言う。

　　ああ！彼女は2ヶ月もペリグーで、ひとりきりでいることを忘れているんだ。そして僕が彼女の住所を知らなかったということも！しかし、こんなことをくどくど君に言って、何になるというのだ。君だって知っていることだし、僕と同じくらい君も分かっていることなのだから。実際、僕はおそろしいくらい寂しい。なぜなら、僕は妻を愛しすぎているから[26]。

　72年9月といえば、ヴェルレーヌはマチルドと別れ、ランボーとふたりで、ブリュッセルやロンドンで生活をしていた頃であり、この頃『言葉なき恋歌』の大部分が創作されていた。このような時期に、彼はマチルドを「愛しすぎている」と言う。
　確かに、この手紙を信じるならば、彼はマチルドを愛していた。しかし、『言葉なき恋歌』を創作したのは、彼の伝記を読む限り、彼女の心を取り戻すためではない。ヴェルレーヌはランボーと出会い、創作意欲をかき立てられた。『言葉なき恋歌』を書くヴェルレーヌを励まし続けたのはランボーであった。この意味でランボーが「酵母」であるならば、彼女はあくまでも『言葉なき恋歌』の材料でしかなかったのではないだろうか。むしろ、ヴェルレーヌは『言葉なき恋歌』を自分のために創作したのである。自分の芸術のために。そして先に見た彼自身の手紙に示されているように、自分の感謝の気持ちを表明するために、マチルドにではなく、ランボーに献呈しようとしたのだ。ヴェルレーヌは詩集の出版にかんして、ルペ

第一節　『言葉なき恋歌』誕生までの背景と詩集の概要

ルチエに 1873 年 4 月 15 日付の手紙で、次のように書き送っている。

　この訴訟の前に僕の詩集が出版されることが重要だ、と僕が考えていることを君は理解しなければならない。なぜなら、訴訟の後であれば、詩集が生み出すであろう反響・宣伝を利用したがっているように思われるだろうから[27]。

　この手紙を読めば、彼は出版に際して、マチルドのことなど、全く念頭にないことが分かる。彼が気にしているのは、出版することによって引き起こされる自分の評判だけである。それでは、次に、このような意図のもとに創作された詩集の内容を検討する。

4）タイトルとその内容

　『言葉なき恋歌』(Romances sans paroles)という言葉は、メンデルスゾーン(Mendelssohn-Bartholdy) が自分のピアノ曲集に初めて用いた(Lieder ohne Worte、1829 年—1845 年　全 8 曲)ものであることは周知の事実である。アゲッタンも同様の指摘をする。

　おそらくメンデルスゾーンのピアノ曲集から着想を得た『言葉なき恋歌』というタイトルは、ヴェルレーヌが創作したいと思っているまったく音楽的な詩法を十分明確に示していると同時に、「詩は何よりもまず音楽を」、をここでわれわれが発見するであろうということ、そして言葉の旋律は意味よりももっと重要であるということをわれわれに示している[28]。

　確かに、「恋歌」(romance) という語は「恋愛詩」であると同時に、甘美な叙情的な音楽をも意味するものである。ヴェルレーヌが自らの詩集に『言葉なき恋歌』とタイトルを冠したとき、「言葉なき」(sans paroles) とは、アゲッタンが言うように「言葉の旋律は意味より

もももっと重要である」ということを暗示したかったのだろうか。さらに、ヴェルレーヌ自身が先の詩集『艶なる宴』において、この語を使用していることから、彼はこの語に何らかの関心は抱いていたのかもしれない。

1　Mystiques barcarolles,
2　Romances sans paroles,
3　Chère, puisque tes yeux,
4　・・・・・・・・・・

(À Clymène)

1　神秘的な舟歌、
2　言葉なき恋歌、
3　愛しい人よ、あなたの目は、

「クリメーヌに」

しかし、『言葉なき恋歌』においては、タイトルが示すような、甘い甘美な内容の詩篇は少ない。第一部では、自分の悲しみを表現する詩篇が大部分を占めている。第二部では、マチルドの姿は認めがたい。第三部では彼女を非難する詩句が存在する。ヴェルレーヌ自身も、そのことを認めている。以下は、1872年10月1日、友人のブレモンに宛てたヴェルレーヌの手紙である。（　）は原文のまま。下線部は原文ではイタリック。『　』は原文では大文字。

　僕は小詩集『言葉なき恋歌』を印刷させる。…中略…その中の一部分は『よき歌』に戻ったような詩篇もあるだろう。しかし、(願わくば) もしまちがっていないなら、繰り返して言うが、これは文字通り忌まわしい詩篇にも拘わらず、『どれほど愛情をこめて！』まったく愛撫するような、そして優しい非難の詩であろうか[29]。

第一節　『言葉なき恋歌』誕生までの背景と詩集の概要

あるいは、同じくブレモンに宛てた 1872 年 10 月 5 日付の手紙では、

　僕の小詩集は『言葉なき恋歌』という題が付けられている。十数篇の詩篇は、実を言えば、『悪しき歌』(*Mauvaises Chansons*) と名付けられてよいかもしれない。しかし、全体は、曖昧で悲しく、陽気な、ほとんど素朴で、ちょっとした絵のような一連の印象の詩集である。例えば「ベルギー風景」のように[30]。

　これらの手紙が示すように、一部分『よき歌』を想起させる詩篇もあるが、全体としては恋の歌というよりも、マチルドとの別れを題材にした詩集であると言えよう。ヴェルレーヌが『言葉なき恋歌』の十数篇を『悪しき歌』と呼ぶのは、マチルドによって詩的霊感を受け、創作された『よき歌』の裏返しであることは言うまでもない。そこで、われわれはまず、タイトルによって暗示された詩における音楽とは何か、アゲッタンが指摘する「ヴェルレーヌが創作したいと思っているまったく音楽的な詩法」とは何かを第二節で考察する。

第二節

「詩法」の考察；詩と音楽

　ところで、ブレモンによってなされた『言葉なき恋歌』の書評において、その詩の音楽性に言及している記事を読んだヴェルレーヌは、音楽こそ詩の本質であると考え、1874年4月に獄中で「詩法」(*Art poétique*)を創作した、とプチフィスは指摘する[31]。

　確かに音楽は、聞く者の心に、ある種の情景を、ある種の抒情を喚起する。音楽は本質的に言葉を媒介とせず、音によって、何かあるものを暗示する力をもっていると言えるであろう。ところで、われわれは言葉のもつ特徴を、その最も基本的な特徴を確認しよう。すなわち、言葉は音と同時に意味をも、もっているということである。詩的言語とは何かという深遠なテーマにまで考究せずとも、詩人が自らの心象を表現するときの手段として、音と意味とを兼ね備えた言葉を使用するという程度の概念として、ここでは言葉という語を使用する。そこでわれわれは、言葉を媒介とする詩における音楽とは何かを、まず彼の「詩法」[32]をとおして検討する。

1　De la musique avant toute chose,
2　Et pour cela préfère l'Impair
3　Plus vague et plus soluble dans l'air,
4　Sans rien en lui qui pèse ou qui pose.

5　Il faut aussi que tu n'ailles point
6　Choisir tes mots sans quelque méprise :
7　Rien de plus cher que la chanson grise
8　Où l'Indécis au Précis se joint.

9　C'est des beaux yeux derrière des voiles,

10　C'est le grand jour tremblant de midi,
11　C'est, par un ciel d'automne attiédi,
12　Le bleu fouillis des claires étoiles!

13　Car nous voulons la Nuance encor,
14　Pas la Couleur, rien que la nuance!
15　Oh! la nuance seule fiance
16　Le rêve au rêve et la flûte au cor!

17　Fuis du plus loin la Pointe assassine,
18　L'Esprit cruel et Rire impur,
19　Qui font pleurer les yeux de l'Azur,
20　Et tout cet ail de basse cuisine!

21　Prends l'éloquence et tords-lui son cou!
22　Tu feras bien, en train d'énergie,
23　De rendre un peu la Rime assagie.
24　Si l'on n'y veille, elle ira jusqu'où?

25　Ô qui dira les torts de la Rime?
26　Quel enfant sourd ou quel nègre fou
27　Nous a forgé ce bijou d'un sou
28　Qui sonne creux et faux sous la lime?

29　De la musique encore et toujours!
30　Que ton vers soit la chose envolée
31　Qu'on sent qui fuit d'une âme en allée
32　Vers d'autres cieux à d'autres amours.

33　Que ton vers soit la bonne aventure

34 Éparse au vent crispé du matin
35 Qui va fleurant la menthe et le thym...
36 Et tout le reste est littérature.

(Art poétique)

1 何よりもまず音楽を、
2 そのためには《奇数脚》を選べ
3 それは大気の中に、より曖昧により溶けこみ、
4 その中にのしかかり、立ち止まるものは何もない。

5 選ぼうとしてはいけない
6 なにか誤解のないような言葉を
7 灰色の歌より貴重なものはほかにない
8 そこでは《曖昧さ》と《鮮明さ》がひとつになる。

9 それはヴェールに隠れた美しい目
10 それは真昼のゆらめく大きな光
11 それは、なまぬるくなった秋の空に、
12 青い星くずの輝き！

13 なぜなら僕たちはさらに《ニュアンス》を
14 《色》ではなくただ《ニュアンス》を求めるから！
15 ああ、ニュアンスだけが婚約させる
16 夢を夢にそしてフルートを角笛に

17 人殺しの《鋭い刃先》から遠くへ逃れ、
18 《残忍な機知》や《不純な笑い》を避けよ、
19 それらは《紺碧》の目に涙させるもの、
20 そして安物料理のあのニンニクをさけよ！

21　雄弁をつかまえてその首をねじ曲げよ！
22　元気いっぱいで《脚韻》をすこしばかり、
23　賢くするのもいいだろう。
24　もし見張っていないなら、脚韻はどこまで行くのか？

25　ああ、一体だれが《脚韻》の誤りを言うのだろうか？
26　どんな耳の悪い子供が、どんな狂った黒人が
27　われわれにこの一文の宝石をでっち上げたのだ？
28　それはヤスリの下で、うつろにそらぞらしく鳴る。

29　さらにそしてつねに音楽を
30　願わくは君の詩句が飛び立つものであらんことを
31　それは道にいる魂から逃れさり別の空から
32　別の愛へと向かって飛び立つ。

33　願わくは君の詩句が楽しい冒険であらんことを
34　それは朝のぎこちない風に散らされて
35　ミントやタイムの花さかせながら行く…
36　そのほかのものはすべてまやかしだ。

　　　　　　　　　　　　　　　　　　　「詩法」

　彼は「詩法」において、詩は音楽でなければならないと主張する。なぜか。音楽が聞く者の心に何かを暗示するその特質を、言葉を媒介とした詩に生かすためである、とヴェルレーヌは言うように思われる。しかしそれは、さらに具体的には、言葉のもつ特徴のひとつである音によってというよりも、むしろ言葉のもつ意味作用によって何かを暗示しなければならないとここでは主張されている。なぜなら、ヴェルレーヌは、「美しい目」にヴェールをかける「9　それはヴェールに隠れた美しい目」(9　C'est des beaux yeux derrière des voiles,) ことを勧めているからである。ここで言われている「美しい

目」とは、何かの本質とも解釈できる。その本質にヴェールをかけることによって「ニュアンス」を帯びた表現が生じる。「5　選ぼうとしてはいけない／6　なにか誤解のないような言葉を／7　灰色の歌より貴重なものはほかにない／8　そこでは《曖昧さ》と《鮮明さ》がひとつになる。」(5 Il faut aussi que tu n'ailles point ／6 Choisir tes mots sans quelque méprise: ／7 Rien de plus cher que la chanson grise ／8 Où l'Indécis au Précis se joint.)。これは、言葉のもつ意味のレヴェルにおいて、何かを暗示しようとする試みである。「ニュアンス」のために、曖昧な意味をもつ言葉を選ばなければならないと彼は言っているのだ。

　ところで、言葉は音をもっているのだから、当然、詩においても音楽同様、発音された音やリズムが問題となる。ヴェルレーヌはリズムにかんしては奇数脚を勧める。なぜならば奇数脚は「3　それは大気の中に、より曖昧により溶けこみ、／4　その中にのしかかり、立ち止まるものは何もない」(3 Plus vague et plus soluble dans l'air, ／4 Sans rien en lui qui pèse ou qui pose.) からである。

　また詩句の最後に発音される脚韻にも注意を払わなければならない。しかし、そのため脚韻はこれまで、あまりにも重要視されてきたきらいがある。ヴェルレーヌは「25　ああ、一体だれが《脚韻》の誤りを言うのだろうか？／26　どんな耳の悪い子供が、どんな狂った黒人が／27　われわれにこの一文の宝石をでっち上げたのだ？／28　それはヤスリの下で、うつろにそらぞらしく鳴る」(25 Ô qui dira les torts de la Rime? ／26 Quel enfant sourd ou quel nègre fou ／27 Nous a forgé ce bijou d'un sou ／28 Qui sonne creux et faux sous la lime?) と言い、ただ「そらぞらしく鳴り響く」脚韻を非難する。ここでヴェルレーヌが何を念頭に入れてこの《脚韻》にたいする非難の詩節を作ったのか、高踏派の詩人バンヴィルの『フランス詩法概説』(*Petit traité de poésie française*、1871年)を一読すれば明らかである。以下に、その一部を引用する。《　》内は原文では大文字。

第二節 「詩法」の考察；詩と音楽

　詩はつねに高貴であらねばならない。すなわち形式において並外れて上品で完全なものであらねばならない。なぜなら、詩はわれわれの中で最も高貴なもの、つまり神と直接結びつくことのできる《魂》に訴えかけるからである。詩は同時に《音楽》であり、《彫像》であり、《絵画》であり、《雄弁》である。詩は耳を楽しませ、精神を魅了し、音を表象し、色を模倣し、対象を目に見えるものとし、われわれの中に詩が創造しようとする運動を喚起しなければならない[33]。

　ここにヴェルレーヌが批判した箇所を見いだせるであろう。バンヴィルは「詩は《雄弁》であり」、「対象を目に見えるものとしなければならない」とする。前者にたいして、ヴェルレーヌは「21　雄弁をつかまえてその首をねじ曲げよ！」(21　Prends l'éloquence et tords-lui son cou!) と言い、後者にたいして、言語のもつ意味の「曖昧さ」や「ニュアンス」を強調する。脚韻についてバンヴィルは次のように言う。下線部は原文ではイタリック。《　》内は原文では大文字。

　《脚韻》だけが詩句の唯一のハーモニーであり、脚韻が詩句の全てである。詩句において、描き、音を喚起し、ひとつの印象を生じさせ固定するため、また、われわれの眼前に荘厳な光景を展開するため、大理石や青銅の輪郭よりもさらに純粋で不動の輪郭を文彩に与えるためには、《脚韻》が唯一であり、脚韻だけで十分である。…中略…われわれは詩句の中で、脚におかれた語にしか注意を払わない。そしてこの語だけが、詩人によって、望まれた効果を生み出す働きをする[34]。

　このように、脚韻を絶対視する高踏派にたいして、ヴェルレーヌは意義を唱えたのではないだろうか。

1）脚韻についての考察

　それでは、どのような脚韻をバンヴィルはよしとするのか。彼は『フランス詩法概説』において、ボワロー (Nicolas BOILEAU) やユーゴーを例に挙げながら説明をする。例えば母音だけの押韻をやり玉にあげ、子音に支えられた押韻を勧める[35]。彼は言う。《　》内は原文では大文字。

　　子音の支えがなければ、《脚韻》は存在しない。その結果、詩は存在しない[36]。

　このように、母音の前の子音まで含めた押韻の重要性を主張している。その結果、脚韻は豊かなものとなると彼は言うのだ。《　》内は原文では大文字。

　　あなたの脚韻は豊かになり、変化に富んだものとなるであろう。実際、全く豊かで、変化に富んだものとなるであろう！すなわち、ふたつの語が《音》において非常に似ており、そのふたつの語が《意味》において非常に異なっている語を、できうる限り集めて韻を踏ませればよい[37]。

　以上が、バンヴィルの言う脚韻の豊かさである。しかしながら、このような脚韻にかんする詩法上の規則は、もともと、フランス詩法においては伝統的なものであり、バンヴィルだけの主張ではない。彼の主張する脚韻はその『フランス詩法概説』を読む限り、具体性に乏しく、むしろかなり主観的なもののように思われる。ヴェルレーヌもまた、同様である。彼が主張する、詩を音楽的なものにする脚韻とはいかなるものであるのか、曖昧なままである。その秘密は彼の「詩法」の中に隠されているのか。バンヴィルによって非難された子音の支えのない脚韻を、逆説的に言えば「そらぞらしく鳴り響」かない脚韻を、われわれは「詩法」の中に、6 組見い出すこと

第二節 「詩法」の考察；詩と音楽

ができる。以下にその例を示す。下線は筆者による。

第1組
2　Et pour cela préfère l'Imp<u>air</u>
3　Plus vague et plus soluble dans l'<u>air</u>,

第2組
5　Il faut aussi que tu n'ailles p<u>oint</u>
8　Où l'Indécis au Précis se j<u>oint</u>.

第3組
9　C'est des beaux yeux derrière des v<u>oiles</u>,
12　Le bleu fouillis des claires ét<u>oiles</u>!

第4組
18　L'Esprit cruel et le Rire imp<u>ur</u>,
19　Qui font pleurer les yeux de l'Az<u>ur</u>,

第5組
26　Quel enfant sourd ou quel nègre f<u>ou</u>
27　Nous a forgé ce bijou d'un s<u>ou</u>

第6組
29　De la musique encore et touj<u>ours</u>!
32　Vers d'autres cieux à d'autres am<u>ours</u>.

「詩法」が9詩節から成り立っており、その半分以上の詩節で、子音の支えがないあまり目立たない脚韻が使用されている。これがヴェルレーヌの新しい詩法なのか。彼が高踏派の詩人たちと交わっていた頃出版した最初の詩集、『土星びとの歌』の中には、このよ

うな脚韻の使用はなく、「変化に富んだ」脚韻ばかりが使用されているのだろうか。これについて調査する必要がある。調査するにあたって、できるだけ単純なものとするため、上記の例の中から、第5組の例をもとにした。すなわち、これは母音だけの押韻がなされており、その他の組は、子音の支えはなくとも、最後に同じ音の子音が発音され、十分な脚韻と言えるからである。また、17 assassine と 20 cuisine あるいは 25 Rime と 28 Lime のように母音を支える子音が同じではないが、似たような子音によって支えられていると判断されるものは、調査から除外した。その結果、『土星びとの歌』においては、これは 42 詩篇中 16 詩篇の中に、母音だけの押韻が存在する。例えば、「プロローグ」においては、以下のとおり、2 組見られる。下線は筆者による。

39　Est-ce que le Trouvère héroïque n'eut p<u>as</u>
40　Comme le Preux sa part auguste des comb<u>ats</u>?

59　À tout carnage, à tout dévastement, à t<u>out</u>
60　Égorgement, d'un bout du monde à l'autre b<u>out</u>!

　このような母音だけの押韻の例は全部で 29 組見られる。1145 詩行から成るこの詩集の中で、29 組というのは多いと見るべきか、少ないと見るべきか。パーセントにすると約 2.6 ％が子音の支えのない母音だけの押韻となる。
　次に『言葉なき恋歌』において、同様の調査を試みた。その結果は 23 詩篇中 9 詩篇に、母音だけの押韻が見られた。例えば、「忘れられた小唄 I」においては、以下のとおり 2 組見られる。下線は筆者による。

9　Cela ressemble au cri d<u>oux</u>
12　Le roulis sourd des caill<u>oux</u>.

15　C'est la nôtre, n'est-ce p<u>as</u>?
18　Par ce tiède soir, tout b<u>as</u>?

　469 詩行から成るこの詩集においては、全部で 14 組が母音だけの押韻である。これもパーセントにすれば約 3 ％である。詳しくは註の最後に全てを抜き出しているので参考にされたい。
　ところで、この数字から見る限り、『土星びとの歌』と『言葉なき恋歌』との間に、同一母音による目立たない押韻の使用頻度に、差は見られない。ヴェルレーヌは文壇にデビューした当初から、このような母音だけの、弱い脚韻も使用していたのだ。ただ、『土星びとの歌』においては、高踏派が主張する、没個性、無感動のテーマが、その詩集全体を占めていたため、弱い脚韻にまで人びとは注意を払わず、その非難を免れたのであろうと推測される。事実、彼はすでに『土星びとの歌』の「エピローグⅡ」(*Épilogue II*) において、次のような興味深い詩節を残している。

4　・・・・・・・・・・・・・

5　Et toi, Vers qui tintais, et toi, Rime sonore,
6　Et vous, Rhythmes chanteurs, et vous, délicieux
7　Ressouvenirs, et vous, Rêves, et vous encore,
8　Images qu'évoquaient mes désirs anxieux,

9　Il faut nous séparer. Jusqu'aux jours plus propices
10　Où nous réunira l'Art, notre maître, adieu,
11　Adieu, doux compagnons, adieu, charmants complices!
12　Vous pouvez revoler devers l'Infini bleu.

13　・・・・・・・・・・・・・

5 そして君、鳴り響く《詩句》よ、そして君、よく響きわたる《脚韻》よ、
6 そして君たち、歌うような《リズム》よ、そして君たち甘美な
7 《思い出たち》よ、そして君たち、《夢》よ、そしてさらに君たち、
8 僕の不安な欲望が呼び覚ましていた《イマージュ》よ、

9 僕たちは別れなければならない。もっと好都合な日まで
10 その日には、僕たちの師匠である《芸術》が僕たちをひとつにするだろう、さようなら、
11 さようなら、優しい仲間たち、さようなら、魅力的な共犯者たち！
12 君たちは青い無限に向かって飛び帰ることができるのだ。

　すなわち、ヴェルレーヌは初期の段階から、「5　よく鳴り響く《脚韻》」(5 Rime sonore)とは、別れようとしている。いつまでか。「10 僕たちの師匠である《芸術》が僕たちをひとつにするだろう」(10 Où nous réunira l'Art, notre maître,)「9 もっと好都合な日まで」(9 Jusqu'aux jours plus propices)。その「好都合な日」とは、『言葉なき恋歌』を出し、「詩法」を創作する日のことであろうか。

　彼は「詩法」において「28 それはヤスリの下で、うつろにそらぞらしく鳴る」(28 Qui sonne creux et faux sous la lime?)と言い、よく鳴り響く脚韻を非難するようになる。あたかもこの日をすでに、『土星びとの歌』において、彼は予見していたかのごとくである。

　しかし、実際は前述したとおり、母音だけの押韻からなる、あまり目立たない脚韻の使用には、変化が見られなかった。このことにかんして、われわれは彼自信の見解を聞くことができる。以下は、晩年に、ヴェルレーヌが『脚韻について一言』(Un mot sur la rime)というタイトルで述べたものの一部である。

　　否、脚韻は非難されるべきものではない。脚韻の乱用こそが非難されるべきである　…中略…　目立たないように (faiblement)

第二節　「詩法」の考察；詩と音楽

脚韻を踏むように、あるいは同一母音のくり返しをするように。それがなければフランス詩は存在しない[38]。

　この文章を読む限り、ヴェルレーヌは詩句における脚韻の重要性を認めている。さらに彼は先を続けて、ひとりの詩人の詩節を引用し、次のような解説を自分自身でおこなう。詩の日本語訳は内容とは無関係なので、ここでは省略する。イタリック体は原文のまま。

　　O ma charmante,
　　O mon désir,
　　Sachons cueillir
　　L'heure charmante!

　われわれの中でどれほどの人びとが、脚韻に *choisir* を置かなかっただろうか。これこそ、それを言う事例である！だから、いまだもって可能な、このような嘆かわしい乱用を念頭にいれて、私が次のように叫ぶには理由があったのだ。
　ああ、一体だれが《脚韻》の誤りを言うのだろうか？[39]

　ヴェルレーヌが引用した詩句の *désir* と *cueillir* の脚韻は、同一子音の支えを持たない同一母音だけの、目立たない押韻がなされている。ところが、*cueillir* の代わりに *choisir* を脚韻に置くとどうなるか。-sir と -sir という具合に、母音の i を支える子音 [z] が同一音となり、しかも最後の子音 [r] も同一音であるため、非常に鳴り響く脚韻となってしまう。そして、多くの人がそうしたがる。そのような脚韻、すなわち「子音＋母音＋子音」の乱用をヴェルレーヌは非難しているのだ。
　それゆえ、「詩法」において脚韻を非難したヴェルレーヌが、晩年になって、脚韻がなければ「フランス詩は存在しない」と言うとき、バンヴィルの「脚韻が詩句の全てである」という考えにヴェル

レーヌが戻ったのかといえば、そうではない。彼は鳴り響く脚韻の乱用にのみ、非難を向けていたのであり、その結果、われわれは『土星びとの歌』と『言葉なき恋歌』との間に、弱い脚韻の使用頻度にかんして、とりわけ際立った変化は見られなかったのである。

　それでは、『土星びとの歌』にしろ『言葉なき恋歌』にしろ、残りの約 90 ％以上は鳴り響く脚韻であるかといえば、そうではない。われわれは、調査を単純にするために、子音の支えのない母音だけの押韻のみ調査した。それゆえ、母音だけの押韻はなされていても、最後に同一子音による発音がなされる場合は、この対象から除外されている。たとえば、toujours とamours などである。これらは最後の子音が同一音 [r] であるため、目立たないとはいえ、脚韻としては十分であると判断したためである。そして、このような「母音＋子音」の押韻は、実はわれわれが比較対象したふたつの詩集のいたるところに見られる。これらもヴェルレーヌの言う、目立たない脚韻の仲間にいれることができる。

　それでは逆に、ヴェルレーヌによって非難されるべき、鳴り響くような目立つ脚韻とはいかなるものか。例えば、『土星びとの歌』の中で以下の引用は目立つ押韻であると判断される。下線は筆者による。

　2 .... p<u>apale</u>,
　3 .... Sardan<u>apale</u>!

(Résignation)

あるいは

　11 .... am<u>oureuses</u>
　12 .... Bienh<u>eureuses</u>,

(Jésuitisme)

　前者は、3 音が同一音であり、目立ち過ぎる脚韻と言えるであろ

— 166 —

う。また後者の場合も、その発せられる3音は極めて似た音である。さらに、以下の例をみよう。下線は筆者による。

19　........ d'un grand plis,
20　.............. rempli,

(*César Borgia*)

これは2音が同一音である。しかも、19詩行の2単語と20詩行の1単語全体が押韻をしている。同様な例は『言葉なき恋歌』にも見られる。

1　........... langoureuse,
2　........... amoureuse,

(*Ariettes oubliées I*)

これは、3音とも同一音であり、やはり目立ち過ぎる脚韻と言えよう。さらに以下を見てみる。

34　........... souffrance,
36　........... la France?

(*Birds in the night*)

これは、2音が同一音であるが、第36詩行は1単語全体(France)で押韻されている。このような、目立ちすぎる脚韻は、それぞれの詩集にわずかばかり見出せた。参考までに註の最後にその例を付す。

　この調査によって、目立たない脚韻と目立ち過ぎる脚韻を『土星びとの歌』と『言葉なき恋歌』の中で比較した場合、そのいずれにおいても、大きな特徴はみられず、全体としては、大部分が目立たない脚韻で占められていたことが証明された。その結果、ヴェルレーヌは初期の段階から、彼の「詩法」を創作するまで、脚韻にかんしては、一貫して、目立たない脚韻を配置していたと言えるであろう。

2) 奇数脚についての考察

　ヴェルレーヌは「詩法」において、詩は音楽でなければならないと主張した。そのためには、奇数脚を選ぶように勧めた。なぜならば奇数脚は「3　大気の中に、より曖昧により溶けこみ / 4　立ち止まるものは何もない」(3 Plus vague et plus soluble dans l'air, / 4 Sans rien en lui qui pèse ou qui pose.) からである。すなわち、音楽のもつリズム感を詩に生かすためには、偶数脚の安定したリズムよりも、奇数脚の不安定なリズムのほうが好ましいと彼は主張している。

　伝統的アレキサンドランの場合、そのリズムは一般的には 6—6 という形式であった。その後、4—4—4 というリズムが主流となる。しかし、たとえば7音綴の奇数脚の場合、2—5、3—4、など、そのリズムは様々に変化することが可能である。以下にその例を挙げる。ただし、その区切り方はスリエ・ラペイールの指示に従った[40]。

9音綴の例として

 1 De la musi / que avant toute chose, 4—5
 2 Et pour cela / préfère l'Impair 4—5
  . . . .

              (*Art poètique*)

あるいは、7音綴の例として

 1 C'est l'extase / langoureuse, 3—4
 2 C'est la fati / gue amoureuse, 4—3
 3 C'est tous les frissons / des bois 5—2
  . . . .

              (*Ariettes oubliées I*)

　このように、奇数脚の場合は、そのリズムに安定感がなく、そのため流動感は増す。7音綴の詩句について、スリエ・ラペイールは次のような印象を述べる。

第二節　「詩法」の考察；詩と音楽

　7音綴は軽快さ、喜びも喚起する …中略… われわれとしては、7音綴は特に、最も繊細で最もつかの間の感覚を聞き取ることを可能にすると考える。例えば、微風の中でそよぐ葉ずれの音、鳥や虫たちの声、あるいは、小川のせせらぎや風に震える草の音などである[41]。

　これは奇数脚のうちの7音綴を例にとって、それが聞く者にどのような印象を与え得るか解説をしたものである。規則正しいリズムは音楽においては、軍隊の行進曲には相応しいであろうが、上記のような感覚を聞く者の心に喚起するには、不規則なリズムで作られた音楽が最も相応しいと言える。
　このような奇数脚のリズムを詩の中に取り入れること、しかも脚韻は弱く目立たないような音にすること、そして、言葉の意味においては曖昧な意味をもたせること、これがヴェルレーヌの主張するところの、詩における音楽であると結論づけられる。
　ところで、奇数脚で構成された詩篇は、『言葉なき恋歌』において9篇見い出される。『土星びとの歌』においては8篇存在する。パーセントにすれば『言葉なき恋歌』では39％が、『土星びとの歌』では21％が奇数脚の詩篇である。ちなみに、これまで取り扱った詩集『艶なる宴』では14％が、『よき歌』でも14％が、また、最後の章で取り上げる予定である『叡智』では20％が奇数脚の詩篇である。これらの数値はすべて、スリエ・ラペイールによって示されたものである[42]。その結果、これらの数値が示すように、ヴェルレーヌは『言葉なき恋歌』において、最も多く奇数脚の詩篇を創作していることが分かる。
　われわれは、彼の主張する詩における音楽を、第三節において実際に第一部「忘れられた小唄」においては、① 意味における曖昧さと、② 音による曖昧さのレヴェルで具体的に検証する。第二部「ベルギー風景」(*Paysages belges*)、および第三部「水彩画」(*Aquarelles*)においては、①および②の分析方法を、そのまま総合的に適用する。

これらの検証によって、ヴェルレーヌが自分の主張をどのように、『言葉なき恋歌』で、あらかじめ実践していたかを確認する。その結果、ヴェルレーヌがいかにその「詩法」を駆使して、この詩集を誕生させたかが浮き彫りにされるであろう。そして、これこそが本章の目的である。

第三節

『言葉なき恋歌』における「詩法」の具体的考察

1）第一部「忘れられた小唄」

 1　C'est l'extase langoureuse,
 2　C'est la fatigue amoureuse,
 3　C'est tous les frissons des bois
 4　Parmi l'étreinte des brises,
 5　C'est, vers les ramures grises,
 6　Le chœur des petites voix.

 7　Ô le frêle et frais murmure !
 8　Cela gazouille et susurre,
 9　Cela ressemble au cri doux
10　Que l'herbe agitée expire...
11　Tu dirais, sous l'eau qui vire,
12　Le roulis sourd des cailloux.

13　Cette âme qui se lamente
14　En cette plainte dormante
15　C'est la nôtre, n'est-ce pas ?
16　La mienne, dis, et la tienne,
17　Dont s'exhale l'humble antienne
18　Par ce tiède soir, tout bas ?

(*Ariettes oubliées* I)

 1　それは悩ましい恍惚、
 2　それは愛の疲れ、

3　それはあらゆる森のざわめき
4　そよ風の抱擁の中の、
5　それは、灰色の小枝に向かう
6　小声のコーラス

7　何と弱々しくもさわやかなつぶやき！
8　それはさえずりさらさらと流れる、
9　それは優しい叫びに似ている
10　揺り動かされた草が息を引きとる時の…
11　まるで、流れる川の下の、
12　小石の音もない転がりのよう。

13　嘆き悲しむこの魂
14　眠るようなこのうめき声の中で
15　それは僕たちのもの、そうでしょう？
16　僕のもの、そして、君のもの。
17　その慎ましい交唱が立ちのぼる
18　この生あたたかい夕暮れに

「忘れられた小唄　I」

　われわれは、『言葉なき恋歌』の冒頭の詩篇から、いきなりヴェルレーヌの曖昧な世界へと導かれる。どこが曖昧なのか、① 意味のレヴェルにおける曖昧さ、および ② 音のレヴェルによる曖昧さ、の2点に絞って具体的に検討する。

① **意味のレヴェルにおける曖昧さ**
　第1詩節の第1詩行から第4詩行にいたる「それは…」（C'est…）に注目しよう。「それ」が指し示すものは、具体的に表現されない。何が「1　悩ましい恍惚」（1　l'extase langoureuse）で、何が「2　愛の疲れ」（2　la fatigue amoureuse）で、何が「3　あらゆる森のざわめき」（3

第三節　『言葉なき恋歌』における「詩法」の具体的考察

tous les frissons des bois) であるのか、明らかにされない。ある種の謎ときゲームのごときである。

　ところが、第 5 詩行の C'est の後の（,）の休止によって、われわれは、いよいよ「それ」が具体的に示されるであろうと期待する。しかし、「それ」は「6 小声のコーラス」(6 Le chœur des petites voix.) としか表現されない。やはりこれでは、ヴェルレーヌが表現しようとする内容は曖昧なままに残る。ここでは、言葉のもつ意味によって、ヴェルレーヌが表現しようとする魂の状態を読者は理解できない。むしろ、この詩節の最終詩行の「小声のコーラス」が示すように、「それ」は、聞く者の耳に入る音がどのような状態であるかを暗示するだけである。

　第 2 詩節では、音についての暗示が展開される。どのような音なのか。それは「7 弱々しくもさわやかなつぶやき」(7 le frêle et frais murmure) であり、「10 揺り動かされた草が息を引きとる時の」(10 Que l'herbe agitée expire)「9 優しい叫び」(9 cri doux) のような音で、「11 流れる川の下の」(11 sous l'eau qui vire)「12 小石の音もない転がり」(12 Le roulis sourd des cailloux) のような、すなわち、聞こえるか聞こえないかの、か細い音である。しかし誰が、何が発する音がそのような音なのか、何も示されない。

　第 3 詩節において、ようやく、その声の主が明らかにされるように思われる。それは第 13 詩行に突然出現する「13 嘆き悲しむこの魂」(13 Cette âme qui se lamente) である。これでようやく謎ときは終わった。第 1 詩節、第 2 詩節で暗示された声の主は「魂」の声であった。しかし、その「魂」とはヴェルレーヌの「魂」（「16 僕のもの」）であり、マチルドの「魂」（「16 君のもの」）でもあり、同時にふたりの「魂」（「15 僕たちのもの」）でもある。ひとりだけの「魂」ではない。

　ところで、われわれは、この詩集の成立にいたるまでの、ヴェルレーヌの生活を知っている。そのため、第 16 詩行の「君のもの」を、マチルドの「魂」と解釈した。しかし、彼の生活を知らなけれ

ば、「君のもの」とは誰のものか理解することはできないのかと言えば、そうではない。「君のもの」は、読者の「魂」と解することも可能である。ヴェルレーヌは自分の嘆き悲しむ「魂」を読者と共有しようとする試み、それが「僕たちのもの」、「僕のもの」そして「君のもの」としたとも言えるのである。このように、皆がひとつの「魂」を共有しているため、なぜこの「魂」が「嘆き悲しむ」のか、その理由は当然了解済みとなる。それゆえ、ヴェルレーヌはそのことを説明しない。ここに、意味のレヴェルにおけるヴェルレーヌの曖昧さが指摘され得る。彼の「詩法」を思い出そう。「5　選ぼうとしてはいけない／6　なにか誤解のないような言葉を」。

② **音のレヴェルにおける曖昧さ**

　この詩篇は7音綴で構成されている。アンリ・モリエによれば「7音綴は無政府状態のリズムを引き立たせる効果を発揮する」[43)]音綴であり、グラモンによれば、「7音綴と5音綴の詩句は、本来、ぎこちない (boiteux) 詩句」[44)]である。実際に、彼等の説明を第1詩節において確認しよう。リズムの区切りはスリエ・ラペイールに従った[45)]。

1	C'est l'extase / langoureuse,	3—4
2	C'est la fati / gue amoureuse,	4—3
3	C'est tous les frissons / des bois	5—2
4	Parmi l'étrein / te des brises,	4—3
5	C'est, vers les ramures / grises,	5—2
6	Le chœur / des petites voix.	2—5

　このように、リズムは規則的ではなく、非常に流動的であり、いわば「無政府状態」である。そのために、不規則に吹く風の流れの情感を喚起する。さらに、先に引用したスリエ・ラペイールの言う「微風の中のそよぐ葉ずれの音」や、「小川のせせらぎ」「風に震え

第三節　『言葉なき恋歌』における「詩法」の具体的考察

る草」の音などの感覚を、聞く者の耳に与える音綴である。ヴェルレーヌが「詩法」の中で勧めた奇数脚も、このような「3　大気の中に、より曖昧により溶けこみ」、「4　立ち止まるものは何もない」ものであった。それゆえ、この詩篇は、ヴェルレーヌの、あるいはマチルドの、あるいは読者の、あるいはそれらすべてを含む僕たちの「魂」の音を伝えるために、最も的確に、ヴェルレーヌによって選ばれた奇数脚の詩篇であると言えるであろう。

　母音にかんしては、1 C'est l'extase、2 C'est、3 C'est、des bois、4 l'étreinte des brise、5 C'est, vers les ramures、6 des petites voix　などにくり返し聞かれる [ɛ] [e] および、1 l'extase langoureuse、2 C'est la fatigue amoureuse、4 Parmi l'étreinte などの同じような音 [a] [u] [ɸ] [ã] [ɛ̃] をもつ母音の繰り返しによって、たうたうような、ゆったりした感覚が生じる。

　子音にかんしては、[s] および [z] の音が何度も繰り返されている。グラモンによれば、「歯擦音の [s] および [z] は、ひゅうひゅうという音 (sifflement) を伴った空気のそよぎ (souffle) を思わせる」[46] 音である。すなわち、これらの子音の効果によって、囁くような風の音、音もなく流れる小川の小石の音が、聴覚をとおして入ってくる。このような同一母音や同一子音の繰り返しは、この詩篇に、非常に音楽的な効果を与えている。

　次に脚韻に注目してみよう。この詩篇においては、子音の支えがない母音だけの押韻が3組あり、これは『言葉なき恋歌』の中では、最多である。以下にその部分だけを引用する。

　3 ··· bois と 6 ··· voix、7 ··· murmure と 8 ··· susurre、9 ··· doux と 12 ··· cailloux、10 ··· expire と 11 ··· vire、および 15 ··· pas と 18 ··· bas である。これら子音の支えがない押韻は、われわれが第二節において検証したとおり、バンヴィルによっては退けられ、ヴェルレーヌによっては勧められた脚韻である。第3詩行と第6詩行の [b] と [v]、第15詩行と第18詩行の [p] と [b] は、それぞれ類似の音を持つ子音であるため、子音の支えがある脚韻と看做してもよいであろう

が、いずれにしても、母音だけの脚韻、あるは似通った子音の支えのある脚韻の押韻は、あまり目立つことのない弱い脚韻である。
　これについてもまた、ヴェルレーヌは「詩法」において次のように歌っている。「25　ああ、一体だれが《脚韻》の誤りを言うのだろうか？ / 26　どんな耳の悪い子供が、どんな狂った黒人が / 27　われわれにこの一文の宝石をでっち上げたのだ？ / 28　それはヤスリの下で、うつろにそらぞらしく鳴る」（25 Ô qui dira les torts de la Rime? / 26 Quel enfant sourd ou quel nègre fou / 27 Nous a forgé ce bijou d'un sou / 28 Qui sonne creux et faux sous la lime?）。そして、われわれは彼が非難する脚韻が、豊かな鳴り響くような脚韻であることを、すでに確認した。ここで再度、「忘れられた小唄　Ⅰ」の脚韻を簡単に見てみよう。下線は筆者による。

1 ……… langoureuse,
2 ……… amoureuse,
3 ……… bois
4 ……… brises,
5 ……… grises,
6 ……… voix.

　第1詩節において、第1詩行と第2詩行の脚韻は、前述したとおり、3音（…oureuse）が同一音であり、豊か過ぎる脚韻である。しかし、その母音は曖昧な音色であり、無音の e のために、アクセントは eu に置かれる。そのため、eu の音はやや長めに発音されることになる。これは、揺りかごにのせられて風に揺れる、ゆったりとした時の流れを喚起する効果を持つ。その結果、子音の支えのない1母音だけの弱い脚韻よりは、かえって穏やかなリズム効果をこの詩節に与えている。次に第3詩行と第6詩行は、子音の支えのない目立たない脚韻（…ois と …oix）であるが、その間に、すなわち第4詩行と第5詩行において、2音が同一音（…rises）の豊かな脚

韻が置かれている。

7 .... murm<u>ure</u>!
8 .... sus<u>urre</u>,
9 .... d<u>oux</u>
10 .... exp<u>ire</u>...
11 .... v<u>ire</u>,
12 .... caill<u>oux</u>.

　第 2 詩節において、第 7 詩行と第 8 詩行の脚韻は、同一子音の支えはなく、母音だけの目立たない脚韻（…ure と …urre）である。第 9 詩行と第 12 詩行は、子音の支えがない、典型的な目立たない脚韻である。第 10 詩行と第 11 詩行はやはり第 7 詩行と第 8 詩行の脚韻と同じ目立たない脚韻である。その結果、第 2 詩節は全体として、弱い脚韻に支配されている。

13 .... la<u>mente</u>
14 .... dor<u>mante</u>
15 .... p<u>as</u>?
16 .... <u>tienne</u>,
17 .... an<u>tienne</u>
18 .... b<u>as</u>?

　第 3 詩節において、第 13 詩行と第 14 詩行の脚韻は、豊かな脚韻である。第 15 詩行と第 18 詩行は同一子音の支えがない典型的な目立たない脚韻である。あるいは、[p] [b] はいずれも類似の子音であるので、典型的な目立たない脚韻ではないとする意見もあり得るが、いずれにせよ弱い脚韻である。第 16 詩行と第 17 詩行は大いに豊かな脚韻である。
　以上、各詩節の脚韻に注目してきたが、詩篇全体は弱い脚韻が支

配的である。それゆえ、曖昧な音の感じを聞く者に与えるのに、十分な効果をもたらしている。各詩行の終わりで、音は消え入りそうになる。これは相手を説得するための雄弁ではない。「21　雄弁をつかまえてその首をねじ曲げよ！」(21 Prends l'éloquence et tords-lui son cou!)。むしろ「魂」のささやき、―ただし誰の「魂」かは、① 意味のレヴェルにおける曖昧さ、において検討したとおり曖昧であるが―、あるいはつぶやきなのだ。しかし、所々に、わずかばかりの豊かな脚韻が配置されていることで、詩篇の単調感は免れ、弱い風に吹かれながらも、聞く者は、ふと目を覚ますのである。このように、ヴェルレーヌは豊かな脚韻を効果的に使用する。彼が非難するのは、その乱用であり、全面的に豊かな脚韻を否定している訳ではないのだ。

　次に、とりわけ ② のレヴェルに重点を置いて、「忘れられた小唄 II」(*Ariettes oubliées II*) を検討しよう。

1　Je devine, à travers un murmure,
2　Le contour subtil des voix anciennes
3　Et dans les lueurs musiciennes,
4　Amour pâle, une aurore future!

5　Et mon âme et mon cœur en délires
6　Ne sont plus qu'une espèce d'œil double
7　Où tremblote à travers un jour trouble
8　L'ariette, hélas! de toutes lyres!

9　Ô mourir de cette mort seulette
10　Que s'en vont, — cher amour qui t'épeures,—
11　Balançant jeunes et vieilles heures!
12　Ô mourir de cette escarpolette!

(*Ariettes oubliées II*)

第三節 『言葉なき恋歌』における「詩法」の具体的考察

 1 僕は言い当てる、つぶやきをとおして、
 2 昔の声の微妙な輪郭を
 3 そして音楽の微光の中に、
 4 青ざめた愛よ、未来の曙よ！

 5 錯乱した僕の魂と僕の心は
 6 もはや二重の目でしかない
 7 そこでは曇った日をとおしてかすかに震える
 8 あらゆるたて琴の小唄が！

 9 ああ　ひとりっきりで死ぬなんて
10 怖じけているいとしい愛よ、
11 若い時と古い時がゆれながら行ってしまうなんて！
12 ああ　このブランコに乗って死ぬなんて！

「忘れられた小唄 II」

　この詩篇も9音綴の奇数脚である。脚韻はすべて女性韻で構成されている。ちなみに、『言葉なき恋歌』の中で、女性韻だけで構成された詩篇は全部で4篇(II,IV,VIII,IX)あるが、その全てが「忘れられた小唄」に集中している。男性韻の場合、発せられる最後の母音にアクセントが置かれる。そのため心地よく響く強調音となり、余韻があまり残らないのにたいし、女性韻の場合は無音のeがあるために、その前の音にアクセントが置かれ、最後の音は弱くかすかに響くことになる。アクセントの置かれた音が消えようする瞬間に、別の音が小さく鳴るのである。スリエ・ラペイールは「おおまかに言えば、男性韻は詩をより鋭いものにし、女性韻は詩をより曖昧なものにする。」[47]と、男性韻と女性韻を区別する。それゆえ、全て女性韻で構成されたこの詩篇全体が、何か曖昧な印象を音によって与えられている。
　ところで、この詩篇の内容もまた、非常に曖昧で、謎めいている。

とりわけ第3詩節において「10　怖じけているいとしい愛よ、」(10 cher amour qui t'épeures) とは、誰に向かって詩人が呼びかけているのか、曖昧である。マチルドにたいしてなのか、ランボーにたいしてなのか。あるいは自分自身にたいして呼びかけているとも解釈できる。ジャック・ロビッシェは自分自身にたいする呼びかけであると解釈する。

　ヴェルレーヌが「青ざめた愛よ」、「いとしい愛よ」と呼びかけるとき、それを別な誰かに、やさしく向けられた言葉だとみるのは、馬鹿げているであろう。詩人は自分自身に語りかけているのだ。彼が必要とする愛にたいして、愛し方がもともと下手な自分の性分にたいして[48]。

　われわれも彼の意見を支持する。なぜならば、第2詩節の「5　錯乱した僕の魂と僕の心は」(5 Et mon âme et mon cœur en délires) という表現は、自分の内心の分析表現であり、その流れの一環として、第3詩節があるのだ。第3詩節の第9詩行「9　ああ　ひとりっきりで死ぬなんて」(9 Ô mourir de cette mort seulette) も自分自身の死、ひとりだけの死を嘆いている。その後に「いとしい愛よ」が続いている。それゆえ、「いとしい愛」とはヴェルレーヌ自身が自分にたいして呼びかけたものであると解釈できるのである。
　最終詩行の「12　このブランコ」(12　cette escarpolette) も問題となる。アダンは言う。

　これはヴェルレーヌにとっては、マチルドとランボーとの間を、穏やかな純粋さと冒険の間を揺れ動く彼の人生の象徴である。この揺れは、彼に胸のむかつきと目眩をもよおさせる。彼ははっきりと物が見えなくなる …中略… 彼は定着することを望む。しかし彼にはそれができない。彼は非常な疲れを感じ、死にたいと望む。マチルドから、そしてランボーから遠く離れて、

第三節　『言葉なき恋歌』における「詩法」の具体的考察

ひとりっきりで死にたいと。[49]

　このように、アダンはブランコの揺れの両極端を、マチルドとランボーであるとし、ヴェルレーヌはその揺れから逃れたがっていると解釈する。はたしてこの解釈は可能であろうか。確かに、伝記をもとにしたアダンの解釈は、それなりに、十分説得力がある。
　しかし、もし読者が、そしてアダンがヴェルレーヌの伝記を知らなければ、この解釈は全く成り立たなくなる。するとこの「ブランコ」は意味不明なものとなる。その結果、この詩篇は曖昧なまま、読者の心に残ってしまう。ヴェルレーヌは『言葉なき恋歌』を創作したとき、われわれは、その意図はマチルドのためではなく、自分の芸術のためであると前述した。また、彼の「詩法」において、彼は「詩は曖昧でなければならない」と主張した。これらのことを考慮に入れれば、別の解釈も可能ではないだろうか。そこで、アゲッタンの解釈を紹介する。

　　この往復の揺れは、恐らく過去と未来の間のあの躊躇であり、
　　ブランコのイメージによって表されている[50]。

　これとは全く異なる解釈もある。ジャン・ピエール・リシャール (Jean-Pierre RICHARD) のそれである。

　　ブランコの往復運動は、彼に人生の様々な時間の段階を絶えず往復させる…中略…「ああ　このブランコに乗って死ぬなんて！」勿論、われわれは、この死を自分自身の死、自我の感覚の喪失として解釈しなければならない[51]。

　以上のごとく、「ぶらんこ」についても「死」についても、様々な解釈が成り立つ。逆説的な言い方が許されるならば、それほどに、この詩篇は曖昧さを許容している。それは「忘れられた小唄 IV」

(*Ariettes oubliées IV*) においても同様である。その一部を引用する。

1　Il faut, voyez-vous, nous pardonner les choses :
2　De cette façon nous serons bien heureuses
3　Et si notre vie a des instants moroses,
4　Du moins nous serons, n'est-ce pas? deux pleureuses.

5　‥‥‥‥‥‥

(*Ariettes oubliées IV*)

1　そうでしょう、ねえあなた、赦しあわなければなりませんよ、いろんなことを
2　そうやって私たちはとても幸せになれるでしょう
3　そしてもし私たちの人生に陰うつな時があっても
4　少なくとも、ねえそうでしょう、私たちはふたりの泣く女になるでしょう。

「忘れられた小唄 IV」

　この詩篇は和解の歌である。しかし、引用した詩節における「私たちは」フランス語の原文では、女性形である。ふたりの女性がお互いに赦し、お互いに幸せになり、またある時は泣く女になるのだ。ヴェルレーヌの実生活を知っているわれわれは、そのためますます、このふたりが何者であるのか、当惑する。ヴェルレーヌとランボーであるなら、このふたりは男性形でなければならない。ヴェルレーヌとマチルドだとしても、やはり、男性形で表現されるはずである。アダンはこれをヴェルレーヌとランボーに結び付ける。

　赦しを嘆願しているふたりの恋人たちは、間違いなく、ヴェルレーヌとランボーである[52]。

第三節　『言葉なき恋歌』における「詩法」の具体的考察

ジャック・ロビッシェもアダンと同じ解釈をする。《　》は原文のまま。

　これは夫婦の和解ではない。これは喧嘩のあとの《奇妙な夫婦》のそれである[53]。

ロビッシェはランボーの『地獄の季節』の中で用いられた《奇妙な夫婦》(Drôle de ménage)[54]という語をここで引用し、ランボーとヴェルレーヌの和解であるとする。しかし、この詩篇においてふたりが女性形である以上、この解釈は無理があるように思われる。たとえふたりが同性愛者であったとしても。ところが、アゲッタンは、この点にかんして、思いきった解釈をする。

　ヴェルレーヌはランボーと共に、ふたりの若い娘の姿をして自らの姿を現す。これは男というよりも、女の性分をした彼には似つかわしい置き換えである[55]。

このように、意味のレヴェルにおいては、様々な解釈が可能である。われわれには、その全てが正しいように思われると同時に、また同じ疑問が生じるのである。もし、ヴェルレーヌの実生活を知らなければ、この詩篇を理解することは不可能なのか。ヴェルレーヌは詩における曖昧さを勧めたではないか。それならば、ここでは「私たち」という女性形はそのまま曖昧にしておくべきではないだろうか。そしてその曖昧さのおかげで、異なる読者にそれぞれ異なる印象を喚起することができるのではないか。
　ヴェルレーヌの作品理解において、彼の伝記はもちろん有益ではあるが、それをおさえた上で、その境界線を踏み越えることも、時には重要であると思われる。これはヴェルレーヌが、意味において、あるいは音において詩篇にかけたヴェールを、われわれが無理矢理に剥がすことなく、曖昧なものを曖昧なままにしておくというひと

つの読みの提示である。
　次に第二部「ベルギー風景」の検討に入る。

2) 第二部「ベルギー風景」

　これは、第一節の2) 各詩篇の制作年代と制作された場所、において確認したとおり、ヴェルレーヌがランボーと共に、ベルギーやロンドンを放浪中に創作したものである。そのため、ほとんどが町の風景描写で占められている。例えば冒頭の詩篇を見てみよう。

1　Briques et tuiles,
2　Ô les charments
3　Petits asiles
4　Pour les amants!

5　Houblons et vignes,
6　Feuilles et fleurs,
7　Tentes insignes
8　Des francs buveurs!

9　Guinguettes claires,
10　Bières, clameurs,
11　Servantes chères
12　À tous fumeurs!

13　Gares prochaines,
14　Gais chemins grands...
15　Quelles aubaines,
16　Bons juifs-errants!

(Walcourt)

第三節　『言葉なき恋歌』における「詩法」の具体的考察

1　レンガと瓦、
2　おお、なんと魅力的な
3　小さな隠れ家
4　恋人たちにとって！

5　ホップとぶどう、
6　葉っぱと花、
7　素晴らしいテント
8　あけっぴろげな飲んべえたちの！

9　明るい酒場、
10　ビール、騒音、
11　親しい女中たち、
12　たばこ飲みたちに！

13　近くの駅、
14　広く愉快な道…
15　何という幸運、
16　ひとのいいさまよえるユダヤ人たち！

「ヴァルクール」

　これは 4 音綴からなる偶数脚の詩篇である。第一部の「忘れられた小唄」における、何か曖昧さを暗示するようなゆっくりしたリズムは感じられない。まるで行進曲風のリズムである。
　脚韻に注目すると、子音の支えのない脚韻の押韻は、第 1 詩節において、1 ⋯ tuilesと3 ⋯ asiles、第 2 詩節において、5 ⋯ vignesと7 ⋯ insignes、および6 ⋯ fleursと8 ⋯ buveurs、第 3 詩節において、9 ⋯ clairesと11 ⋯ chères、第 4 詩節において、13 ⋯ prochainesと15 ⋯ aubaines に見い出される。これらは、目立たない脚韻である。その結果、詩篇全体が、目立たない脚韻の押韻である。どこかに際

立った脚韻があるわけでもなく、音のレヴェルでは、特に言及に値する箇所はない。

　ところで、この詩篇の魅力は、音ではなく、むしろ風景描写の新規さにあると思われる。ここには動詞がいっさい使用されていない。名詞とそれに附随する形容詞のみである。この形式の詩篇は、『言葉なき恋歌』において、唯一、これだけである。われわれは、このような名詞だけを配置していく技法を、絵画における印象派 (Impressionnisme) 芸術の技法に結びつけて論じることも可能である。例えば、1860年代後半頃から活躍を始め、後に印象派の画家と呼ばれるようになるモネ (MONET) やマネ (MANET) などの印象派の技法に、ヴェルレーヌの技法との共通点を見い出すことができる。以下は『世界美術大全集』による印象派の技法の説明である。（　）は本文のまま。下線は筆者による。

　　印象派のもたらした新しい特質として、ふつう筆触分割ということが言われる。なるべく画面を明るくしたいので、黒や褐色をさけ、プリズムが陽光を分析して出す三原色（赤・青・黄）と、それらの二つの混合で得られる紫・緑・橙のみを用い、これらをパレットの上で混ぜることなく、補色関係に配慮しながら小さな筆触を画面に並べてゆく、というやり方である。上記6色以外の色彩がほしいときには、それらを6色のいくつかに分割、還元する。これが筆触分割あるいは色調分割と呼ばれる。<u>例えば緑を得たい部分に青と黄の小さな筆触をたくさん並べておいて、画面を見る者の網膜上で両者が混合した結果として緑が感知されるのだから、視覚混合と言われることもある</u>[56]。

　下線部に注目しよう。緑を出すのに別の色による小さな点を並べて、見る者の視覚の中で、緑を感知させる印象派の筆触分割のやりかたと、この詩篇におけるヴェルレーヌの、単語だけを並べていく技法は、類似していないだろうか。アダンもまた、この点に着目す

る。

　ヴェルレーヌはニナ(Nina de Callias)の館でマネを知っていた[57]。

　ただ、印象派の画家たちが実際に活躍を始めるのは 1874 年以降であるため、ヴェルレーヌが、彼等から直接影響を受けたとは考えにくい。しかしながら、第二部における、この「ヴァルクール」および「シャルルロワ」や「木馬」、「マリーヌ」などは、そのすべてが風景描写であることを考慮に入れると、彼が詩の中に、新しく絵画の技法を導入しようとしたと推測することは可能かもしれない。
　なぜならば、絵画もまた、見る者の心にある種の音楽を想起させる。この点にかんして、絵画と音楽と詩とは深い関係があると思われるが、本章では、ヴェルレーヌの音楽にしぼって考察をおこなってきたため、ここでは、ヴェルレーヌが、印象派の絵画における技術を自分の詩法の中に導入しようとしていたのではないか、との指摘に止めたい。
　そこで、論を再び音楽性に戻す。前述したとおり、「ヴァルクール」においては、行進曲風の音楽は感じられるものの、彼の魂を暗示するような音はなかった。内容においても、マチルドを暗示するような表現は、ここにはいっさい用いられていない。むしろ「15 何という幸運 / 16 ひとのいいさまよえるユダヤ人たち！」(15 Quelles aubaines, / 16 Bons juifs-errants!) という表現にみられるように、ヴェルレーヌとランボーの陽気な旅のひとこまでしかない。第二部は全体としては、第一部に聞くことのできた、優しい自然をとおして表現される穏やかな嘆きの声とは、趣を全く異にしている。
　ところでわれわれは、第三節の1) 第一部「忘れられた小唄 II」において、女性韻だけで構成された奇数脚の詩篇を分析した。ここではその反対に、男性韻だけで構成された詩篇「ブリュッセル　素朴な壁画 II」(*Bruxelles　Simples fresques II*) を分析することで、第一部との違いを明らかにする。

1　L'allée est sans fin
2　Sous le ciel, divin
3　D'être pâle ainsi :
4　Sais-tu qu'on serait
5　Bien sous le secret
6　De ces arbres-ci ?

7　Des messieurs bien mis,
8　Sans nul doute amis
9　Des Royers-Collards,
10　Vont vers le château :
11　J'estimerais beau
12　D'être ces vieillards.

13　Le château, tout blanc
14　Avec, à son flanc,
15　Le soleil couché,
16　Les champs à l'entour :
17　Oh ! que notre amour
18　N'est-il là niché !

(Bruxelles Simples fresques II)

1　並木道ははてしない
2　空の下を、神々しく
3　こんなに青く
4　君は知っているのか
5　気持ちがいいだろうと
6　この木々の密やかさの下では？

7　身なりを整えた紳士たち

8　かれらはきっと友人たちだ
9　ロワイエ・コラールたちの、
10　かれらは城のほうへ行く；
11　いいだろうな
12　あんな老人たちになれたら

13　城は真っ白で
14　その側面には、
15　夕日があたり、
16　そのまわりには野原が；
17　ああ　僕たちの愛が
18　あそこに宿っていないなんて！

「ブリュッセル　素朴な壁画　II」

　脚韻はすべて男性韻であるため、最後の音には余韻がなく、ぴしゃりと消えてしまう。例えば、第1詩節の脚韻は短い母音だけの押韻である。5音綴の奇数脚で構成されたこの詩句は、全体に非常にリズミカルな調子を帯びている。なぜか。その理由は、実際には、1詩節が5音綴の奇数脚6詩行で構成されてはいるものの、それが10音綴の偶数脚3詩行で構成されていると考えれば、解決がつく。そのため、10音綴の5─5という規則正しいリズム感が、ここで強く感じられるのである。その理由は前述したとおり、ほとんどすべての脚韻が短い母音の押韻であるからであろう。ここでも、音による悲しい魂の声は聞こえてこない。
　この詩篇の内容は、ヴェルレーヌとランボーの愉快な旅を表現している。実際には10音綴の偶数脚であると感じさせる5音綴の奇数脚は、テンポのよい歩きを音で表現するための技法なのだ。マチルドは、ここでもいっさい姿を現さない。
　「9 ロワイエ・コラール」（9 Des Royers-Collards,）とは、ヴェルレーヌが詩の敵とみなした人びとの代名詞であり[58]、この詩節はヴェ

ルレーヌの皮肉に満ちあふれている。最後の詩行、「14　ああ　僕たちの愛が / 15　あそこに宿っていないなんて！」(17 Oh! que notre amour / 18 N'est-il là niché!) における「僕たち」はヴェルレーヌとランボーであることは疑いの余地がない。ここには内容面においても、曖昧さや詩的暗示は感じられない。第一部の「忘れられた小唄VIII」を一部引用して、その差を再確認しようと思う。

1　Dans l'interminable
2　Ennui de la plaine
3　La neige incertaine
4　Luit comme du sable.

5　Le ciel est de cuivre
6　Sans lueur aucune.
7　On croirait voir vivre
8　Et mourir la lune.

9　………

(*Ariettes oubliées VIII*)

1　はてしない
2　平原の倦怠の中
3　ぼんやりと雪が
4　光る、砂のように。

5　空は銅の色
6　どんな光もなく
7　まるで月が見えたり
8　消えてしまったり

「忘れられた小唄　VIII」

第三節 『言葉なき恋歌』における「詩法」の具体的考察

　脚韻はすべて女性韻で構成され、5 音綴の奇数脚で構成されている。先の詩篇と比較するには最適であろう。ここでは、女性脚のため、音に余韻が残る。また、5 音綴という短さにもかかわらず、そのリズムは長く感じられる。その理由は第 1 詩行の l'interminable、および第 3 詩行に配置された incertaine という、長い語による。ツイメルマンは、この長く感じられるリズムについて、次のように解釈する。

　4 音節を持つ語が第 1 詩行にあるために、詩句はさらに、より長く感じられる。そして、その語がほとんど全体を満たしている[59)]。

そのため、「ブリュッセル　素朴な壁画 II」におけるような 10 音綴の 5―5 という行進曲のような感じは、全くここでは感じられない。加えて 1 ··· l'interm<u>i</u>nable と 4 ··· s<u>a</u>ble、5 ··· cu<u>i</u>vre と 7 ··· v<u>i</u>vre の長い母音の響き[a], [i]も、これらの詩節に、ゆったりとしたリズム感を与えている。以下の下線部の同一音の繰り返しも、いっそうこの詩節を音楽的なものにしている。下線は筆者による。

1　D<u>ans</u> l'<u>i</u>nterm<u>i</u>n<u>a</u>ble　　　　[ã], [ɛ̃], [a]
2　<u>E</u>nnui de l<u>a</u> pl<u>ai</u>ne　　　　　[ã], [a], [ɛ]
3　L<u>a</u> n<u>ei</u>ge <u>i</u>nc<u>er</u>t<u>ai</u>ne　　　　　[a], [ɛ], [ɛ̃], [ɛ]
4　Luit comme du s<u>a</u>ble.　　　　[a]

　同じ 5 音綴でも、第一部と第二部では、これほどに音楽性において異なる。言葉の意味においても、同様である。ここでは風景に光がない。ヴェルレーヌの魂は平原のはてしない倦怠にたとえられている。「1 はてしない／2 平原の倦怠の中」(1 Dans l'interminable ／ 2 Ennui de la plaine)。そしてその平原には、ヴェールがかけられている。「6 どんな光もなく／7 まるで月が見えたり／8 消えてしまっ

― 191 ―

たり」(6 Sans lueur aucune. / 7 On croirait voir vivre / 8 Et mourir la lune.)。ここには音と言葉の暗示する世界が展開されている。しかし、第二部には、そのような詩篇を探すことは非常に困難である。ただ、マチルドの姿が非常に明確に現れている詩篇がある。その一部を引用して第二部の分析を終えよう。

1　Vous n'avez pas eu toute patience :
2　Cela se comprend par malheur, de reste
3　Vous êtes si jeune! Et l'insouciance,
4　C'est le lot amer de l'âge céleste !

5　Vous n'avez pas eu toute la douceur.
6　Cela par malheur d'ailleurs se comprend ;
7　Vous êtes si jeune, ô ma froide sœur,
8　Que votre cœur doit être indifférent !

9　‥‥‥‥‥

(*Birds in the night*)

1　あなたはまったく忍耐がなかった：
2　不幸にも、これは当然だ、十分に
3　あなたはとても若いのだ！　そして呑気さよ、
4　それは天使のような年令の苦い運命！

5　あなたはまったくやさしさがなかった。
6　もともと不幸なことに、これも当然；
7　あなたはとても若いのだ、ああ　僕の冷たい妹よ、
8　あなたの心はなんと無関心であることか！

「夜の鳥」

第三節　『言葉なき恋歌』における「詩法」の具体的考察

　10音綴の偶数脚で、この第1詩節はすべて女性韻で構成されている。第2詩節はその反対に、すべて男性韻である。この詩篇は、このように詩節ごとに女性韻と男性韻とによって、交互に構成されている。第1詩行と第3詩行の脚韻は3音が同一音、(pat<u>ience</u>)と(l'insou<u>ciance</u>)、であるために、豊かすぎる脚韻である。リズムは5—5で規則的であるため、ゆったりした音楽性は感じられない。短い音が連続して発せられている。

　内容は、マチルドを非難するものである。ただ、その非難は優しい言葉でなされている。「2　不幸にも、これは当然だ、十分に」(2 Cela se comprend par malheur, de reste)および「6　もともと不幸なことに、これも当然；」(6 Cela par malheur d'ailleurs se comprend;)の繰り返し、および「3　あなたはとても若いのだ！」と「7　あなたはとても若いのだ、」(3, 7 Vous êtes si jeune,)の繰り返しによって、ヴェルレーヌが表現したいことは、十分読者は理解できる。その意味で、ここには暗示すらない。以上が第二部の主な特徴である。次に第三部の検討に入る。

3)　第三部「水彩画」

　ここでは奇数脚で構成された詩篇は「貧しく若い羊飼いへ」と最後の「輝き」である。まず、「貧しく若い羊飼いへ」の一部を引用し、その音楽性を検討する。

1　J'ai peur d'un baiser
2　Comme d'une abeille.
3　Je souffre et je veille
4　Sans me reposer :
5　J'ai peur d'un baiser !

6　Pourtant j'aime Kate
7　Et ses yeux jolis.

— 193 —

        8   Elle est délicate,
        9   Aux longs traits pâlis.
        10 Oh! que j'aime Kate!
        11 ･･････････

(*A poor young shepherd*)

        1   僕は口づけが恐い
        2   みつばちが恐いように
        3   僕は我慢し、僕は警戒している
        4   休むことなく：
        5   僕は口づけが恐いのだ！

        6   それでも僕はカートを愛している
        7   そして彼女のきれいな目を。
        8   彼女は繊細だ。
        9   青白い長い顔だちをして
        10 ああ！僕はどれほどカートを愛していることか！

「貧しく若い羊飼いへ」

　　形式は 5 音綴の奇数脚であり、脚韻は第 1 詩節は抱擁韻の変型（男・女・女・男・男）であり、第 2 詩節は女・男・女・男・女の交韻である。そのため、どちらの詩節においても、余韻が残る音と、ぴしゃりと短くしまった音の組み合わせにより、単調さに陥ることはない。また、音綴が短いために、リズムとしては、せかせかしたものを感じる。

　　各詩節の最初と最後の詩行は、第 1 詩節においては、全く同じ詩句の繰り返しであり、第 2 詩節においても、ほとんど同一詩句の繰り返しとなっている。引用を省略した残りの 3 詩節もすべて同様である。そのため、この詩篇全体が、軽い大衆歌のごとき印象を、聞く者に与えている。同一音の繰り返しについては、以下のとおりで

第三節 『言葉なき恋歌』における「詩法」の具体的考察

ある。下線は筆者による。

1 <u>J</u>'ai peur d'un baiser　　　　[ʒɛ]
2 Comme d'une abeille.
3 <u>J</u>e souffre et je veille　　　　[ʒə]
4 Sans me reposer:
5 <u>J</u>'ai peur d'un baiser!　　　　[ʒɛ]

6 Pourtant <u>j</u>'aime Kate　　　　[ʒɛ]
7 Et ses <u>yeux</u> jolis.　　　　　　[zjø]
8 Elle est délicate,
9 Aux longs traits pâlis.
10 Oh! que <u>j</u>'aime Kate!　　　　[ʒɛ]

　このように [ʒ] の音が何度も繰り返され、これによって、音楽的な心地よさを感じることができる。第 2 詩節の「6 カート」および「10 カート」は、実在の人物であるかどうかは、ジャック・ロビッシェも指摘しているとおり、不明である[60]。ヴェルレーヌが羊飼いの女に勝手につけた名前かも知れないが、たいした重要性はもたない。魂を暗示する曖昧な言葉もなければ、マチルドの影もない。
　次にこの詩集の最後に収められた「輝き」の一部を引用して、これまで同様、音と言葉の意味の観点から彼の詩法を検討する。

1 Elle voulut aller sur les flots de la mer,
2 Et comme un vent bénin soufflait une embellie,
3 Nous nous prêtâmes tous à sa belle folie,
4 Et nous voilà marchant par le chemin amer.

5 Le soleil luisait haut dans le ciel calme et lisse,
6 Et dans ses cheveux blonds c'étaient des rayons d'or,

7　Si bien que nous suivions son pas plus calme encor
8　Que le déroulement des vagues, ô délice!

9　・・・・・・・・・・・・

(*Beams*)

1　彼女は海の波の上を進みたかった、
2　そして穏やかな風が凪に息を吹きかけるように、
3　僕たちはすべてその美しい狂気に身を任せた、
4　ほら僕たちは、苦い道をとおって進みながら。

5　太陽は穏やかで滑らかな空の中に高く輝いていた、
6　そのブロンドの髪の中には、金色の光線がさしていた、
7　そして僕たちはさらにもっと穏やかなその歩みについて行った
8　波のうねりの、ああ、なんという恍惚とした喜び！

「輝き」

　詩篇全体は 11 音綴の奇数脚であり、脚韻は交韻である。交韻のもたらす効果は前述したとおり。奇数脚としては、最も長い音綴である。そのため、5 音綴りを倍にしたような 10 音綴のように、規則的なリズムはなく、長いゆったりしたしかも不規則なリズム感が伝わってくる。おだやかな海の波や、その上を進む船の様子を想起させるリズムである。さらに、第 1 詩行および第 5 詩行の [l] の子音の繰り返しに耳を傾けてみよう。下線は筆者による。

1　El̲l̲e voul̲ut al̲l̲er sur l̲es fl̲ots de l̲a mer,
　　・・・・・・・・・・・・・・・・・・・
5　L̲e sol̲eil l̲uisait haut dans l̲e ciel cal̲me et l̲isse,

　実際、子音の [l] はその音がある程度長く発せられるため、アン

第三節 『言葉なき恋歌』における「詩法」の具体的考察

リ・モリエは、これを持続子音 (consonnes continues) の分野に入れている[61]。また、グラモンは子音の [l] について「流動の [l] は流動性や滑りを表す」[62]と説明する。このような性質を持った [l] の繰り返しが、ますますこの詩句において、音によって、詩句の表現する内容までも、聞く者＝読者の心に暗示する働きをしているのだ。

前述したとおり、この詩篇は、ロンドンでランボーと別れ、再びマチルドと和解しようと、希望に胸を膨らませて船に乗ったヴェルレーヌが、そのとき創作した詩篇である。それゆえ、内容は希望に満ちた穏やかなものとなり、音が醸し出すリズムも、流れるようなゆっくりとした感じを聞く者に与えている。言葉の音と意味とが協力しあった作品である。ただ、内容的には、ヴェルレーヌの伝記を知っている者にとっては、曖昧な意味をもつ言葉はないように思われる。

われわれは、第一節において、ヴェルレーヌの私生活とそれに関連して、それぞれの詩篇が創作された年代、および、その場所を確認することで、『言葉なき恋歌』の構成と、その出版の意図を検討した。その結果、構成にかんしては、第一部では喧嘩別れをした妻を想い、第二部では、ランボーとの放浪生活を描き、第三部では、再び妻と和解しようとする内容の筋立てが、『言葉なき恋歌』に見られた。出版の意図にかんしては、この詩集がランボーを「酵母」とし、マチルドをその材料として誕生したため、自分の感謝の表明として、マチルドにではなく、ランボーに献呈しようとしたと結論づけた。

第二節においては、ヴェルレーヌが獄中で創作した「詩法」に検討を加えた。その結果、不規則な奇数脚のリズムを詩の中に取り入れ、しかも脚韻は弱く目立たないような音にすること、また、言葉の意味においては、曖昧な意味を持たせること、これがヴェルレーヌの主張する詩における音楽であるということを確認した。

第三節では、第二節で確認した彼の「詩法」が、実際には『言葉

なき恋歌』において、どのように実践されているか、それぞれ、第一部「忘れられた小唄」、第二部「ベルギー風景」、および第三部「水彩画」を、意味と音のレヴェルにおける曖昧さにおいて、具体的に考察した。その結果、次のようなことが言えた。

　すなわち、第一部では、ヴェルレーヌはマチルドを想う自己の魂の状態を暗示するにため、言葉の意味において曖昧なままにし、その「魂」の声も、曖昧な音やリズムで詩篇は表現されていた。そこでは、安定感のある偶数脚よりも、不安定なリズム感を与える奇数脚が効果的であった。また、脚韻も目立たない、弱い脚韻がいっそう詩篇を曖昧なものにしていた。

　アダンが、「ヴェルレーヌが暗示したいと望んだ魂の状態は、ほとんど声のない悲しみであり、それはごく小さな声でしか嘆かない。」[63]と指摘するように、ヴェルレーヌは音の暗示によって、巧みに「魂」の声を表現している。しかもこの声の音は「4 そよ風の抱擁の中の、/ 3 あらゆる森のざわめき」(3 C'est tous les frissons des bois / 4 Parmi l'étreinte des brises,) であり、「10 揺り動かされた草が息を引きとる時の / 9 優しい叫びににている」(9 Cela ressemble au cri doux / 10 Que l'herbe agitée expire...)「忘れられた小唄Ⅰ」などと、優しい自然をとおして表現されているため、それが非常におだやかな嘆きの声だということを、読者＝聞く者に想像させた。

　ところが、ヴェルレーヌとランボーの放浪生活を主に歌った第二部、「ベルギー風景」においては、第一部「忘れられた小唄」と比較した場合、音楽性においても言葉の意味においても、その詩法は非常に異なっていた。音による悲しい魂の声は聞こえてこない。マチルドの姿が明確に表れている詩篇においても、ヴェルレーヌが表現したいことを、読者は十分理解できる。言葉の意味における曖昧さ、音における曖昧さを主張するヴェルレーヌの「詩法」は、そこには見られなかった。

　第三部「水彩画」における、奇数脚で構成された「貧しく若い羊飼いへ」では、短い音綴ために、リズムとしては、せかせかしたも

第三節　『言葉なき恋歌』における「詩法」の具体的考察

のが感じられたものの、魂を暗示する曖昧な言葉もなければ、マチルドの姿も見いだせなかった。また、同じ奇数脚で構成された「輝き」の内容は、希望に満ちた穏やかなものであり、音が醸し出すリズムも、流れるようなゆっくりとした感じを聞く者に与えるという、言葉の音と意味とが協力しあった作品であった。しかし、第二部同様、言葉の音による、あるいは意味による曖昧さは見いだすことができなかった。

　以上の分析から、ヴェルレーヌが「詩法」において主張した音と意味の曖昧さによって生じる音楽は、第一部「忘れられた小唄」においてしか、実践されていないと言えるであろう。しかしながら、それぞれの詩篇の内容を考慮に入れた場合、彼の主張した「詩法」は、そのまま蘇ってくる。

　すなわち、ヴェルレーヌは、自分の悲しい魂の声を暗示する場合には、第一部に見られる「詩法」を用い、明確に自己を表現したいときには、リズムや言葉において、第一部とは異なった詩法を敢えて用いているのだ。このようにして、彼は自分の詩法を自在にあやつりながら、『言葉なき恋歌』を誕生させたのである。その結果、ここでは彼の詩法が、明確に浮き彫りにされている。

　ヴェルレーヌは、『言葉なき恋歌』が出版されたとき、獄中にいた。ランボーともマチルドとも別れ、たったひとりきりになったのである。しかし、そのような境遇の中で、再び、新しい出会いを彼は経験する。それは、神との出会いであった。次章では、この新しい出会いによって、彼がどのように自己を表現しているか、『叡智』をとおして考察する。

第 五 章

『叡智』(*Sagesse*) の数篇にみられる信仰告白

第一節

作品の概要

1) 作品の成立まで

　1873 年 7 月 10 日、ヴェルレーヌはランボーをピストルで撃ち、怪我をさせ、投獄されたことは前章で述べた。その後、彼は 2 年の刑を宣告され、1873 年 10 月、モンス (Mons) の刑務所に入る。1875 年 1 月まで居ることになるその牢獄で、彼は少しずつ詩篇を書き始めた。その詩集は『独房にて』(*Cellulairement*) というタイトル名で、出所後に出版されるはずであったが、ジャック・ロビッシェの説明によれば、彼は 1875 年の終わりには、それを断念することになる[1]。その理由は今日、まだ明確にはされていない。これは全部で 32 篇から成る詩集であったが、彼はこの中から 7 篇を『叡智』に収め、その他を『昔と近ごろ』(*Jadis et Naguère* 1884 年) および『平行して』(*Parallèlement* 1889 年) に入れる。そのため、『叡智』の詩篇の大部分が、出獄後に創作されたものということになる。『叡智』は 1880 年 12 月に、カトリック系出版社のパルメ書店 (Palmé) から刊行された。

2) 作品の構成

　ところで、『叡智』は三部で構成され 49 詩篇からなる。しかし、創作された年代順に各詩篇は配置されていない。例えば第一部は 1875 年から 80 年代に創作されたものが主であるが、第二部の「IV」はモンス獄中のものである。また第三部は獄中に制作されたものもあれば、逮捕される前の詩篇も含まれている。従って、作品の構成にかんして、ヴェルレーヌに何らかの意図があったのではないかと推測する研究家もいる。例えば、ルイ・モーリス (Louis MORICE) は次のように『叡智』の構造を解釈する。下線部は原文ではイタリック。

第一節　作品の概要

　『叡智』は、実際、構造的に言えば、明確に三部からなる。その各部は詩人の人生の 3 段階に呼応するものではなく、—とはいえ、しばしばそれに付随するものではあるが—彼の 3 段階の宗教的精神状態に呼応している。第一部は…中略…新しく回心した信者と古い自己との戦いであり、第一部においては、これがまさにメインテーマである。…中略…第二部は、イエスが詩人を待っている。そこでは崇高な会話が行われ、実に神秘的である。…中略…第三部は、自然に向かって開かれており、とりわけ絵画的である。…中略…これは、もしこのような表現が可能であるとすれば、<u>神と人との一致である</u>。ヴェルレーヌにおいて、和解がなされたのだ。…中略…彼は新しい目で全てを見る。彼は全てを許容することができる。…中略…第三部は彼の精神生活の絶頂において、キリスト教詩人の、このような総合的広がりが表現されている[2]。

　ところが、ジャック・ロビッシェは、「宗教的精神状態」にふさわしくない詩篇もあるとして、ルイ・モーリスの解釈に、積極的には賛成しない[3]。

　確かに、第一部では、古い自己と回心した新しい自己との戦いとは、全く関係のない詩篇もある。例えば以下の詩篇である。

```
1  Prince mort en soldat à cause de la France,
2        Âme certes élue,
3  Fier jeune homme si pur tombé plein d'espérance,
4        Je t'aime et te salue !

5  ..............
```
(XIII)

1　フランスのために兵士として死んだ王子、

2　　　これこそ確かに選ばれた魂、
3　希望にあふれてかくも純粋に倒れた誇り高い若者よ、
4　　　僕はあなたを愛す。そしてあなたに敬意を表する！

「XIII」

　ジャック・ロビッシェによれば、「1 フランスのために兵士として死んだ王子」(1 Prince mort en soldat à cause de la France) とは、ナポレオン三世の息子であり、1879 年 6 月に待ち伏せにあって倒れた[4]。これは政治色の強い作品である。あるいは、以下の詩篇を見てみよう。

20　………

21　Proscrits des jours, vainqueurs des temps, non point adieu,
22　　　Vous êtes l'espérance.
23　À tantôt, Pères saints, qui nous vaudrez de Dieu
24　　　Le salut pour la France!

(*XIV*)

21　日の当たるところから追放された者たち、時の勝利者、きっとまた会おう、
22　　　あなたたちは希望だ。
23　近いうちに『聖なる神父たちよ』、あなたたちが僕たちに、神からの
24　　　救いをもたらすだろう。フランスのために！

「XIV」

　1877 年の選挙で、自由主義カトリシズムが敗北し、フランス社会は反教会的な方向へと進んだ。その一環として、公共教育における非宗教化の政策がとられるようになり、1880 年に修道士、とりわけ多くのイエズス会士 (Jésuites) たちが国外追放された。この詩篇はそのような状況下で創作されたものであり、政治色の強いものである。

第一節　作品の概要

　なお、「21 時の勝利者」(21 vainqueurs des temps) は、『イエズス会百年のあゆみ』(*Imago Primi Saeculi Societatis Iesu*, 1640 年) の表紙に描かれた、「時」を踏み台にしているイエズス会の姿を想起させる。この詩篇にかんして、ジャック・ロビッシェもイエズス会追放事件だと指摘している[5]。

　あるいは、1878 年作とされる以下の詩篇では、相変わらず、マチルドにたいする想いが歌われている。

1　Écoutez la chanson bien douce
2　Qui ne pleure que pour vous plaire.
3　Elle est discrète, elle est légère :
4　Un frisson d'eau sur de la mousse !

5　………

(*XVI*)

1　聞いて下さい　優しい歌を
2　これはあなたの気に入るためにだけ泣く歌です。
3　この歌は控えめで軽やか：
4　苔の上を流れる水のせせらぎ！

「XVI」

　この詩篇はむしろ『言葉なき恋歌』においてこそふさわしい。このように、ヴェルレーヌの宗教にたいする心の葛藤とは無縁に思われる詩篇も、第一部には含まれている。第二部は過去に自分が犯した過ちを悔い改め、全てを神に捧げようとするヴェルレーヌの魂の声と聖母マリアへの賛歌、神への祈り、そして神とヴェルレーヌの対話等から構成され、前述したルイ・モーリスの解釈は的を得ているように思われる。第三部においては、確かに風景描写は多い。しかし第三部の「IX」は 1872 年の冬に創作されたものであり、彼の

回心以前の作である。この時期には、ヴェルレーヌはマチルドと不仲になり、ランボーと放浪生活を始めたころである。ここにその一部を引用する。

1　Le son du cor s'afflige vers les bois
2　D'une douleur on veut croire orpheline
3　Qui vient mourir au bas de la colline
4　Parmi la bise errant en courts abois.

5　............

(IX)

2　孤児でありたいと望む苦しみを
1　角笛の音は森に向かって悲しむ
3　その孤児は丘の麓に死にに来る
4　短いほえ声のさまよう北風の中で

「IX」

　『叡智』を、ヴェルレーヌによって意図された、筋書きのあるドラマとして読もうとすれば、ルイ・モーリスの解釈も可能であるかもしれない。しかし、このように、ヴェルレーヌの「三段階の宗教的精神状態」に必ずしも呼応しない詩篇が、所々に配置されているのを見れば、ルイ・モーリスの読みを、完全には否定しないものの、ある程度の疑問は残る。従って、ヴェルレーヌが、いかなる意図をもって、この作品を三部構成にしたか、また、そのために、それぞれの詩篇を配置するとき、どのような注意を払ったか等についての研究は興味深いものとなるであろうが、残念ながら、ヴェルレーヌ自身がそのことについて言及していないため、われわれはこの問題に、これ以上、立ち入らないことにする。
　しかしながら、それでもやはり、この詩集には、彼が回心した直

第一節　作品の概要

後に書かれた詩篇がいくつかある。これらをもとに、ヴェルレーヌの信仰がいかなるものであったかを立証することは、可能ではないだろうか。

3) 作品の評価

ところで、『叡智』の出版は不成功に終わった。その理由をプチフィスは次のように分析する。《　》は原文のまま。

　『叡智』の不成功は、宗教文学にあまりにもかたよった出版社を選んだことと同時に、まだヴェルレーヌが、その犠牲となっていた文壇からの追放 (ostracisme) のためであった。批評家たちや文壇の人びとも、例えば1875年のアナトール・フランス (Anatole FRANCE) のように、彼を相変わらず、道化しかできない《価しない男》とみなしていた[6]。

プチフィスの指摘によれば、マラルメも『叡智』を高く評価してはいなかった[7]。『叡智』がヴェルレーヌの傑作として世間に幅広く認められるには、1904年まで待たなければならなかったのである。ピエール・アンリ・シモン (Pierre-Henri SIMON) は言う。

　1904年の『ポール・ヴェルレーヌ　宗教詩集』をとおして初めて、広く大衆のカトリック信者は『叡智』を知った[8]。

すなわち、ユイスマンス (J. K. HUYSMANS) は『ポール・ヴェルレーヌ　宗教詩集』(*Paul Verlaine, Poésies religieuses*, 1904年) の序文で、大いにヴェルレーヌを擁護している。

　ヴェルレーヌはもう死んでいる。彼はキリスト教徒として逝った。司祭の助けを得て。私たちは、この唯一の、現代の祈祷書を信者たちに捧げる。彼らは、もはや彼の罪の恩恵に与るだけ

でよい。なぜなら、もし彼が罪を犯さなかったら、彼は最も美しい後悔の詩を、そして現存する最も美しい嘆願の詩句を、涙ながらに書かなかったであろう[9]。

彼は、この詩集を「この唯一の、現代の祈祷書」、「最も美しい後悔の詩」、あるいは「現存する最も美しい嘆願の詩句」と呼んだ。その後、多くの研究家も『叡智』を高く評価している。例えば、ルイ・モーリスは1944年に次のように書き残している。

　芸術家であると同時にキリスト教徒によって、詩と信仰の結合がこれほどすばらしく実現されたことは、これまでかつてなかった[10]。

また、アダンも次のように『叡智』を評価する。

　この詩集はまた、豊かさ、多様性そして最もしばしば、美しさを備えている。そして、それらが『叡智』をヴェルレーヌの傑作としている[11]。

ところが、これらの高い批評にもかかわらず、信仰の面においては、具体的な検討がおこなわれていない。宗教詩の傑作として当然のこととみなされているためであろうか。これまで、『叡智』において用いられた語彙と、聖書やヴェルレーヌが獄中で読んだアウグスチヌス (Saint AUGUSTIN) やジョゼフ・ド・メーストル (Joseph de MAISTRE) 等の関係についての比較検討は、ルイ・アゲッタンやとりわけ、ルイ・モーリスなど、多くの研究家によって検証されている。

　また、日本においては、19世紀のフランスにおけるカトリシスムを、ミシュレ (Jules MICHELET) の『フランス革命史』(*Histoire de la Révolution française*, 1847-1853 年) から解きほぐし、革命とキリスト教

第一節　作品の概要

の敵対関係、および、その後の科学の進歩と、それに伴って次第に勢力を失っていくキリスト教について考察し、そのような環境の中で、ヴェルレーヌが獄中で読んだゴーム枢機卿 (Mgr.GAUME) の『カトリック要理』(*Catéchism de persévérance*, 1838 年) をもとにした『叡智』研究がすでになされている[12]。しかし、ヴェルレーヌのカトリック信仰に深く、しかも具体的に言及したものはいまだない。それは、ピエール・マルチノが次のように言うからであろうか。

　誰がその率直さを本当に探ることができるだろうか。批評家や歴史家においては、自分が信仰の専門家であると自ら任じ、これはカトリック感情として立派に承認できる、あれはそうではない、などと言うことは、いずれにしてもまったく愚の骨頂である[13]。

マルチノの言はある意味で正しい。われわれは彼の信仰にたいして、とやかく言う権利はないのかもしれない。しかし、ヴェルレーヌは自分の信仰を『叡智』において公にしたのだ。公にした以上、彼の信仰についての検証が加えられるとしても、それは仕方がないことではないだろうか。そこで、われわれは、敢えて「愚の骨頂」となることを覚悟して、ヴェルレーヌの信仰の領域に踏み込むことにする。そのために、まず、彼の時代の社会的背景、およびカトリックについて若干の考察をおこなう。

第二節

社会的時代背景

1）政治とカトリック

　ヴェルレーヌが生きていた時代のフランスは、政治的にも宗教的にも大きな混乱の最中であった。政治的には、1870年普仏戦争と、パリ陥落、そしてパリ・コミューンが勃発し、やがてその反動がヴェルレーヌを襲う。71年に樹立された新政権も73年には失脚する。1876年第三共和政憲法のもとでの最初の選挙で、共和派が勝利し、王党派の勢力は弱まる。1877年の選挙では自由主義カトリシズムが敗北し、ますます共和派が勢力を拡大していく。その結果、反教会的な動きが活発化する。教育と宗教の分離が叫ばれるようになり、1880年、政府は修道士たち、とくに当時、学校教育において最大の勢力を誇っていたイエズス会の追放と財産の没収に着手し、多くの修道院が閉鎖された。

　カトリック関係に項目を絞るならば、中世以降活発になったガリカニスム (gallicanisme)[14] と19世紀になって、ラムネー (Félicité Robert de LAMENNAIS) を中心とするウルトラモンタニスム (ultramontanisme)[15] が台頭し、同じカトリック同士の争いが激化する。ピウス九世 (Pius IX) は政治的ウルトラモンタニスムには賛成できず、1864年『誤謬表』(*Syllabus*) を示して、共産主義や社会主義および聖職者たちの自由主義 (libéralisme) を非難した[16]。

　これをめぐっても、教会内で論争がまき起こった。ローマ・カトリック教会は世俗権力に対して優位を保つための、権威ある教会組織を確立することが急がれていた。このような混乱の中で、第1バチカン公会議 (Concile Vatican I, 1869年―1870年) が1869年12月8日、開催された。この会議ではトレント公会議 (Concile de Trente 1545年―1563年) で未解決だった教皇の不可謬性が、カトリック教

義の一部として宣言された。しかしこの会議は長くは続かなかった。普仏戦争が勃発したためである。会議の無期延期の宣言がピウス九世によってなされた。ちなみに次の公会議は 1962 年 10 月 11 日から 1965 年 12 月 8 日まで開催された第 2 バチカン公会議 (Concile Vatican II) である。

　以上が、かなり大まかではあるが、ヴェルレーヌが詩集を書き始め、獄中に繋がれ、その後、出獄した頃のフランスの政治的宗教的社会背景である。このような環境の中で、ヴェルレーヌは生き、獄中ではカトリック信徒に戻る。獄中で彼がカトリック要理を学んだとき、彼の信仰がどのような形で、彼の精神の中に育っていったかを、理解するために上記のような時代背景を考慮に入れるべきかもしれない。事実、そのような研究は、第一節の 3) において述べたように、すでにおこなわれている。そこでは 19 世紀における聖心信心や、マリア崇敬にも言及されいる。

　しかし、カトリックの教えが時代や場所によって、少しでも異なるのであろうか。もし、そうであれば、ヴェルレーヌの信仰問題に触れるときには、時代の影響を考慮に入れなければならない。さもなければ、19 世紀フランスにおけるヴェルレーヌのカトリック信仰を、20 世紀の日本におけるわれわれが、現代のカトリック神学の立場から批評しているとの批判を被ることにもなりかねない。19 世紀のカトリック信仰と 20 世紀のそれとは立場が異なるとすれば、ヴェルレーヌの信仰をはたして批評できるのかという疑問さえ許しかねない。われわれは、このような疑問を少しでも解消するために、次に、カトリックの教義がどのように変化してきたかを考察する。

2) 聖体にかんする教義の変遷：トレント公会議から第 2 バチカン公会議まで

　トレント公会議が開催されたのは 1545 年から 1563 年にかけてであった。この公会議において「聖書と聖伝、原罪、義化、7 つの秘跡、煉獄、聖人の崇敬、聖画像、免償に関する教令が発布された」[17]。

その意味で、この公会議はわれわれにとって、非常に重要な意味をもつ。すなわち、カトリック信仰の特徴的な一面として「トリエント公会議によってミサは神を敬う第一の行為としての地位を回復した。」[18]と言われ、聖体は毎日でも受けることができるようになった。このように信仰の中心は、ミサと聖体に重点が置かれるようになったのである。そして、これが現在まで、カトリック教会において実行されている。信者のため、あるいは求道者のための「公教要理」が作成されるようになったのも、この公会議以降である。とくに、この公会議後3年の歳月をかけて作成された、主任司祭のための要理書 (*Catechismus, ex decreto ss. concilii Tridentini ad parochos*, PiiV pont. max. jussu editus, Roma, 1566年) は現在のカトリック要理に受け継がれている。それは分かりやすくするために、次第に質問と答えの形式をとるようになった。ヴェルレーヌが獄中で読んだゴーム枢機卿の『上級公教要理』(*Catéchism de persévérance ou Exposé historique, dogmatique, morale, liturgique, apologétique, philosophique et social de la religion, depuis l'origine du monde jusqu'à nos jours*) においても、前半に詳しい説明が行われ、その後、問答形式が付されている。われわれは、その他の「公教要理」とゴームのそれとを、できるだけ簡明に比較対照したいと考え、ゴームの『上級公教要理』に付された問答形式を引用に際しては使用する。

　ところで、ヴェルレーヌは『我が牢獄』(*Mes prisons*、1893年) で、聖体の秘跡についての箇所を読んだことを証言しているが、神の存在や霊魂の不滅についての部分は彼にとっては、あまり気に入らなかったようである。

引用1
　　ゴーム枢機卿によって示された神の存在と霊魂の不滅の証明は、かなり平凡で、私はあまり気に入らなかった。そして、最もすばらしい、最も心のこもった解説で、それらの証明に確証を与えようとする司祭の努力にもかかわらず、実を言えば、私はそれらによって回心させられることはなかった[19]。

そこで、指導神父は彼に次のように言った。
引用2
「それらの章はとばして、直ぐに聖体の秘跡に移りなさい。」[20]

彼は、聖体の秘跡に関する箇所を読んで、次のような感想を述べる。
引用3
これらのページが傑作かどうか私にはわからない。疑わしいとさえ思っている[21]。

そこで、われわれも、ゴームの『上級公教要理』における、聖体にかんする項目の一部を検討する。下線部は、原文ではイタリック。なお、原文も重要だと思われるので、あえて註に付した。参照されたい。

　　問；聖体とは何ですか。
　　答；聖体とは、私たちの主であるイエス・キリストの御体、御血、霊魂と神性を、パンとぶどう酒の形色あるいは外観のもとに、真に、実際に、実体的に、伴った秘跡です。

　　問；なぜあなたは真に、実際に、実体的にと言うのですか。
　　答；真に、実際に、実体的にと言うのは、姿や信仰や力によってのみならず、御体と霊魂において、私たちの主が聖体の中に現存することを表明するためです[22]。

これを読むと、われわれは、聖体にかんして、キリストの肉と血があまりにも物質的に、しかも強烈に表現されているとの印象をもつ。キリストが人類のために、自らの肉と血を十字架の犠牲によって捧げるこの崇高な救いのわざの記念として、カトリック信仰が収斂する聖体の秘跡を、ゴームは生々しく熱烈に表現したかったと解

釈することは、けだし、誤読である。1949年に日本で出版された『カトリック教理問答』をここに引用して、その違いを比較しよう。下線は筆者による。文頭の数字は原文のまま。

　670　この秘跡についてカトリック教会は何を教えますか。
　カトリック教会は始めから最も明瞭にこの秘蹟について教え、トリエントの公会議に於ては「聖体の中に<u>イエズス・キリストの御体と御血の形色</u>、すがた又その力あるのみならず、<u>真実に、実体的に実際に在す事を</u>」信仰箇条として宣言したのです（十三集カノン 1）[23]。

このように、約300年前のトレント公会議において定められた文言がそのまま、ゴームの『上級公教要理』において、また50年前の日本においても使用されているのだ。次に、1955年出版されたフランスのカトリック要理 (Catéchisme à l'usage des diocèses de France) を紹介する。文頭の数字は原文のまま。

　203　聖体とは何ですか。
　聖体とはパンとぶどう酒の外観のもとに、イエス・キリストの御体、御血、霊魂と神性が、実際に伴う秘跡です[24]。

そして、その直ぐ下に、次のような説明が付されている。《　》は原文のまま。

　《パンの外観》、《ぶどう酒の外観》とは私たちの感覚に、パンとぶどう酒の形や、色や、味わいとして現れるものです[25]。

同じく、1955年カナダのカトリック要理 (Catéchisme catholique) でも、以下のとおり。

784—聖体とは何ですか。
聖体とは、私たちの主イエス・キリストの御体と御血、霊魂と神性を実際に伴った秘跡です[26]。

われわれが手にしている資料で最も古いゴームの『上級公教要理』と、この最後のふたつを比較すると、「真に」および「実体的に」という文言は消えているものの、フランスの要理では、いわば補足のような形で聖体について、トレント公会議の内容説明が付されている。カナダのそれは単純ではあるが、「実際に」という言葉は相変わらず残されたままである。

日本では、1972年『カトリック要理（改訂版）』が出版された。先に紹介した1949年の『カトリック教理問答』と比較するため、以下にそれを引用する。文頭の数字は原文のまま。

106　聖体とはどういう秘跡ですか。
聖体とは、救いのいけにえであるイエズス・キリストの御からだと御血とがパンとぶどう酒の形態のもとに神にささげられて、信者の永遠の生命の糧となる秘跡です[27]。

ここでも、その後に、「聖体におけるキリストの現存」という小見出しのもとに、以下のような説明を補足している。

聖体におけるキリストの現存
キリストの制定のことばにしたがって、パンとぶどう酒はキリストの御からだと御血に変化します。聖体には、イエズス・キリストの御からだと御血とともに、そのご霊魂も、神性もともに実在しています。なお、パンとぶどう酒のそれぞれどちらの形態のもとにもキリストは同様に現存しておられます[28]。

1949年の『カトリック教理問答』と比較した場合、言葉の使い方は

やわらかくなっているものの、その内容は全く同じである。

第2バチカン公会議は、1962年10月11日から1965年12月8日まで開催されたが、ここにおいても、聖体にかんする概念の変更はない。『第2バチカン公会議公文書全集』は聖体にかんして、次のように明言する。

> トレント公会議によって確立された教理上の原則は不動である[29]。

以下にこの精神に基づいて、全世界のカトリック教会のために編纂された最新の『カトリック要理』(*Catéchisme de l'Église catholique*、Mame / Plon, 1992年) の中から、聖体にかんする部分を引用する。これも原文が重要であると考え、註にその部分を付す。《　》は原文のまま。

> キリスト教徒たちは、その原初から、時代や典礼の大いなる多様性をとおして、本質においては変わらなかったひとつの形相のもとに、聖体を祝ってきた。なぜなら、御受難の前夜命じられた主の定め《わたしの記念としてこのように行いなさい》(コリントの信徒への手紙1 第11章 24—25節) によって、われわれはお互いに結びついているからである[30]。

このように、カトリック信者は、主キリストの最後の晩餐以来、今日にいたるまで、同じ行為を繰り返してきた。そして、その聖体は「本質において」変化してはいないのである。さらに、聖体について以下のように、具体的に述べられている。下線部は原文ではイタリック。《　》は原文のまま。

> 《われわれの主イエス・キリストの霊魂と神性を伴った御体と御血が、<u>真に</u>、<u>実際に</u>、<u>実体的</u>に、そしてその結果、<u>キリスト</u>

全体が、》聖体という非常に聖なる秘跡の中に含まれている[31]。

　最後に 1994 年に、日本で出版されたカトリック要理、『世の光イエズス・キリスト「カトリック教会のカテキズム」要約 Q & A』を紹介する。これは、先に引用したローマ・カトリック教会の要理書 (*Catéchisme de l'Église catholique*, Mame/Plon, 1992年) を 1993 年スペイン語で要約したものの翻訳であり、残念ながら原書を手に入れることができなかった。しかし、これまで紹介した全てのカトリック要理についても当てはまることだが、カトリック要理を、個人が勝手に出版することはできない。必ず、さまざまな検閲を経て、最終的にはカトリック教会組織の出版許可を得る必要がある。

　ここで紹介する上記のカトリック要理にも、「教会認可済」の文字が印刷されている。それゆえ、翻訳に何か恣意的な文言が加えられたり、あるいは削除されたりすることはないという信頼のもとに、以下にその一部を紹介する。下線は筆者による。文頭の数字は原文のまま。

　169　聖変化において何が起こりますか。
　聖変化において、「これはわたしのからだである」、「これはわたしの血の杯である」という司祭の言葉の力によって、パンとぶどう酒の全実体がそれぞれキリストの御体と御血の実体に変化します。この崇拝すべき変化のことを「全実体変化」とよびます。

　170　真の現存とはどういう意味ですか。
　真の現存とは、パンとぶどう酒の秘跡的形色（外観）のもとに御体と御血、霊魂、神性を伴ったキリスト全体が真に、実際に、実体的に現存することです。それゆえ私たちは、聖櫃に安置された聖体を礼拝し、また従順な愛をもって訪問するのです[32]。

われわれは、ここで再びゴームの『上級公教要理』を引用する。下線は筆者による。

 問；聖体の形相とは何ですか。
 答；聖体の形相とはミサで司祭が発する奉献の言葉であり、その言葉はパンとぶどう酒を私たちの主の御体と御血に変化させます。

 問；この変化は何と呼ばれますか。
 答；この変化は<u>実体変化</u>と呼ばれます。すなわち、実体の変化です[33]。

『世の光イエズス・キリスト「カトリック教会のカテキズム」要約 Q & A』における「真の現存とは、パンとぶどう酒の秘跡的形色（外観）のもとに御体と御血、霊魂、神性を伴ったキリスト全体が真に、実際に、実体的に現存すること」、あるいは「全実体変化」にせよ、これらの文章を読むと、われわれは、ゴームの『カトリック要理』を読んでいるのではないかという錯覚にさえ、とらえられる。

以上、聖体にかんする箇所のみ、比較検討したが、結果としては次のことが言える。
1）現在のようなカトリック要理問答が作成されたのは、トレント公会議(1545年―1563年)の決定に基づいてであった。
2）それぞれの時代や国の情勢に応じて、カトリック要理の本質的な不変の部分は勝手に書き換えることができないこと。従って、出版にあたっては、必ず教会の認可が必要であり、個人の恣意的な文言は入れられないこと。
3）その結果、ゴームの『上級公教要理』によって、当時のフランスにおけるカトリック信仰がいかなるものであったかを推論することはできない。「パンとぶどう酒」から成る聖体は、キリストの「体」

と「血」であることを、物質的に生々しく強調したのは、時代や社会的背景を考慮にいれたゴム独自の表現ではないのである。

3) 個人の信仰を取り扱うときの問題点

　第2バチカン公会議以降も、現代のカトリック信者あるいは求道者は、相変わらず第2バチカン公会議以前の、極端に言えば、ゴムの『上級公教要理』とほぼ同じ、カトリック要理を使用しているのが現状である。ただし、全ての信者、あるいは求道者が同じカトリック要理を使用するのではない。子ども用のものから、大人用のものまであり、どの要約を使用するかは、担当の神父の判断に任されることが多い。なぜならば、カトリックを学ぼうとする者が、年齢においても、理解力においても異なるからである。この点においてのみ、それを指導する神父に、信仰のどの部分に力点を置くかなど、ある程度、恣意性の介入する余地がある。ところで、ヴェルレーヌと指導神父との間に、以下のような問答が残されている。（　）は筆者による。

引用4
　　（ヴェルレーヌ）「しかし、動物たちの、その死後は？　聖書にはそれは問題になっていないのですが。」
　　（神父）「そうですね、例えば、聖書がアダムの娘たち以上に、それについて語らないのは、それは不必要だからなのです。もともと、限りなく善である神は、われわれの善のためと同様に、動物たちの善のために、動物たちを創造されたのです。」
　　（ヴェルレーヌ）「しかし、永遠の地獄は？」
　　（神父）「神は限りなく正義です。そして神が永遠に罰するとしても、それはそれなりの理由があるからです。卓越した理由が。そしてその理由の前で、私たちの唯一の権利は、理由を知ることなしに頭を下げることです。なぜなら、実際、永遠の苦しみは一種の神秘なのですから…あ、

いや、それは違いますね、と申しますのも、教義は永遠の苦しみを神秘の列に置いていないのですから。」
　このようなやりとりが続けられたのだった[34]。

　これだけの資料から、神父がカトリック信仰のどの部分に力点をおいて、ヴェルレーヌを指導したか言明することは不可能であるが、例えば、先に引用したように、ヴェルレーヌの指導神父が、彼が神の存在や霊魂の不滅にかんして、あまり興味を示さなかったのを見て、「それらの章はとばして、直ぐに聖体の秘跡に移りなさい。」と指導していることから、少なくとも、聖体の秘跡にかんしては、力点が置かれたのではないかと推測できる。
　また教えられる側にも、それぞれの年齢やその知性に応じて、キリスト教理解の在り方が異なってくる。それは、ヴェルレーヌの信仰を取り扱うわれわれにも当てはまる。ここに信仰を問題にするときの、大きな困難が立ちはだかるのである。
　しかしながら、カトリックの信仰は、基本的には、時代や国や環境においてほぼ同じであることは、確認できたと思われる。それゆえ、以上のような考察から、19世紀フランスにおけるヴェルレーヌのカトリック信仰を、20世紀の日本におけるわれわれが、「大きな困難」は意識しつつも、現代のカトリック神学の立場から批評することは許されるであろう。

第三節

ヴェルレーヌの信仰

1）聖書によって定義される神

　ところで、先に検証したさまざまなカトリック要理は、全て聖書から生まれている。従って、今後カトリック信仰について論じるさい、その典拠としては、聖書を支えとすることが、ヴェルレーヌにとってもわれわれにとっても、最も中立的な立場に立つと考える。問題はどの版のどの聖書を、その支えとするかであろう。

　ヴェルレーヌは友人のルペルチエに宛てた手紙の中で、「聖書を読むために、ラテン語のがり勉をした」（1874 年 8 月 9 日、モンス）[35] と記している。しかしどの版の何年版の聖書を読んだというヴェルレーヌ自身の証言はない。おそらく彼が読んだのはヴルガダ聖書 (*Biblia vulgata*) であったろうと推測される。これは、トレント公会議がカトリック教会公認の聖書として宣言し、1592 年発行したラテン語訳聖書である。そこでわれわれは、当時ユーゴやランボーも使用したと言われる、ヴルガダ訳からフランス語に訳されたサシー (Lemaître de SACY) の聖書で、フィリップ・セリエ (Philippe SELLIER) 氏によって 1990 年にに再版された聖書[36] を参考にしながら、カトリックで最も信頼されているもののひとつであるエルサレム聖書研究所の聖書 (*La Bible de Jérusalem*, 1978 年)[37] を主に使用する。また、日本語訳の聖書としては、注釈が比較的詳しいバルバロ (BARBARO) およびデル・コル (DEL COL) 訳の『旧約新約聖書』（ドン・ボスコ社、1978 年)[38] を使用する。

　さて、われわれは、ヴェルレーヌの信仰がいかなるものであるのかを論じるとき、しばしば「神は…」あるいは「キリストは…」という表現を用いる。しかし、われわれが意味する神とヴェルレーヌのそれが異なっていれば、議論はかみ合わない。あるいは、われわ

れの独善に陥ってしまうこともあるであろう。従って、彼の詩篇の分析を始める前に、ここで、ヴェルレーヌとわれわれとが、カトリック共通の立場に立つ必要がある。これこそが、これまでのヴェルレーヌの信仰にかんする研究において、唯一欠けていた点である。カトリック研究者の目からみれば、これは非常に大まかであると批判されるかもしれないが、最小限、カトリックの神とはいかなるものかを、聖書をとおして確認しておく。

　神の 1) 本質とはいかなるものであるか、「マタイ (Matthieu)」第 6 章 1―21 節によれば、a) 外面的には「父」として表現されている[39]。どんな「父」か。「マタイ」第 5 章 48 節：「あなたたちの天の父が完全であるように、あなたたちも完全なものになれ。」[40] とあるように「完全な父」である。「完全」とは何か。「ルカ (Luc)」第 1 章 37 節「神には、おできにならないことはありません」[41] からまず、「完全」とは①「全能」であることを意味する。

　次に、「ルカ」12 章 2 節において、「かくされていておおいをとられないものはなく、ひそかなもので知られないものもない。」[42]、あるいは 7 節「あなたたちの髪の毛さえ、みな数えられている。」[43] などによって、②「全知」でもある。

　最後に「ルカ」15 章 11―24 節の放蕩息子のたとえ話、特に 20 節「…まだ家から遠くへだたっていたのに、父親はかれをみつけて、あわれに思い、走りよってかれの首をだいてくちづけをあびせた。」[44] に見られるように、③「全愛」でもある。

　b) 内面的には、「マルコ (Marc)」第 12 章 29 節において、「…私たちの主なる神は唯一の主である。」[45] と言われるように「神は唯一」である。ところが「ヨハネ (Jean)」17 章 1―3 節、「…父よ、時がきました。あなたの子に栄光をお与えください、子があなたに栄光を帰するように。…中略… 永遠の命とは、唯一のまことの神であるあなたと、あなたがおつかわしになったイエズス・キリストを知ることであります。」[46] から、「父」と「あなたの子」＝「イエズ・キリスト」という表現は、「神は唯一」と矛盾するように思われる。

第三節　ヴェルレーヌの信仰

　また、「マタイ」第 3 章 17 節においては、神自身がイエスを「私の子だ」と証言する[47]。さらに「マタイ」第 28 章 19 節、「だからあなたたちは諸国に弟子をつくりにいき、父と子と聖霊との、み名によって洗礼をさずけ、」[48]で、「聖霊」という名前まで出てくる。
　これら全てによって、「父と子と聖霊」はひとつ、すなわち、神は④「三位一体」であると宣言されている。ただし「三位一体」についての根拠をこれだけに由来することは、大いに不十分ではあるが、最終的には人間の理解を越えるものとして「三位一体」を信じるのが、カトリックの信仰である。従って、ここでは、この程度の検証で「三位一体」を定義することを許していただきたい。
　それでは、上記の神は 2）どのような行為をなすのか。c）最初の行為としては「創世記」1 章― 3 章において、⑤万物の創造、が挙げられる。また、d）現在の行為としては、「マタイ」第 6 章 24 ― 34 節に詳しく記述されている。
　すなわち、26 節「空の鳥を見よ。播きも、刈りも、倉におさめもしないのに、あなたたちの天の父は、それを養ってくださる。あなたたちは、鳥よりもはるかにすぐれたものではないか。」[49]、30 節「今日は野にあり、明日はかまどに投げいれられる草をさえ、神はこのように、装おわせてくださる。それなら、まして、あなたたちに対して、よくしてくださらないはずがあろうか！…」[50]、33 節「だから、まず、[神の] 国とその正義とを求めよ。そうすれば、それらのものも加えて、みな、お与えくださる。」[51]などの表現により、i) 神は人間に必要なものは全て与えると言う。なぜならば、神は①「全能」、②「全知」③「全愛」であるから。それゆえ、ii) 人間は日常生活において、心配する必要は何もない。25 節「だから私はいう、あなたたちの命のためになにを食べようか、なにを飲もうか、また、あなたたちの体のためになにを着ようか、などと心配するな。…」[52]、31 節「だから、何を食い、何を飲み、何を着ようかと心配するな。」[53]
　ただし、条件付きである。24 節「人は、二人の主人に仕えるわけ

― 223 ―

にはいかない。… 中略 … あなたたちは、神とマムモンとにともに仕えることはできない。」54)とあるように、その条件とは、iii)神だけに仕えることで、「神の国とその正義」を求めなければならない。

これらi)、ii)、iii)は、神に対する信仰に基づくものである。30節でキリストは次のように言う。「信仰うすい人々よ」55)。これは、すなわち、信仰が篤ければ、神の行いに信頼を持つことができるが、信仰がうすいために、あれこれと人間は心配するのだという意味である。

それゆえ、神の今の行いを信じさえすれば、何も心配することはないということを強調するため、「マタイ」第6章24—34節においては、「心配するな」という言葉が3度も使用されている56)。以上が神の現在の行為であり、これは神の「摂理」(providence) と呼ばれている。

以上のような神にかんする定義をまとめると、以下のように示されるであろう。

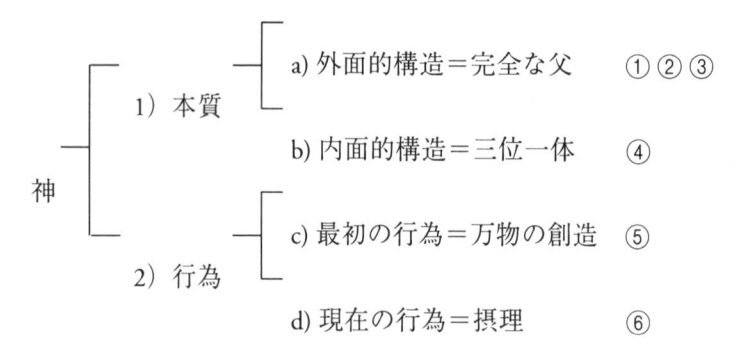

```
                ┌─ a) 外面的構造＝完全な父    ①②③
       ┌ 1) 本質 ┤
       │        └─ b) 内面的構造＝三位一体     ④
  神 ──┤
       │        ┌─ c) 最初の行為＝万物の創造   ⑤
       └ 2) 行為 ┤
                └─ d) 現在の行為＝摂理        ⑥
```

これが、カトリックの神であり、この神を信仰しているのが、カトリック教徒である。そして、これら全てがミサと聖体の秘跡に集約される。ヴェルレーヌは、このような神にたいする自らの信仰を、『叡智』の中の数篇において告白している。われわれは、その告白がいかなるものかを、その数篇を引用しながら検討する。

2）ヴェルレーヌの回心

「創世の書」第 3 章 9 節 (*La Genèse* III, 9) において、神が男（アダム）(Adam)を呼んで「どこにいるのか」[57] と問うたとき、1）において定義された①および②の神は、アダムがどこに隠れたのか当然知っていたはずである。それゆえ、「どこにいるのか」という問いは、むしろ、神はその理由を知っていながら「なぜおまえは隠れるのか」という、神の人にたいする問いかけである。事実アダムはエヴァ(Ève)とふたりで「主なる神のみ前をさけて、園の木々のなかにかくれてしまった。」（「創世の書」第 3 章 8 節)[58] のである。神はこの問いによって、禁じられていた木の実を取って食べた罪を、アダム自身に告白させる（「創世の書」第 3 章 12—13 節)[59]。この告白を聞いた神はアダムとエヴァ、すなわち人間を罰すると同時に、すぐさま、以下のように、人間に救い主を与える約束をする。なぜなら、神は③であるから。（　）および下線は筆者による。

　すると、主なる神は、へびにおおせられた、「そんなことをした (a)<u>おまえ</u>は、のろわれよ、すべての動物とすべての野のけもののうちで！おまえは腹ばい、ちりを食べねばならない、いのちのつづくかぎり。おまえと(b)<u>かの女</u>のあいだに、また(c)<u>おまえの子孫</u>と(d)<u>かの女の子孫</u>とのあいだに、私は敵対をおこう、(d) <u>かれ</u>は、(c)<u>おまえ</u>の頭をふみくだき、(c)<u>おまえ</u>は、(d) <u>かれ</u>のかかとをかむであろう。」（「創世の書」第 3 章 14—15 節)[60]

　(a)はへびであり、(b)は新しいエヴァ(マリア)である。(c)は悪魔であり(d)はキリストを意味する。(c)は(d)のかかとしかかまないが、(d)が(c)の「頭をふみくだく」ことによって、神の悪に対する勝利を意味する。キリストは十字架上で足に釘を打たれたが、3 日後に復活することで、死（悪）に勝利した。上記に引用したのは、神の人類に対する救いの約束であり、「原福音」(protévangile) と呼ばれてい

る[61]。この解釈については、『旧約新約聖書』(ドン・ボスコ社)が詳しいので、註にそれを詳しく引用する[62]。

このように、③である神は、そのあふれる愛によって、人間によって告白された罪を赦すのである。しかし、神が一方的に人間を赦すのではない。人間もまた、このような神の愛に答えることが必要である。「どこにいるのか」と神が人間に問いかけ、人間がそれに答えること、これはいわば、神と人間との会話であり、これこそが祈りである。心の耳で神の声を聞き、心の口で神に答える祈りである。どのような答えを神に与えるべきであろうか。神は人間からの率直な罪の告白を待っているのだ。

ところでヴェルレーヌは、獄中である神秘的な体験をする。それは 1874 年 6 月のある日、刑務所長が彼にひとつの悪い知らせを持ってきたことから始まる。

「ヴェルレーヌさん、私はあなたに悪い知らせを持ってきました。勇気を出して読んでください。」と彼は言った[63]。

これはヴェルレーヌとマチルドの別居と財産の分離を告げるものであり、それを読んだヴェルレーヌは、「泣きながら粗末なベッドに仰向けになって崩れ落ちた。」[64] その後彼は刑務所付司祭に来てもらい、その司祭に公教要理を要求した。司祭は彼にゴーム枢機卿の『上級公教要理』を与えた。彼がこの要理のどの部分を主に読んだかは、すでに述べたとおりである。やがて彼は次のような体験を語る。『　』内は原文では大文字。

引用 5
　何が、あるいは『誰か』が、私を突然起こし、服を着る間もなくベッドの外に放り投げたのか、それはわからないが、涙にくれて泣きながら私は十字架と聖心画の足下にひれ伏した。義務を越えたその姿は、最も奇妙ではあるが、私の目には、現代カトリック『教会』の中で、最も崇高な献身を喚起するもので

あった[65]。

　彼はこのような「ほんとうの小さな(大きな？)精神的奇跡」[66](( )は原文のまま)を体験した後、刑務所付司祭に彼の回心を告げた。そして彼に、「悔い改めないで死ぬことを恐れて」[67]直ちに罪の告白をしたいと申し出るのである。先に言及したように③による神の赦しを請うため。しかし司祭は次のように言って、彼の告白を延ばす。

引用6
　　恐れないでください。あなたはもうすでに罪を後悔しているではありませんか。私がそう言うのですから安心なさい。赦しの秘跡と祝福についてはもう数日待ってください[68]。

　その後の司祭との問答は、先に引用4で示した。そして1874年8月、ついにその日が来た。彼はそのとき、詳しく自己の罪を告白した。

引用7
　　肉欲のあやまち、とりわけ怒りによるあやまち、不摂生によるあやまち、…中略…肉欲のあやまち、私はそれを強調した[69]。

　しかし「あれほど待ち望んでいた罪の赦しの秘跡」[70]をまだ受けることができなかった彼は、それを待ちながら『叡智』を書き始めた。その頃の心境を彼は次のように語っている。以下は告白が許される前のものである。

引用8
　　私は祈った。子供のような、罪を贖われた人のような涙と微笑みをとおして、両膝をつき、両手を合わせて、心の底から、魂の底から、蘇った私の公教要理にしたがって、あらんかぎりの力をしぼって私は祈った[71]。

　「蘇った私の公教要理」とは、引用3において示したように、ヴェルレーヌは、最初は「疑わしい」とさえ思っていた公教要理を意味するのであろう。そして、1874年8月15日、聖体拝領が許されたとき

の彼の証言は、以下のとおりである。下線部は原文ではイタリック。
引用9
　1874年、聖母マリア被昇天の祝日という、忘れることのできない日に感じた新鮮で、自己放棄的な断念の大きな感覚によってしか、私は、詩篇をうまく表現することは当時もできなかったし、今もできないのだ。…中略…考えてもごらんなさい。自分が無垢であると感じること、自分がそうであると信じること、その上、自分が無垢だと知っている、と信じることができるなんて！考えてもごらんなさい、<u>無垢なんですよ！</u>[72]

　また、1874年9月8日付けの、ルペルチエに宛てた手紙には、後に、『叡智』第二部に入れられることになる詩篇「IV」が同封され、そこでヴェルレーヌは、次のように書き送っている。下線部は原文ではイタリック。『　』内は原文ではすべて大文字。
引用10
　僕は君に断言するが、これは絶対に<u>感じ取られた</u>ものなのだ。これほど恐ろしく、これほど甘美なこの宗教が持つ見事な慰め、理性的で論理的なものの全てを感じ取るためには、3年来僕が出会って苦しんだ屈辱や嫌悪─等など！─を全て体験しておく必要があったのだ。ああ、本当に恐ろしい。しかし、人間はこれほど悪であり、ただ生まれたことによって、これほど失墜し罰せられているとは！─腐りきった、いやしい、ばかげた、高慢なそして─地獄落ちした！！！このいまわしい社会から引き上げられたという、無限の幸福を味わうとき、僕は歴史的、科学的その他の証のことを語っているのではない。それらはみな『盲目』なのだ[73]。

　彼の待ちこがれた告白前後の、および聖体拝領後における引用9～10のような心境を、詩という形で表したものが、『叡智』における第二部の詩篇「IV」[74]であり、第三部の詩篇「II」である。前者

第三節　ヴェルレーヌの信仰

は1874年8月モンスにて創作され、後者は1874年6月―7月に創作されたものである[75]。ルイ・モーリスは第二部の詩篇「IV」にかんして、次のようにその印象を述べている。( )、『　』は原文のまま。

　彼の回心から生まれたこの詩篇（1874年8月にモンスで創作された）は、また、彼の回心にかんする最も内心の、そして最も正真正銘の記録でもある。この詩篇はわれわれに、『神の働きの次元』« phase de Dieu » とも呼べる、彼の回心の最初で最も深遠な段階を示している。[76]

　このように、ヴェルレーヌの信仰がいかなるものであったのかを探る上で、この詩篇「IV」は、彼自身によって残された、回心前後の彼の信仰にかんする最適の資料であると言えよう。創作年代としては、『独房にて』においては、詩篇「IV」が一番最後に「最終」(*Final*) というタイトルのもとに配置されていたが、『叡智』では回心前の第三部の詩篇「II」が、詩篇「IV」の後に置かれている。その理由は明確ではない。それゆえ、われわれは『叡智』の配列順に従って、まず、詩篇「IV」の中から、次に詩篇「II」の中から、ヴェルレーヌの信仰を検証する。

3）詩篇「IV」における信仰告白
　詩篇「IV」は全部で10篇のソネ形式および最後に6音綴の1詩行で構成され、神とヴェルレーヌとの対話の形をとっている。これは、前述したとおり、神と人間との対話であり、祈りでもある。

```
1  Mon Dieu m'a dit: Mon fils, il faut m'aimer. Tu vois
2  Mon flanc percé, mon cœur qui rayonne et qui saigne,
3  Et mes pieds offensés que Madeleine baigne
4  De larmes, et mes bras douloureux sous le poids
```

5　De tes péchés, et mes mains ! Et tu vois la croix,
6　Tu vois les clous, le fiel, l'éponge, et tout t'enseigne
7　À n'aimer, en ce monde amer où la chair règne,
8　Que ma Chair et mon Sang, ma parole et ma voix.

9　Ne t'ai-je pas aimé jusqu'à la mort moi-même,
10　Ô mon frère en mon Père, ô mon fils en l'Esprit,
11　Et n'ai-je pas souffert, comme c'était écrit ?

12　N'ai-je pas sangloté ton angoisse suprême
13　Et n'ai-je pas sué la sueur de tes nuits,
14　Lamentable ami qui me cherches où je suis ?

(IV-I)

1　神様が私に言った：わが子よ、私を愛さなければならない。お前は見ている
2　私の突き刺された脇腹を、光輝き血を流している私の心臓を、
3　そしてマグダラのマリアが涙で洗う傷ついた私の足を
4　そしてお前の罪の重さで苦しんでいる私の腕を

5　そして私の手を！　そしてお前は十字架を見ている、
6　お前は見ている、釘を、胆汁を、海綿を、そしてこれらすべてが
7　お前に教えている、肉が支配するこの苦い世においては
8　私の『肉』と私の『血』、私の言葉と私の声だけを愛するようにと。

9　私は死にいたるまでお前を愛さなかっただろうか、私自身、
10　ああ『御父』のうちなる我が兄弟よ、『聖霊』のうちなる我が息子よ、
11　そして記されたごとく、私は苦しまなかっただろうか？

12　お前の至上の苦しみを思って私は泣かなかっただろうか

13　そしておまえの夜毎の汗を私は流さなかっただろうか？
14　私がいる所で私を探しているあわれな友よ。

「IV-I」

　神が実際に、このように語るのではもちろんない。これは、ヴェルレーヌが自分の信仰に基づいて、神に語らせるのである。それゆえ、この詩篇を丹念に読めば、彼の信仰がいかなるもの浮かび上がってくるであろう。
　ここで、神はアダムにたいするように、「どこにいるのか」とは問わない。むしろ、その反対に、神自身が自分の「2　私の突き刺された脇腹」と、「光輝き血を流している私の心臓」(2 Mon flanc percé, mon cœur qui rayonne et qui saigne,) を十字架上で、ヴェルレーヌに見せつけることから、神とヴェルレーヌとの対話が始まる。
　第1詩節の第1詩行において、神はヴェルレーヌに、神を愛するように命じる。「1　神様が私に言った：わが子よ、私を愛さなければならない。…」(1 Mon Dieu m'a dit: Mon fils, il faut m'aimer.…) における「神様」(Mon Dieu) は、最初に『独房にて』において、「イエスは」(Jésus) としていたものを『叡智』に挿入するとき、「神様」(Mon Dieu) にヴェルレーヌが書き換えたものである[77]。
　しかし、書き換えることによって、神学的に不都合な問題は生じない。第三節 1) で神を定義したように、神は④であるからである。ただし、詩篇の内容からは、「神様が」よりも「イエスが」のほうがより適切である。しかし、それを敢えて「神様が」と変更したのは、音韻上の問題からくるものであろう。なぜならば（下線は筆者による）、

1　<u>Mon</u> Dieu <u>m</u>'a dit: <u>Mon</u> fils, il faut <u>m</u>'aimer. Tu vois
2　<u>Mon</u> flanc percé, <u>mon</u> cœur qui rayonne et qui saigne,

　下線部の [mɔ̃] や [m] などによる、同一音の繰り返しから生じる音

楽的な効果は、Jésus よりもはるかに優れているからである。
　ところで、「1…わが子よ、私を愛さなければならない。…」は、十戒の第 1 の掟「私以外の、どんなものも、神とするな。」(「出エジプトの書」 第 20 章 3 節) [78] と同じであり、iii) において検証したように、神だけに仕えることで「神の国とその正義」を求めなければならない、というキリスト教信仰に基づいた表現である。ヴェルレーヌにとっては、それがどのような神であるのか。
　第 1 詩節および第 2 詩節において、ヴェルレーヌに信仰を迫る神は、十字架上で血を流し、肉の苦しみにあえぐ表面的、物質的キリストの姿として描かれている。しかし、その中でも第 4 詩行「4 そしてお前の罪の重さで苦しんでいる私の腕を」(4 De larmes, et mes bras douloureux sous le poids / 5 De tes péchés,…) は人間の犯した罪を、神の③によって赦すという、ヴェルレーヌの信仰が、神にこのように語らせている。神によるこの赦しの約束は、前述した「創世の書」においても、すでに確認した。
　第 8 詩行「8 私の『肉』と私の『血』、私の言葉と私の声だけを愛するようにと。」(8 Que ma Chair et mon Sang, ma parole et ma voix.) における「私の言葉と私の声」は、マタイ第 3 章 17 節「そして、天から、『これは、私がよろこびとする愛子である』という声がした。」[79] と述べられているように、神はその「声」の「言葉」でイエスを「神の子」だと宣言する場面を想起させる。これを、この詩篇では、内容的には十字架上のイエスが、神となってヴェルレーヌに語りかけているのである。前述したとおり、神は④であるから、神学的には問題はないかもしれないが、やや、これは違和感を覚える。したがって、ヴェルレーヌは、十字架上のキリストをとおして、神の声を聞こうとしていると解釈すれば、問題はなくなるであろう。
　「8 私の『肉』と私の『血』、…」は最後の晩餐においてキリストが定めた聖体を意味する [80]。また、ゴームの『上級公教要理』は聖変化後の聖体について次のように教えている。

引用 11
　問；聖変化の言葉の後で、祭壇には何が残りますか？
　答；聖変化の言葉の後で、もはや祭壇には、私たちの主の本物の体と本物の血だけしか残りません[81]。

　ところで、聖体にかんしては、第二節の 2) において、ゴームは、熱烈に表現したかったと解釈することは、誤読であり、たとえゴームのそれでなくとも、また、時代や国を越えても、聖体にかんする表現には、ほとんど変化が見られないことを指摘した。それゆえ、ヴェルレーヌはこのゴームの『上級公教要理』の聖体にかんする教えを読んで、キリストの肉とその血をこの詩篇で物質的に生々しく表現しているのだと解釈しても、それはそれで正しい。
　ただし、別の「カトリック要理」をヴェルレーヌが読んだとしても、ヴェルレーヌは聖体にかんして、同じような印象を持ったであろうということも、推測可能である。問題は彼が誰の要理を読んだかではなく、その中身をヴェルレーヌがどのように受け止めたかである。このような観点から、今後、必要に応じてゴームの『上級公教要理』という言葉を使用するが、「ゴームの」と断っても、それは「ゴーム」に特別の意味をもたせているわけではない。
　ところで、個人の信仰を取り扱うときの問題として、第二節の 3) で指摘したとおり、教えられる側にも、それぞれの年齢やその知性、あるいはその感受性に応じて、聖体にかんする理解の在り方も、またその表現方法も異なってくる。したがって、われわれの聖体にかんする理解の在り方と、ヴェルレーヌのそれとでは、同じであるかもしれないし、異なっているのかもしれない。ヴェルレーヌは獄中でゴームの『上級公教要理』を読んだこと、そしてその印象については先に述べたが、その直後に、彼は続けて次のように証言している。
引用 12

6月のある夜明け、神の現存と、増えるパンと魚によって福音書に表された、無限に増える聖体の奇跡について黙想したとても甘美で苦い夜を過ごした後、―これら全てのものが私の中で、信じられないような変革を引き起こした―本当に！[82]

　その後、彼は自分の独房の壁の十字架の下に掛けられたキリストの聖心画を見て、次のように語る。下線部は原文ではイタリック。
引用13
　これはかなり恐ろしい『聖心』の石版画であり、キリストの馬のような長い顔と、服の大きなひだの下に、ひどくやつれた大きな上半身と、心臓をさしているほっそりした手が描かれていた。その心臓は、少し後で、私が『叡智』において書くことになるように、<u>光り輝き血を流している</u>[83]。

　彼は、このキリスト像の前に泣きながら跪いたことは引用5で示した。彼はそのキリスト像にたいして、次のように言及する。これは引用5の後半部分であるが、確認のため、あらためてここに引用する。
引用14
　義務を越えたその姿は、最も奇妙ではあるが、私の目には、現代カトリック『教会』の中で、最も崇高な献身を喚起するものであった[84]。

　このような引用5～14において、われわれは、ヴェルレーヌがキリスト像や聖体にかんして、いかなる印象をもったかを想像することができる。彼は傷つけられた体と、血を流し苦しんでいるキリストの像を「義務を越えた姿」(引用5および14)としてあがめ、「最も崇高な献身」(引用5および14)として受け止めた。そして、その体と血が聖体として聖変化した後、それは本物のキリストの「体」と「血」であることを信じたのだ(引用11)。

第三節　ヴェルレーヌの信仰

　その結果、彼のキリスト像や聖体にたいするイマージュが、この詩篇では、「2　私の突き刺された脇腹」、「2　光り輝き血を流している私の心臓」として、物質的に表現された。これはカトリック信仰において正しいとか誤りである等の問題ではなく、キリスト像＝聖体像にたいする、ヴェルレーヌ自身による信仰の表現である。

　第3詩節において、「9　私は死にいたるまでお前を愛さなかっただろうか、私自身、」(9 Ne t'ai-je pas aimé jusqu'à la mort moi-même,) はキリストの十字架の犠牲を意味する神の、③の信仰に基づく。「10　ああ『御父』のうちなる我が兄弟よ、『聖霊』のうちなる我が息子よ、」(10 Ô mon frère en mon Père, ô mon fils en l'Esprit,) は、④を表現したものである。「11　そして記されたごとく、私は苦しまなかっただろうか？」(11 Et n'ai-je pas souffert, comme c était écrit?) に関しては神の③から来る、救いのわざであり、第二節2) の冒頭でその一例を示したが、実際には、四福音書全体がその主たるテーマであると言っても過言ではない。

　第4詩節の最終詩行において、ヴェルレーヌは神に、「14　私のいる所で私を探しているあわれな友よ。」(14 Lamentable ami qui me cherches où je suis?)と語らせている。この詩行では、「探す」(cherches) 対象がふたつある。「私」(me) と「私がいる所」(où je suis) である。ルイ・モーリスはこの詩行を、詩の内容から「私のいる所を探している友」(qui cherches où je suis) と理解しなければならない、と説く。そして「私を」(me) は虚辞であり、「私のいる所」(où je suis) が動詞の本当の目的補語であると解釈している[85]。それに従えば、日本語訳は「私の在りかを探しているあわれな友よ」となるであろう。

　しかし、ジャック・ロビッシェはルイ・モーリスよりはるかに満足する解釈として、別の解釈を紹介している。それは次のとおり。イタリックは原文のまま。「お前は私のいる所で私を捜している、お前の心で」(*tu me cherches là où je suis, dans ton cœur*,)、「そしてそこでもしお前の目が開かれていたら、お前は私をすでに、見つけたはずだったのに」(et où tu aurais dû, déjà, me trouver si tes yeux s'étaient

— 235 —

ouverts.)と付け加えている[86]。

　われわれは、この両者の解釈の、いずれか一方が正しいとすることはできない。なぜならば、ヴェルレーヌが、ふたつの目的語を同時に使用していることは事実だからである。問題は、なぜ、彼がそうしたかである。その理由を解く有効な鍵を、このふたりの解釈者は、われわれに与えてくれた。

　すなわち、ルイ・モーリスの「『私の在りかを』探す」とジャック・ロビッシェの「『私のいる所』で『私を』探す」という解釈を、われわれは同時に採用する。なぜなら、ヴェルレーヌにとっては「私」＝「私のいる所」(me＝où je suis) であり、キリスト＝場所であること、すなわち、人と場所は切り離すことができない、ということを彼は強調したかったのである。そのため、彼は敢えてふたつの目的語を同時に使用したのである。その結果、この詩行はなにか挑戦的な、非常に強い語感をもって読者の心に迫るものがある。ただ、日本語訳としては、われわれの解釈により近い、ジャック・ロビッシェのそれに従った。

　ところで、ヴェルレーヌは目の前の十字架上で、血を流して苦しむキリストを見ながらも、神を探している「あわれな友よ」として、自己を表現する。次のソネは、このような神の呼びかけにたいするヴェルレーヌの答えである。

1　J'ai répondu: Seigneur, vous avez dit mon âme.
2　C'est vrai que je vous cherche et ne vous trouve pas.
3　Mais vous aimer! Voyez comme je suis en bas,
4　Vous dont l'amour toujours monte comme la flamme.

5　Vous, la source de paix que toute soif réclame,
6　Hélas! voyez un peu tous mes tristes combats!
7　Oserai-je adorer la trace de vos pas,
8　Sur ces genoux saignants d'un rampement infâme?

第三節　ヴェルレーヌの信仰

```
 9 Et pourtant je vous cherche en longs tâtonnements,
10 Je voudrais que votre ombre au moins vêtit ma honte,
11 Mais vous n'avez pas d'ombre, ô vous dont l'amour monte,

12 Ô vous, fontaine calme, amère aux seuls amants
13 De leur damnation, ô vous, toute lumière,
14 Sauf aux yeux dont un lourd baiser tient la paupière!
```
(IV-II)

1　私は答えた：主よ、あなたは私の魂を語りました。
2　私があなたを捜し求めても、あなたを見いだしていないのは本当です。
3　しかしあなたを愛するなど！ごらんください、私が何と低きにいるか、
4　その愛が常に炎のようにたち昇っているあなた。

5　あらゆる渇きが求める平和の泉であるあなた、
6　ああ、私の悲しい戦いをほんの少し見てください！
7　あなたの足跡を私は厚かましくも崇めるでしょうか、
8　おぞましく這いつくばって血を流しているこの膝で？

9　けれども私は長い間手探りであなたを探し求めています、
10　あなたの影が少なくとも私の恥を覆い隠してくれれば、
11　しかしあなたには影がありません、おお、その愛がたち昇るあなた、

12　おお、静かな泉、自分らの劫罰を愛する者たちにとってだけ苦いあなた、
13　おお、光そのものであるあなた、
14　重い口づけがその瞼を押さえる目を除いては！
「IV-II」

　これは、神の「私を愛せ」という呼びかけにたいするヴェルレー

ヌの返答である。彼は単純に「はい」とは言えない。「2　私があなたを捜し求めても、あなたを見いだしていないのは本当です。」(2 C'est vrai que je vous cherche et ne vous trouve pas.) に見られるように、彼はまだ神を見いだしていないのである。いや、彼の目の前で十字架上で血を流しているキリストを見ながら、「あなたを見いだしていない」とはどういうことか。詩篇「IV-I」で見たように、ヴェルレーヌは、あまりにも物質的にキリストを描きすぎている。彼は肉の目で神をとらえようとしているのだ。

　しかし不完全な人間は「完全な父」である①②③を、その肉の目では不完全にしかとらえることができない。この神にたいする信仰がヴェルレーヌをして、「あなたを見いだしていない」と言わせているのだ。その結果、「4　その愛が常に炎のようにたち昇っているあなた。」(4 Vous dont l'amour toujours monte comme la flamme.) あるいは「11…おお、その愛がたち昇るあなた、」(11 … ô vous dont l'amour monte,) と、神は③であることを知りながらも、彼は「7　あなたの足跡を私は厚かましくも崇めるでしょうか、/ 8　おぞましく這いつくばって血を流しているこの膝で？」(7　Oserai-je adorer la trace de vos pas, / 8　Sur ces genoux saignants d'un rampement infâme?) と言って、神の誘いに躊躇する。さらに、この詩節は、先に引用した「両膝をつき、両手を合わせて、心の底から、魂の底から、…中略… 私は祈った」（引用8）というヴェルレーヌの言葉を思い起こさせる。

　「10　あなたの影が少なくとも私の恥を覆い隠してくれれば、」(10 Je voudrais que votre ombre au moins vêtit ma honte,) は、聖母マリアがみごもったとき、天使が「聖霊があなたにくだり、いと高きものの力のかげがあなたをおおうのです。ですから、生まれるみ子は聖なるお方で、神の子といわれます。」という、「ルカ」第1章35節を想起させる[87]。これは、神の影に覆われて生まれるキリストのように、自分も新たに生まれ変わりたいと望むヴェルレーヌの、①の神にたいする信仰表明であると解釈できる。

　また、引用10で、「人間はこれほど悪であり、ただ生まれたこと

によってこれほど失墜し罰せられているとは！―腐りきった、いや
しい、ばかげた、高慢なそして―地獄落ちした！！！このいまわし
い社会」とヴェルレーヌが呼んだ罪の世界を、この詩篇の最終詩節
で「12 …自分らの劫罰を愛する者たちにとってだけ苦いあなた、
…／14 重い口づけがその瞼を押さえる目を除いては！」と表現して
いるように思われる。

　また第14詩行について、ルイ・モーリスは「肉体の愛は聖なる
光にたいして目を閉じる。」[88)]と註を入れている。これにたいして、
神は再び「私を愛せ」とヴェルレーヌに迫る。

1 —Il faut m'aimer! Je suis l'universel Baiser,
2 Je suis cette paupière et je suis cette lèvre
3 Dont tu parles, ô cher malade, et cette fièvre
4 Qui t'agite, c'est moi toujours! Il faut oser

5 M'aimer! Oui, mon amour monte sans biaiser
6 Jusqu'où ne grimpe pas ton pauvre amour de chèvre,
7 Et t'emportera, comme un aigle vole un lièvre,
8 Vers des serpolets qu'un ciel cher vient arroser!

9 Ô ma nuit claire! ô tes yeux dans mon clair de lune!
10 Ô ce lit de lumière et d'eau parmi la brune!
11 Toute cette innocence et tout ce reposoir!

12 Aime-moi! Ces deux mots sont mes verbes suprêmes,
13 Car étant ton Dieu tout-puissant, je peux *vouloir*,
14 Mais je ne veux d'abord que *pouvoir* que tu m'aimes.

(*IV-III*)

　下線部は、原文ではイタリック。

1 ―私を愛さなければならない！私は普遍の『口づけ』、
2 私はお前が言う、その瞼でありその唇なのだ
3 おお、いとしい病人よ、そしておまえを揺り動かすこの熱は
4 それはあいかわらず私なのだ！思い切って私を愛さなければならない。

5 そうとも、私の愛はまっすぐにたち昇る
6 お前の山羊のような貧しい愛が登ってこない所まで、
7 そして私の愛は鷲が兎を盗むように、お前を運んでいくだろう、
8 いとしい空が水をそそぎに来るいぶきじゃこうの方へ！

9 おお、明るい私の夜よ！　おお、私の月の光の中にあるお前の目よ！
10 黄昏の中の光と水のこの寝床よ！
11 この全き無垢とこの全き仮祭壇よ！

12 私を愛せ！　この二語が私の至高の言葉である、
13 なぜなら私はお前の全能の神であるから、お前が私を愛するように<u>仕向ける</u>ことができる、
14 しかし私の望みは、まずおまえが私を愛することが<u>できる</u>ようになることだけ。

「IV-III」

　第 1 詩節において、神は詩篇「IV-II」における最終詩行のヴェルレーヌの言葉「口づけ」「瞼」をそのまま用いて、彼に、自分（神）を愛するようにと再び迫る。ヴェルレーヌの「口づけ」や「瞼」は肉体的な愛の意味で用いたが、神はその口づけを「1 …私は普遍の『口づけ』、」(1… Je suis l'universel Baiser,) としてヴェルレーヌに差し戻す。

　ここで、われわれはすでに引用した、「ルカ」15 章 11―24 節の放蕩息子のたとえ話、特に 20 節「…まだ家から遠くへだたってい

たのに、父親はかれをみつけて、あわれに思い、走りよってかれの首をだいてくちづけをあびせた。」を思いだす。それゆえ、「1 …私は普遍の『口づけ』、」は、神が悔い改めた者には、このような口づけを与えてくれるという③の信仰に基づいたヴェルレーヌの表現である。

　「3 おお、いとしい病人よ、そしておまえを揺り動かすこの熱は」(3 … ô cher malade, et cette fièvre) は「マタイ」第 8 章 14—15 節でキリストがペトロの義理の母の熱を癒した場面を想起させる[89]。神は熱をも支配することができるというヴェルレーヌの①および③にたいする信仰のあらわれである。

　第 2 詩節における「5 そうとも、私の愛はまっすぐにたち昇る」(5 … mon amour monte sans biaiser) は③の神であり、「6 お前の山羊のような貧しい愛…」(6 … ton pauvre amour de chèvre,) は、これまでの詩篇に表されているヴェルレーヌの神にたいする弱い愛であろう。「7 そして私の愛は鷲が兎を盗むように、お前を運んでいくだろう、」(7 Et t'emportera, comme un aigle vole un lièvre,) は有無を言わさずヴェルレーヌを連れ去るという①の神への信仰である。

　第3詩節における「9 おお、明るい私の夜よ！おお、私の月の光の中にあるお前の目よ！／10 　黄昏の中の光と水のこの寝床よ！」(9 Ô ma nuit claire! ô tes yeux dans mon clair de lune! / 10 Ô ce lit de lumière et d'eau parmi la brune!) は光と影の対比であり、詩篇「IV-II」における「11 しかしあなたには影がありません…」(11 Mais vous n'avez pas d'ombre,…)と類似の表現である。これは神が a) 完全であり、闇の部分を持たないという信仰であろう。

　「11 この全き無垢とこの全き仮祭壇よ！」(11 Toute cette innocence et tout ce reposoir!) における「仮祭壇」は聖体を安置するためのもので、ヴェルレーヌは聖体拝領のことを念頭にいれているのかもしれない。なぜなら、「この全き無垢」という表現は、引用 9 における 1874 年 8 月 15 日、聖体拝領が許されたときの、彼の証言、「考えてもごらんなさい、無垢なんですよ！」を想起させるからである。

最終詩節は①の神にたいするヴェルレーヌの信仰である。全能である神は、ヴェルレーヌに神を愛させることができる。「13　なぜなら私はお前の全能の神であるから、お前が私を愛するように<u>仕向けること</u>ができる、」(13 Car étant ton Dieu tout-puissant, je peux *vouloir*,) しかし神はその力をすぐには行使しない。なぜなら、力ずくの命令はもはや愛ではない。神の愛は人間の自由意志による協力を求める。例えば、聖母マリアが身ごもったとき、天使はマリアに向かって「神には、おできにならないことはありません」と言った。そのとき、彼女は「私は主のはしためです。あなたのおことばのとおりになりますように！」(「ルカ」第 1 章 37—38 節)[90]と答えた。このような彼女の自由意志と全能の神の愛によって、救い主イエス・キリストが誕生した。このように、神の愛と人間の自由意志とは緊密に結びついているのである。

　この最終詩節でも、神はまず、ヴェルレーヌの自由意志を望んでいるものとして描かれている。「14　しかし私の望みは、まずおまえが私を愛することが<u>できる</u>ようになることだけ」(14 Mais je ne veux d'abord que *pouvoir* que tu m'aimes.)。これらはヴェルレーヌの神にたいする①、③の信仰に基づいている。しかし次の詩篇で、ヴェルレーヌはその自由意志で神を愛することを拒もうとする。

1　—Seigneur, c'est trop!　Vraiment je n'ose. Aimer qui? Vous?
2　Oh! non! Je tremble et n'ose. Oh! vous aimer, je n'ose,
3　Je ne veux pas! Je suis indigne. Vous, la Rose
4　Immense des purs vents de l'Amour, ô Vous, tous

5　Les cœurs des Saints, ô Vous qui fûtes le Jaloux
6　D'Israël, Vous, la chaste abeille qui se pose
7　Sur la seule fleur d'une innocence mi-close,
8　Quoi, moi, moi, pouvoir *Vous* aimer. Êtes-vous fous,

9　Père, Fils, Esprit? Moi, ce pécheur-ci, ce lâche,
10　Ce superbe, qui fait le mal comme sa tâche
11　Et n'a dans tous ses sens, odorat, toucher, goût,

12　Vue, ouïe, et dans tout son être — hélas! dans tout
13　Son espoir et dans tout son remords, que l'extase
14　D'une caresse où le seul vieil Adam s'embrase?

(IV-IV)

下線部は原文ではイタリック。

1　―主よ、それはあんまりです！本当に私はできません。誰を愛するですと？あなたを？
2　おお、だめです！私はふるえています。そしてできません。おお、あなたを愛するなんて、そのような勇気などありません。
3　私は望んでいないのです。私は価しません。あなた、
4　『愛』の清らかな風に咲く大輪の『バラ』よ。おお、あなた、

5　全ての『聖人』たちの心よ、おお、イスラエルの『嫉妬』であったあなた
6　身を休める貞潔な蜜蜂である『あなた』、
7　半ば閉じた一本の無垢の花の上に、
8　なんですって、<u>私が</u>、<u>この私が</u>、『<u>あなた</u>』を愛することができるですって、あなたは狂っているのですか？

9　『父』よ、『子』よ、『聖霊』よ、私が、この罪人が、この臆病者が、
10　まるで義務のごとく悪をなすこの傲慢な男が、
11　自分の全ての感覚の中で、嗅覚、触覚、味覚、

12　視覚、聴覚、そして自分の全存在の中で―ああ！

13　自分の全き希望の中で、自分の全き後悔の中で、
14　たったひとりの古いアダムが夢中になる愛撫の恍惚しか持たない、この傲慢な男が？

「IV-IV」

　第 1 詩節でヴェルレーヌは、神を愛することを強い調子で拒否する。「3　私は望んでいないのです。私は価しません。…」(3　Je ne veux pas! Je suis indigne.…) 第 3 詩節および第 4 詩節において、彼は自分がこれまで犯した数々の罪を、神にさらけ出し、このような自分は「9　…私が、この罪人が、この臆病者が / 10　まるで義務のごとく悪をなすこの傲慢な男が、」(9　…Moi, ce pécheur-ci, ce lâche, / 10　Ce superbe, qui fait le mal comme sa tâche) 神を愛するには「価しない」と言うのだ。
　「11　自分の全ての感覚の中で、嗅覚、触覚、味覚、/ 12　視覚、聴覚、… / 13　自分の全き希望の中で、自分の全き後悔の中で、/ 14　たったひとりの古いアダムが夢中になる愛撫の恍惚しか持たない、この傲慢な男が？」(11　Et n'a dans tous ses sens, odorat, toucher, goût, / 12　Vue, ouïe, … hélas! dans tout / 13　Son espoir et dans tout son remords, que l'extase / 14　D'une caresse où le seul vieil Adam s'embrase?) は過去の罪、とりわけ「肉欲のあやまち」を後悔し告白した引用 7 の言葉を彷彿とさせる。
　ところで、「価する」か「価しない」かは、誰が決めるのであろうか。ここではヴェルレーヌ自身が、自分で自己を裁いている。しかし③の神は人間にいかなるおこないをするのか、例えば「マタイ」第 5 章 45 節において「… 天の父は、悪人の上にも、善人の上にも、陽をのぼらせ、義人にも不義の人にも、雨をお降らせになる。」[91] と表現されるように、神は「価する」者と「価しない」者の区別をせず、その全てに恵みの雨を降り注いでいる。
　これが神の愛であり、アウグスチヌスは、『三位一体論』(*La Trinité*、399 年頃- 419 年頃) の中で、これは「何かの代償として支払

われるのではなく、無償でわれわれに与えられるもの、すなわち、恩寵と呼ばれるものであり、われわれがそれに価するから神がわれわれに与えるのではなく、神はそうすることを好まれるからである。もしわれわれがそのことを知っていれば、われわれは、自分自身をたよりにはしないだろう。」92) と言う。ヴェルレーヌが獄中でアウグスチヌスを読んだことは前述した。ヴェルレーヌは 1874 年 9 月 8 日に、ルペルチエに宛てた手紙に同封したこの詩篇の第 8 詩行「8 …あなたは狂っているのですか？」(8 …Êtes-vous fous,) に、自ら次のような註を加えている。( ) は原文のまま。

　　神はあなたたちを狂気にいたるまで愛した。(聖アウグスチヌス) 93)

彼は、わざわざ「(聖アウグスチヌス)」と記している。したがって、人間が神の恩寵に価するかどうかというこの箇所も、彼は読んだはずである。それなら、彼は「私は価しない」とは言わないで、素直に「愛します」と告白すべきだった。しかし、彼はあえて「私は価しない」と言う。なぜか。これにかんしては後で検討する。

　ところで、「私は価しない」とは、アウグスチヌスの考えかたからすれば、神の①、③、⑥を否定しようとするものであり、そのような信仰のうすい人間として、ヴェルレーヌは自己を描いている。

1　— Il faut m'aimer. Je suis Ces Fous, que tu nommais,
2　Je suis l'Adam nouveau qui mange le vieil homme,
3　Ta Rome, ton Paris, ta Sparte et ta Sodome,
4　Comme un pauvre rué parmi d'horribles mets.

5　Mon amour est le feu qui dévore à jamais
6　Toute chair insensée, et l'évapore comme
7　Un parfum, — et c'est le déluge qui consomme

8 En son flot tout mauvais germe que je semais,
9 Afin qu'un jour la Croix où je meurs fût dressée
10 Et que par un miracle effrayant de bonté
11 Je t'eusse un jour à moi, frémissant et dompté.

12 Aime. Sors de ta nuit. Aime. C'est ma pensée
13 De toute éternité, pauvre âme délaissée,
14 Que tu dusses m'aimer, moi seul qui suis resté!

(VI-V)

1 ―私を愛さなければならない。私はお前の言う『その狂った者たち』、
2 私は古い人間を食う新しいアダム、
3 私はお前のローマ、お前のパリ、お前のスパルタ、そしてお前のソドムを食う、
4 恐ろしい料理に囲まれて押しつぶされた哀れな者のように

5 私の愛はあらゆる狂った肉を永久に焼き尽くし
6 香気のようにそれを発散させる火である。―そしてそれは
7 私が蒔いた全ての悪の種を
8 波の中に飲み尽くす洪水である。

9 いつの日か私が死ぬ十字架が立てられるために
10 そして善の恐ろしい奇跡によって、
11 私はいつの日か、震えながらおとなしくしているお前を私のものとするために。

12 愛せ。お前の夜から出よ。愛せ。これは
13 永遠の私の思いだ。見捨てられた哀れな魂よ
14 願わくはきっとお前が私を愛するようにならんことを、残った私だけを！

「IV-V」

第 1 詩節の第 1 詩行において、神はヴェルレーヌの使った言葉「8 あなたは狂っているのですか？」「IV-IV」をそのまま引用し、「1 … 私はお前の言う『その狂った者たち』、」(1 … Je suis Ces Fous, que tu nommais,)と自分を名乗る。ここで主語が単数であるのに、その属詞が複数であるのは、神は何にでも同時になることができるという、神の①を示唆しているのかもしれない。

第 2 詩行は、新約聖書の、特に「ローマ人への手紙」におけるパウロの常套句である。第 3 および第 4 詩行は、ロンドンやベルギーにおける、ヴェルレーヌとランボーとの乱れた生活を想起させる。神がそのような罪の生活を自ら引き受けようとするかのごとく、ヴェルレーヌは神に「3 私はお前のローマ、お前のパリ、お前のスパルタ、そしてお前のソドムを食う、/ 4 恐ろしい料理に囲まれて押しつぶされた哀れな者のように」(3 Ta Rome, ton Paris, ta Sparte et ta Sodome, / 4 Comme un pauvre rué parmi d'horribles mets.) と語らせる。赦しの神、すなわち③の神にたいする信仰の表れである。

第 2 詩節も同様に、③の神があらゆる悪を愛の炎で焼き尽くす。また第 7 および第 8 詩行は「創世の書」第 6 章および第 7 章のノアの箱船の話しを彷彿とさせさせる。そこでは神は人間の悪がはびこるのを止めるために、地上に大洪水を起こし、あらゆる地上の悪を、その水で飲み尽くすのである。これは神の①の業によるものであり、正しい者とされたノアとその家族およびその家畜だけが救われたことは、③の神による。

第 3 詩節において、このような救いの業は、キリストの十字架によって実現されることをヴェルレーヌは神に語らせている。しかし「11 私はいつの日か、震えながらおとなしくしているお前を私のものとするために。」(11 Je t'eusse un jour à moi, frémissant et dompté.) とは、何か肉欲的な愛の表現のように思われる。

第 4 詩節では、①、③の神は再度ヴェルレーヌに、神を愛するように求める。これにたいして、ヴェルレーヌは次のように答える。

1 —Seigneur, j'ai peur. Mon âme en moi tressaille toute.
2 Je vois, je sens qu'il faut vous aimer: mais comment
3 Moi, *ceci*, me ferai-je, ô Vous, Dieu, votre amant,
4 Ô Justice que la vertu des bons redoute?

5 Oui, comment? car voici que s'ébranle la voûte
6 Où mon cœur creusait son ensevelissement
7 Et que je sens fluer à moi le firmament,
8 Et je vous dis: de vous à moi quelle est la route?

9 Tendez-moi votre main, que je puisse lever
10 Cette chair accroupie et cet esprit malade!
11 Mais recevoir jamais la céleste accolade,

12 Est-ce possible? Un jour, pouvoir la retrouver
13 Dans votre sein, sur votre cœur qui fut le nôtre,
14 La place où reposa la tête de l'Apôtre?

(*IV-VI*)

下線部は原文ではイタリック。

1 —主よ、私は怖いのです。私の中の魂は全くおののいています。
2 分かります、あなたを愛さなければならないことは感じます。しかしどうやって
3 <u>この私</u>が、あなたの愛人となるのでしょうか？おお、『あなた』、神よ
4 おお、善人さえも畏れる『正義』よ。

5 そうですとも、どうやって？　なぜならほらここに私の心が
6 埋葬のために掘っていた天蓋が揺れているのです
7 そして天空が私の方に流れ出てくるのを感じるのです、
8 そして私はあなたに言うのです。あなたから私まで道はどんなでしょ

うか？
　9　あなたの手を私にさしのべてください。このうずくまった肉体を
　10　この病んだ魂を私が持ち上げることができるように！
　11　しかしいつの日か神の抱擁を受けること

　12　それは可能でしょうか？いつの日かそれを見いだすことは
　13　あなたの懐の中で、私たちのものであったあなたの胸の上で
　14　『使徒』が頭を休めた場所を？
　　　　　　　　　　　　　　　　　　　　　　　　　　　「IV-VI」

　第1詩節において、神の肉欲的な愛の表現にたいしてヴェルレーヌは、それをそのまま受け、まるで小娘のように「1 ―主よ、私は怖いのです。私の中の魂は全くおののいています。」(1 ―Seigneur, j'ai peur. Mon âme en moi tressaille toute.)「3 この私が、あなたの愛人となるのでしょうか？」(3 Moi, *ceci*, me ferai-je, ô Vous, Dieu, votre amant,)と答える。「あなたの愛人」(votre amant) とは肉欲的な言葉である。これは「9 …このうずくまった肉体を」(10 Cette chair accroupie…) あるいは、「11 しかしいつの日か神の抱擁を受けること」(11 Mais recevoir jamais la céleste accolade,) さらには、「13 あなたの懐の中で、私たちのものであったあなたの胸の上で／14 『使徒』が頭を休めた場所を？」(13 Dans votre sein, sur votre cœur qui fut le nôtre, ／ 14 La place où reposa la tête de l'Apôtre?) などの表現によって、さらに強調されることになる。

　神の愛人となって神に抱かれるという、霊におけるというよりも、むしろ肉において神と一致したいというヴェルレーヌの信仰が、ここから見えてこないだろうか。

　ところで「14 『使徒』が頭を休めた場所を？」とは、「ヨハネ」第13章23節において「イエズスの愛しておられた一人の弟子が、そのおん胸によりそって席についた。」[94]と言われているように、実際ひとりの使徒が、イエスの胸に抱かれていた。「イエズスが愛した弟子」とは、自分自身を指すヨハネの常套句であり、ヴェルレ

ーヌの言う『使徒』(l'Apôtre) は、使徒ヨハネを意味すると解釈される。ヴェルレーヌは、このように聖書に基づきながらも、肉的なものに重点を置く人間として、神に答えているのだ。ここには、先に定義した神を見いだすことは困難である。神は次に、このようなヴェルレーヌを、神の家＝教会に招こうとする。

1 　— Certes, si tu le veux mériter, mon fils, oui,
2 　Et voici. Laisse aller l'ignorance indécise
3 　De ton cœur vers les bras ouverts de mon Église
4 　Comme la guêpe vole au lis épanoui.

5 　Approche-toi de mon oreille. Épanches-y
6 　L'humiliation d'une brave franchise.
7 　Dis-moi tout sans un mot d'orgueil ou de reprise,
8 　Et m'offre le bouquet d'un repentir choisi.

9 　Puis franchement et simplement viens à ma Table
10　Et je t'y bénirai d'un repas délectable
11　Auquel l'ange n'aura lui-même qu'assisté,

12　Et tu boiras le Vin de la vigne immuable
13　Dont la force, dont la douceur, dont la bonté
14　Feront germer ton sang à l'immortalité.

(IV-VII)

1 　— 確かだ、もしお前がそれに値したいと望むならば、わが子よ、そうとも、
2 　ほら、ここに。お前の心の煮え切らない無知を
3 　私の教会のひろげた腕に向かって進ませよ
4 　ちょうど蜂が花開いた百合に向かって飛んでいくように。

第三節　ヴェルレーヌの信仰

```
 5  私の耳に近づけ。その耳に屈辱の言葉をうち明けよ
 6  勇敢な率直さで、
 7  ひとことの傲慢なあるいは言い訳の言葉もなく全てを私に語れ、
 8  そして選び抜かれた後悔の花束を私に捧げよ。

 9  次に率直に、素朴に私の『食卓』へ来るように
10  そうすれば私は美味な食事でお前を祝福するだろう
11  そこには天使もただはべっているだけだろう。

12  そしてお前は不変の葡萄の『ぶどう酒』を飲むだろう
13  その力、そのうまさ、その善さは
14  お前の血を不死の世界へと芽生えさせるであろう。
```
「IV-VII」

　第1詩節はヴェルレーヌに向けられた、教会に来るようにとの神からの招待である。第2詩節では、教会において、神はヴェルレーヌに告白をすることを勧める。その告白は率直でなければならない。言い訳のない、心から悔い改めた言葉でうち明けねばならない、と神はヴェルレーヌに説く。「8　そして選び抜かれた後悔の花束を私に捧げよ。」(8 Et m'offre le bouquet d'un repentir choisi.)
　第3および第4詩節は、教会の聖体拝領の場面である。キリストの「体」であるパンと、キリストの「血」であるぶどう酒は、それを信じる者にとっては、最高の食事であるとヴェルレーヌは神に語らせている。「10　そうすれば私は美味な食事でお前を祝福するだろう」(10 Et je t'y bénirai d'un repas délectable)、「12　そしてお前は不変の葡萄の『ぶどう酒』を飲むだろう / 13　その力、そのうまさ、その善さは」(12 Et tu boiras le Vin de la vigne immuable / 13 Dont la force, dont la douceur, dont la bonté)。
　これはヴェルレーヌが聖体を拝領したときの感動を表現したもの

である。これら聖体にかんする信仰表現において、とりわけ最終詩行の「14 お前の血を不死の世界へと芽生えさせるであろう。」(14 Feront germer ton sang à l'immortalité.) は、ゴームの『上級公教要理』を連想させる。下線部は原文ではイタリック。(その部分は「ヨハネ」6章54節の引用。)

 問；聖体にはどんな効果がありますか。
 答；1. 聖体は新しいアダムの命を私たちに与えます。<u>私の肉を食べ私の血を飲む者は永遠の命を得る</u>と救い主は私たちに仰せになっています。2. 聖体は私たちを肉体的にまた霊的に私たちの主と結びつけます…⁹⁵⁾

このように、この詩篇においては、教会におけるミサの情景が描かれていると同時に、聖体にたいするヴェルレーヌのあつい想いが込められている。神はさらに続けて言う。

15 Puis, va! Garde une foi modeste en ce mystère
16 D'amour par quoi je suis ta chair et ta raison,
17 Et surtout reviens très souvent dans ma maison,
18 Pour y participer au Vin qui désaltère,

19 Au Pain sans qui la vie est une trahison,
20 Pour y prier mon Père et supplier ma Mère
21 Qu'il te soit accordé, dans l'exil de la terre,
22 D'être l'agneau sans cris qui donne sa toison,

23 D'être l'enfant vêtu de lin et d'innocence
24 D'oublier ton pauvre amour-propre et ton essence,
25 Enfin, de devenir un peu semblable à moi

第三節　ヴェルレーヌの信仰

26　Qui fus, durant les jours d'Hérode et de Pilate
27　Et de Judas et de Pierre, pareil à toi
28　Pour souffrir et mourir d'une mort scélérate!

(IV-VII)

15　そして、進め！　この愛の神秘の中につつましい信仰を守れ。
16　この愛の神秘によって、私はお前の肉となりお前の理性となる、
17　そしてとくにしばしば私の家に帰って来い、
18　そこで渇きをいやす『ぶどう酒』にあずかり、

19　それがなくては人生はうらぎりとなる『パン』にあずかるために、
20　そこで私の父に祈り、私の母にこい願うために、
21　この大地から追われて、叫び声もあげずにお前が
22　毛皮を与える小羊となることが許されるようにと、

23　お前が亜麻布と無垢を着た子供になることが
24　お前のあわれな自己愛と本性を忘れることが
25　そして最後に少しだけ私に似たものとなることが許されるようにと、

26　その私はヘロデとピラトの、そして
27　ユダとペトロの時代にお前に似ていたのだ
28　極悪人のように苦しんで死ぬために

「IV-VII」

「16　この愛の神秘によって、私はお前の肉となりお前の理性となる、」(16 D'amour par quoi je suis ta chair et ta raison,)、および「18 そこで渇きをいやす『ぶどう酒』にあずかり、／19 それがなくては人生はうらぎりとなる『パン』にあずかるために、」(18 Pour y participer au Vin qui désaltère, ／19 Au Pain sans qui la vie est une trahison,)もまた、聖体の神秘についての表現である。とくに、第16 詩行は

アウグスチヌスが聞いた神の声と酷似している。

　とても高いところから、次のような声を聞いたように思った。「私は強い人の食べ物である。成長せよ、そして私を食べよ。とは言っても、肉体の食べ物のように、お前が私をお前に変えるのではない。お前が私に変わるのである。」96)

　ヴェルレーヌは、聖体を食べることで、私＝神が、お前の＝ヴェルレーヌの、肉となり理性となる、すなわち、神がヴェルレーヌの体となりその結果、ヴェルレーヌの体は神と同じそれになると表現する。アウグスチヌスは、お前＝アウグスチヌスが、私に＝神に変わるという表現で、アウグスチヌスが神と同じ体になると言う。それゆえ、どちらも結果は同じである。すなわち、神と人間が一体となり、『上級公教要理』が教えるように、「聖体は私たちを肉体的にまた霊的に私たちの主と結びつけ」るのである。

　神はヴェルレーヌに向かって、彼が「21　この大地から追われて、叫び声もあげずにお前が / 22　毛皮を与える小羊となることが許されるようにと、」(21　Qu'il te soit accordé, dans l'exil de la terre, / 22　D'être l'agneau sans cris qui donne sa toison,)　祈ることを勧める。この 2 詩行は「イザヤの書」第 53 章 7 節「非道にあつかわれたかれは、身をひくくし、口をひらかず、屠所にひかれる小羊のように、毛を刈る人の前でもだす羊のように、口をひらかなかった。」97) からの引用であろう。

　新約では「小羊」とは「ヨハネ」第 1 章 29 節で「ヨハネは、自分のほうにむかってこられるイエズスを見て、『世の罪をとりのぞく神の小羊を見よ…』と言った」98) に表現されるように、「小羊」は「救い主キリスト」のシンボルとして表現されている。またこれと併せて、「25　そして最後に少しだけ私に似たものとなることが許されるようにと」(25　Enfin, de devenir un peu semblable à moi) の詩句によって、神は、ヴェルレーヌがキリストと同じようになるよう祈れと語る。

第三節　ヴェルレーヌの信仰

最終詩行「28 極悪人のように苦しんで死ぬために」(28 Pour souffrir et mourir d'une mort scélérate!)は「イザヤ」第53章12節、あるいは「ルカ」第23章32-33節に見られるように[99]、③の神による人間の救いの業にたいするヴェルレーヌの信仰が、神にこのように語らせたものである。この詩篇も全体としてはミサと聖体の神秘についてのヴェルレーヌの信仰が表明されている、と言えよう。神はまだヴェルレーヌが、神を心から信じるという信仰を聞かないうちに、彼の神との対話（祈り）における熱意にほだされたかのごとく、次のように語る。

29　Et pour récompenser ton zèle en ces devoirs
30　Si doux qu'ils sont encor d'ineffables délices,
31　Je te ferai goûter sur terre mes prémices,
32　La paix du cœur, l'amour d'être pauvre, et mes soirs

33　Mystiques, quand l'esprit s'ouvre aux calmes espoirs
34　Et croit boire, suivant ma promesse, au Calice
35　Éternel, et qu'au ciel pieux la lune glisse,
36　Et que sonnent les Angélus roses et noirs,

37　En attendant l'assomption dans ma lumière,
38　L'éveil sans fin dans ma charité coutumière,
39　La musique de mes louanges à jamais,

40　Et l'extase perpétuelle et la science,
41　Et d'être en moi parmi l'aimable irradiance
42　De tes souffrances, — enfin miennes, — que j'aimais!

(*IV-VII*)

29　お前が示した情熱に報いるために

30　そしてかくも甘美なために、えもいえぬ喜びであるこれらの義務に
31　私は地上で私の初物である心の平和を、
32　貧しくあることへの愛を、そして私の神秘な夜をお前に味あわせよう。

33　精神が静かな希望に向かって開くとき
34　私の約束に従って、永遠の聖杯を飲むと信じるとき
35　そして　敬虔な空で月が滑るとき
36　そしてバラ色と黒色をしたアンジェリュスの鐘がなるとき

37　私の光の中で昇天を待ちながら
38　日ごろの私の慈愛の中で終わりのない目覚めを、
39　また永遠なる私の賛美の歌を待ちながら、

40　そして不断の恍惚と知識をそしてまた
41　私の中で生きることを待ちながら。
42　かつて私が愛していたが、ついには私のものとなったお前の苦悩の愛すべき輝きに囲まれて！

「IV-VII」

　神はヴェルレーヌの熱心な祈りに応えて、報いを与えると言う。その報いは、「31 …心の平和」であり「32 …貧しくあることのへの愛…」(32　La paix du cœur, l'amour d'être pauvre,…) である。これは引用 9 で示した、「自己放棄的な断念の大きな感覚」の表現であり、「32　貧しくあることへの愛を、そして私の神秘な夜をお前に味あわせよう。」(32 …et mes soirs / 33 Mystiques,…) は、引用 12 における「とても甘美で苦い夜を過ごした後、—これら全てのものが私の中で、信じられないような変革を引き起こした—本当に！」の心境を、このように詩篇によって表現したものであろう。

　「42　かつて私が愛していたが、ついには私のものとなったお前の苦悩の愛すべき輝きに囲まれて！」(41 … parmi l'aimable irradiance / 42 De tes souffrances, — enfin miennes, — que j'aimais!) は、最後には

— 256 —

第三節　ヴェルレーヌの信仰

③の神によって、ヴェルレーヌの苦悩が救われるという希望を与えられたことを意味し、「39 また永遠なる私の賛美の歌を待ちながら、/ 40 そして不断の恍惚と知識を…」(39 La musique de mes louanges à jamais, / 40 Et l'extase perpétuelle et la science,) など、第3および第4詩節は引用10で示した「これは絶対に<u>感じ取られた</u>ものなのだ。これほど恐ろしく、これほど甘美なこの宗教が持つ見事な慰め、理性的で論理的なものの全てを感じ取」った彼の宗教観の表れである。

　彼は、祈りによって得ることができたこのような感情を念頭に置き、その祈りの結果与えられる「平和」、「自己放棄的な断念の大きな感覚」、「甘美なこの宗教が持つ見事な慰め」などの報いについて、神に語らせているのだ。これにたいして、ヴェルレーヌは次のように答える。

1 　— Ah! Seigneur, qu'ai-je? Hélas! me voici tout en larmes
2 　D'une joie extraordinaire: votre voix
3 　Me fait comme du bien et du mal à la fois,
4 　Et le mal et le bien, tout a les mêmes charmes.

5 　Je ris, je pleure, et c'est comme un appel aux armes
6 　D'un clairon pour des champs de bataille où je vois
7 　Des anges bleus et blancs portés sur des pavois,
8 　Et ce clairon m'enlève en de fières alarmes.

9 　J'ai l'extase et j'ai la terreur d'être choisi.
10　Je suis indigne, mais je sais votre clémence.
11　Ah, quel effort, mais quelle ardeur! Et me voici

12　Plein d'une humble prière, encor qu'un trouble immense
13　Brouille l'espoir que votre voix me révéla,
14　Et j'aspire en tremblant...

(*IV-VIII*)

1 ああ！主よ、私はどうしたというのでしょう？ああ、ごらんください、
2 私は信じられないような喜びの涙にくれています。あなたの声は
3 私を心地よくすると同時に苦しめたりもします、
4 そして不幸と幸福の全てが同じ魅力を持っています。

5 私は笑い、私は泣きます。そしてそれはまるで
6 戦場の出陣ラッパの音に似ています。その戦場では
7 大楯に乗ってやってきた青や白の天使たちが見えます、
8 そしてそのラッパは誇り高い警報のうちに私を連れ去るのです。

9 私は選ばれたことの恍惚と恐れを感じています。
10 私はふさわしくありません、しかし私はあなたの寛大さを知っています。
11 ああ、何という努力、しかし何という熱意！ごらんください、私は今

12 謙遜な祈りに満しております。大きな心の迷いが
13 あなたの声によって私に啓示された希望をくもらせてはいるのですが、
14 私は震えながら待ち望んでいます…

「IV-VIII」

　第1詩節の「3　私を心地よくすると同時に苦しめたりもします、/ 4　そして不幸と幸福の全てが同じ魅力を持っています。」(3 Me fait comme du bien et du mal à la fois, / 4 Et le mal et le bien, tout a les mêmes charmes.) もまた、先の引用12で見られる「とても甘美で苦い夜」の詩的表現であり、「これら全てのものが私の中で、信じられないような変革を引き起こした―本当に！」という感情は「1　ああ！主よ、私はどうしたというのでしょう？ああ、ごらんください、/ 2　私は信じられないような喜びの涙にくれています。…」(1 ― Ah! Seigneur, qu'ai-je? Hélas! me voici tout en larmes / 2 D'une joie extraordinaire…) と表現されている。

第三節　ヴェルレーヌの信仰

　第2詩節の「5　私は笑い、私は泣きます。…」(5 Je ris, je pleure,…) もまた、引用8における「私は祈った。子供のような、罪を贖われた人のような涙と微笑みをとおして、」の詩的置換である。第7および第8詩行は神の前に屈服する、あるいは、神のヴェルレーヌにたいする勝利である。彼はついに神に説得された。

　第3詩節における「10　私はふさわしくありません、…」(10 Je suis indigne,…) は、詩篇「IV-IV」において「3　私は価しない」と言ったヴェルレーヌの①、③、⑥の神にたいする信仰のうすさを引きずりながらも、「10…しかし私はあなたの寛大さを知っています。」(10 … mais je sais votre clémence.) と告白することで、⑥の神に信頼をおこうとする。

　そして、最後に彼は「14　私は震えながら待ち望んでいます。」(14 Et j'aspire en tremblant...) と告白する。この最終詩行も詩篇「IV-V」の「11　私はいつの日か、震えながらおとなしくしているお前を私のものとするために。」と関連づけて読めば、神との肉体的一致をヴェルレーヌは、「震えながら待ち望んでいる」との印象さえ受ける。このようなヴェルレーヌの神との一致を、神は一言で受け入れるのである。

　　　　　　　　　　　　　　1― Pauvre âme, c'est cela!
　　　　　　　　　　　　　　　　　　　　(*IV-IX*)

　　　　　　　　　　　　　　1― 哀れな魂よ、まさにそうなのだ！
　　　　　　　　　　　　　　　　　　　　「IV-IX」

　以上、神とヴェルレーヌの対話形式からなる一連のソネを読むと、この詩篇が、ルイ・モーリスが指摘したとおり、ヴェルレーヌの回心の道のりと、密接に結びついていることが分かる。それぞれの詩篇のいたるところに、引用1～14で示された彼の内心の感動や苦しみが、詩という形をとって表現されている。

その回心の道のりとは、まず、第1詩篇において、血を流して苦しむキリストをとおして、神は「私を愛せ」と迫るが、そのイエスを目の前にしても、神を探す「あわれな友」として、すなわち、③の神にたいする信仰のうすい人間として、ヴェルレーヌは自己を表現する。

第2詩篇において、ヴェルレーヌは神の呼びかけに単純には応じることなく、まだ神を見いだしていないが、③の神を探し求めていると告白する。これにたいして、第3詩篇では、①の神が③によって、そのような人間に、自由意志で神を愛するようにと迫る。これはヴェルレーヌによる、①、③の神にたいする信仰の現れである。

しかし、第4詩篇で、彼はその自由意志で、「私は価しない」と言って、神を愛することを拒む。彼はそのことによって、自分自身を神の①、③、⑥にたいする信仰のうすい人間として描く。第5詩篇は①、③の神が、とりわけ①の神の特徴が強く表現されている。また、ここには、神の肉欲的な表現も感じ取ることができた。第6詩篇では、そのような肉的な表現をそのまま受けて、ヴェルレーヌは神の「愛人」となり、神の胸に抱かれることが可能であるかどうか、と神に問いかける。ここには、肉において、神と一致したいというヴェルレーヌの信仰が垣間見られた。

第7詩篇では、第1から第14詩行までのソネにおいて、神との一致を望むヴェルレーヌを神は教会に招き、まず罪の告白を行い、次に聖体を食べることを勧める。すなわち、聖体となったキリストの本物の「体」と本物の「血」を食べ、飲むことで、ヴェルレーヌは神と一体となるという、聖体にたいする篤い信仰が表明されている。

第15から第28詩行においても、聖体の神秘と、③の神による十字架の死にたいする信仰が見られた。第29から第42詩行においては、教会におけるミサと聖体の神秘を想起させた。これは、神のヴェルレーヌにたいする語りかけの最後のソネであり、ここで神は、熱心に祈るヴェルレーヌに報いを与えると約束する。その報いとは、

第三節　ヴェルレーヌの信仰

「心の平和」「貧しくあることへの愛」「神秘な夜」などである。

　これにたいして、ヴェルレーヌは「私は価しない」と言って、①、③、⑥の神にたいする信仰のうすさを引きずりながらも、ついに「震えながら」神との一致を待つと告白するにいたる。その一致とは、神との肉的な一致とも読みとることができるほどであった。このようなヴェルレーヌの信仰を、神は最後の1詩行で「まさにそうだ！」と言って認めることで、この長い神とヴェルレーヌとの対話＝祈りが終わる。

　これが、信仰のうすかったヴェルレーヌが、次第に神に説得され、最後に神との一致を望むようになるという、彼の信仰の道のりであり、引用1～14を併せて読むことによって、回心までの彼の内心の感動や苦しみが、率直に、詩という形をとって表現されていることが、確認できたのではないだろうか。

　また、この詩篇は、イエスの十字架の苦しみが全面に押し出され、その姿をとおして、神がヴェルレーヌに語りかけるという形式であることから、ヴェルレーヌの信仰にかんしては、神は④であるが、その中でも特に、神の子としてのイエス、および聖体に重点がおかれていると言える。これは①および③の神による、救いの業にたいするヴェルレーヌの信仰の現れであると解釈できる。事実、われわれは、この詩篇のいたるところに、①および③の神を見ることができた。

　ところで、詩篇「IV-IV」において、ヴェルレーヌは、「私は価しません」と言い、神を愛することを拒む人間として、自分を描いていることに、再度、注目したい。この詩篇で「8 …あなたは狂っているのですか？」という箇所に、ヴェルレーヌはあえて「アウグスチヌス」と自ら註を付していることは、前述した。これを踏まえて、われわれは、彼が、アウグスチヌスの「恩寵」にかんする記事も読んだはずだと推論した。それならば、なぜあえて、「私は価しない」と、自分自身を信仰のうすい人間として描いたのか。この疑問は、次のように解釈することで、解決できると思われる。

すなわち、ヴェルレーヌは、自分の獄中の霊的体験をもとにして、信仰のうすい人間が、神との対話＝祈り、をとおして次第に回心し、最後に神と一体となる、という筋立てのもとに、改心にいたる信仰の段階を、ルイ・モーリスの言う『神の働きの次元』の変化を、物語風に描くというヴェルレーヌの意図が、この詩篇「IV」全体に隠されている。それゆえ、この詩篇「IV-IV」においては、敢えて、神の①、③、⑥に対する信仰を否定しようとする人間として、彼は自分自身を表現したのだ。この詩篇はしたがって、ヴェルレーヌの獄中での信仰体験の表明であると同時に、意図的に物語風にしたヴェルレーヌの、詩人としてのしたたかさをも見てとることができるのである。

4）詩法にかんする考察

ヴェルレーヌは詩篇「IV-I」において、「イエス」(Jésus) を「私の神」(Mon Dieu) に書き換えている。神の定義からすれば、神は④であるから、さほど問題はないのであるが、詩の内容からすれば、「イエス」のほうが、はるかに説得的である。そこを敢えて「私の神」とすることで、ヴェルレーヌはこの詩篇の音楽的な効果に重点を置いたことは、前述したとおりである。

脚韻にかんしても同様のことが言える。詩篇「IV-I」は男性韻で始まり、男性韻で終わる。詩篇「IV-II」は女性韻で始まり、女性韻で終わる。詩篇「IV-III」は男性韻で始まり、女性韻で終わる。以下同様に、最後までこの繰り返しとなっている。非常に計算しつくされた構造である。

また、神の語りの詩篇は、詩篇「IV-VII」を除き、全て男性韻が女性韻を包む抱擁韻であり、ヴェルレーヌのそれは、女性韻が男性韻を包む抱擁韻である。詩篇「IV-VII」は神の長い語りであるが、これも全体からみれば、男性韻で始まり、男性韻で終わる。最終詩行の「1 ― 哀れな魂よ、まさにそうなのだ！」(1 ― Pauvre âme, c'est cela!)も、男性韻で終わっている。

第三節　ヴェルレーヌの信仰

　このように、神の語りにおいては、男性韻のもつ明確な音の響きの効果を利用することによって、その断固とした口調を強調し、ヴェルレーヌの語りはその逆で、女性韻の持つ、余韻が残る音の効果を利用することによって、その優柔不断な意志を表現するという効果をヴェルレーヌはねらっているのだ。これは音の持つ暗示の力と、詩人が表現しようとする意味内容との一致である。
　さらに、句またぎが非常に多用されていることにも驚かされる。われわれはこの詩篇を、できるだけ詩行ごとに、忠実に日本語に訳すことを心がけた。その結果、日本語としては、各詩行ごとのつながりに曖昧さが生じたが、それは、この句またぎが原因している。日本語訳としては、非常に稚拙なものであることは認識しつつも、われわれは原詩の句またぎを、より重視したかったために敢えてそのようにした。
　例えばその一例をあげる。詩篇「IV-I」では、第 1 詩行から第 2 詩行にかけて、第 3 詩行から第 4 詩行にかけて、第 4 詩行から次の詩節の第 5 詩行にかけて、第 6 詩行から第 7 詩行にかけて句またぎがおこなわれている。これによって、神の言葉が切れ目なく続くという効果が得られる。
　また、この詩篇の最終詩行で、神は「探す」という言葉を用いる。これを受けたヴェルレーヌの答え、詩篇「IV-II」の第 2 詩行で、ヴェルレーヌは同じ「探す」という言葉を使用する。これによって、詩篇「IV-I」と詩篇「IV-II」は個別の独立した詩篇ではなく、密接に連続していることが明らかに示されることとなる。
　詩篇「IV-II」から詩篇「IV-III」へ移行するときも同様である。詩篇「IV-II」の最終詩行で使用された語「口づけ」や「瞼」がそのまま、詩篇「IV-III」の第 1 および第 2 詩行で使用されている。詩篇「IV-IV」から「詩篇IV-V」へ移行するときも「8 …あなたは狂っているのですか？」を受けて神は「1 …私はお前の言う『その狂った者たち』、」と繋がる。
　このような、次の詩篇にまでまたがった同一語句の使用、および

句またぎの効果によって、ヴェルレーヌの祈りが切れ目なく綿々と続けられ、まるで連祷であるかのごとき印象を、読者＝聞く者に与える。そして、ヴェルレーヌの最後の語りである詩篇「IV-VIII」は6音綴で終わる。これに答える神の言葉も6音綴である。このふたつを会わせると、詩篇「IV」全てが12音綴のソネとして、完成する。ここにヴェルレーヌが、あれほど熱望した神との一致が、詩法上も実現することになる。これがヴェルレーヌが意識して創作した、彼の詩法である。

　次に第三部の詩篇「II」において、再度、ヴェルレーヌの信仰の道のりを辿ってみよう。

5）詩篇「II」にみる信仰の変遷

　この詩篇は『独房にて』では「苦しみの道」(*Via dolorosa*) というタイトルが冠されていた。また、これは1874年6月―7月に創作されたものであり、第二部の詩篇「IV」より以前の作品であることは前述した。それゆえ、詩篇「II」は、彼の告白前の、および聖体拝領以前の作品である。また、この詩篇は5音綴の10行詩による16の詩節160詩行で構成された非常に膨大なものである。そのため、論を進めるに際しては、部分的な引用に止める。

1　Du fond du grabat
2　As-tu vu l'étoile
3　Que l'hiver dévoile ?
4　Comme ton cœur bat,
5　Comme cette idée,
6　Regret ou désir,
7　Ravage à plaisir
8　Ta tête obsédée,
9　Pauvre tête en feu,
10　Pauvre cœur sans dieu!

第三節　ヴェルレーヌの信仰

  1　粗末なベッドの奥底から
  3　冬が露わにする
  2　星をお前は見たか？
  4　何とお前の心臓は打つことか、
  6　後悔と希望の
  5　この思いが何と
  7　気まぐれに痛めつけることか
  8　とりつかれたお前の頭を
  9　火のように燃えた哀れな頭を、
 10　神をもたない哀れな心を！

　ルイ・モーリスは、「1　粗末なベッド」(grabat) は「ランボーと放蕩生活をしていたカンパーニュ・プルミエル通り(rue Campagne-Première) の家具付き部屋のベッドである」[100]と指摘する。このように、ヴェルレーヌは自分の「苦しみの道」を、ランボーとの、ただれた生活を思い起こすことから始める。「2　星をお前は見たか」(2 As-tu vu l'étoile) の「星」にかんして、ルイ・モーリスは次のように解釈する。

　　彼は大饗宴の中でも、『星』によって象徴される純粋さにたいする郷愁を、依然として保っている[101]。

　「大饗宴」とはランボーとの乱れた生活を意味するものであろう。「6　後悔と希望の / 5　この思いが何と / 8　とりつかれたお前の頭を / 7　気まぐれに痛めつけることか / 9　火のように燃えた哀れな頭を、/ 10　神をもたない哀れな心を！」(5 Comme cette idée, / 6 Regret ou désir, / 7 Ravage à plaisir / 8 Ta tête obsédée, / 9 Pauvre tête en feu, / 10 Pauvre cœur sans Dieu!)これらの詩句は、過去の罪深い生活にたいする捨てがたい思いと、それを捨て去り、新しく生きたいという希望

「6 後悔と希望」という、ふたつの心の葛藤を暗示している。

16 ....
17 Qu'on boit sur la route
18 A chaque écriteau,
19 Les sèves qu'on hume,
20 Les pipes qu'on fume !

17 飲む酒のうまさよ！
18 道の途中の看板ごとに、
19 鼻いっぱい吸い込む精気、
20 吸い込むパイプの煙よ！

　第 2 詩節はヴェルレーヌが旅をしたときの風景描写であることが、やはり、ルイ・モーリス[102)]によって示されている。「18 道の途中の看板ごとに / 17 飲む酒のうまさよ！/ 19 鼻いっぱい吸い込む精気 / 20 吸い込むパイプの煙よ！」(17 Qu'on boit sur la route / 18 A chaque écriteau, / 19 Les sèves qu'on hume, / 20 Les pipes qu'on fume !) この表現からも分かるとおり、何と陽気な旅であろうか。ヴェルレーヌは過去の生活をこのように、懐かしんでさえいる。

21 Un rêve de froid :
22 « Que c'est beau la neige
23 Et tout son cortège
24 Dans leur cadre étroit !
25 Oh ! tes blancs arcanes,
26 Nouvelle Archangel,
27 Mirage éternel
28 De mes caravanes !
29 Oh ! ton chaste ciel,
30 Nouvelle Archangel ! »

第三節　ヴェルレーヌの信仰

21　ひとつの冷たい夢：
22　《雪は何と美しいのだろう
24　その狭い枠の中の
23　その雪の行列といったら！
25　おお！お前の白い秘密よ
26　新しいアルカンジェルよ、
28　我が隊商の！
27　永遠の幻影
29　おお、お前の純潔な空よ、
30　新しいアルカンジェルよ！》

　第 3 詩節は、雪の風景描写である。「22 《雪は何と美しいのだろう」(22 « Que c'est beau la neige) あるいは、「25　おお、お前の白い秘密よ」(25　Oh! tes blancs arcanes,) あるいは「29　おお、お前の純潔な空よ」(29　Oh! ton chaste ciel,) などは、第 1 詩節の「星」と同様、純潔なものに対するヴェルレーヌの郷愁であると解釈できる。第 2 詩節で、昔の生活を懐かしむ一方で、ここでは白に象徴される純粋さにも心を動かされている。

31　Cette ville sombre!
32　Tout est crainte ici...
33　 Le ciel transi
34　⋯⋯⋯⋯
　　　⋯⋯⋯⋯
39　Voyageur si triste,
40　Tu suis quelle piste?

31　なんと陰鬱なこの町！
32　ここでは全てが恐れだ

— 267 —

33　空は凍えている
34　・・・・・・・・・
　　　・・・・・・・・・
39　かくも悲しい旅人よ、
40　どのような足跡をお前は辿るのか？

　第3詩節での美しい雪の光景も、この第4詩節では、「31　なんと陰鬱なこの町！ / 32　ここでは全てが恐れだ / 33　空は凍えている」(31 Cette ville sombre! / 32 Tout est crainte ici... / 33 Le ciel transi) と、薄暗い、恐ろしい町として描かれている。「この町はシャルルロワであり、事実、ヴェルレーヌは7月7日にランボーと連れだって、パリを離れている」[103]とルイ・モーリスは指摘するが、そのような事実よりも、ここでは、ヴェルレーヌの不安な感情がこのように、町の風景に投影されていると解釈できないだろうか。
　このような町の中を歩く自分を、彼は「39　かくも悲しい旅人よ、/ 40　どのような足跡をお前は辿るのか？」(39 Voyageur si triste, / 40 Tu suis quelle piste？) と表現する。ヴェルレーヌは今から辿る道のりにたいして、不安を覗かせていると言えよう。

42　・・・・・・・・・
43　C'est l'amer effort
44　De ton énergie
45　Vers l'oubli dolent
46　De la voix intime,
47　C'est le seuil du crime,
48　C'est l'essor sanglant.
49　— Oh! fuis la chimère!
50　Ta mère, ta mère!

43　苦い努力

第三節　ヴェルレーヌの信仰

44　お前の力の
45　悲しい忘却に向かう
46　お前の内なる声の
47　これは罪の入り口だ
48　それは血だらけの飛翔だ。
49　―おお、悪夢を避けよ！
50　お前の母よ、お前の母よ！

　第 5 詩節の「46　お前の内なる声の / 45　悲しい忘却に向かう / 44　お前の力の / 43　苦い努力」(43 C'est l'amer effort / 44 De ton énergie / 45 Vers l'oubli dolent / 46 De la voix intime,) はヴェルレーヌの内なる声によって、過去を忘れようとすることがいかに困難で、悲しく苦々しい努力であるかを率直にうち明けている。「47　これは罪の入り口だ」(47 C'est le seuil du crime,)、「49　―おお、悪夢を避けよ」(49 ― Oh! fuis la chimère!) と、叫ぶほどに、彼は自分が再び罪の世界へと入ることを恐れている。

51　Quelle est cette voix
52　Qui ment et qui flatte?
53　« O ta tête plate,
54　Vipère des bois! »
55　Pardon et mystère.
56　Laisse ça dormir.
57　Qui peut, sans frémir,
58　Juger sur la terre?
59　« Ah, pourtant, pourtant,
60　Ce monstre impudent! »

51　この声は何だ？
52　嘘をつきへつらう

53 《おお　平らなお前の頭、
54 森のマムシよ！》
55 赦しと神秘
56 そんなものは眠らせておけ
57 震えることなく、誰が
58 この地上で裁くことができるのか？
59 《ああ、とは言っても、とは言っても
60 この恥知らずの化け物め！》

　　第6詩節「52 嘘をつきへつらう / 51 この声は何だ？ / 53 《おお　平らなお前の頭、/ 54 森のマムシよ！》」(51 Quelle est cette voix / 52 Qui ment et qui flatte? / 53 « O ta tête plate, / 54 Vipère des bois! »)は第三章の 2) で紹介した蛇の誘惑によって人間が罪に落とされた場面を想起させる。ヴェルレーヌもこれと同じ声を聞いていると表現しているのだ。「55 赦しと神秘 / 56 そんなものは眠らせておけ / 57 震えることなく、誰が / 58 この地上で裁くことができるのか？」(55 Pardon et mystère. / 56 Laisse ça dormir. / 57 Qui peut, sans frémir, / 58 Juger sur la terre?) と言い、彼は開き直って罪の世界に入ってもよいとさえ思う。しかし、ここにそれを引き留めようとする声がある。「59 《ああ、とは言っても、とは言っても / 60 この恥知らずの化け物め！》」(59 « Ah, pourtant, pourtant, / 60 Ce monstre impudent! »)

61 La mer! Puisse-t-elle
62 Laver ta rancœur,
63 La mer au grand cœur,
64 Ton aïeule, celle
65 Qui chante en berçant
66 Ton angoisse atroce,
67 La mer, doux colosse
68 Au sein innocent,

第三節　ヴェルレーヌの信仰

69　………
　　　………

61　海よ！　海がお前の
62　恨みを洗い流すことができますように
63　広い心をした海よ、
64　お前の祖母よ、彼女は
66　お前の恐ろしい苦悩を
65　揺りながら歌う
68　無垢の胸をもった
67　優しい巨人である海よ
　　　………

　第7詩節でヴェルレーヌは、自分のこのような苦悩を慰めてくれるものとして、海を求める。「61　海よ！海がお前の / 62　恨みを洗い流すことができますように」(61　La mer! Puisse-t-elle / 62　Laver ta rancœur,) 彼は、ランボーとの破廉恥な生活を悔やむ心や、マチルドとの別離などの恨みごとなど、全て海が洗い流してくれるものと期待するのであろう。
　「63　広い心をした海よ、/ 64　お前の祖母よ、彼女は / 66　お前の恐ろしい苦悩を / 65　揺りながら歌う / 68　無垢の胸をもった / 67　優しい巨人である海よ」(63　La mer au grand cœur, / 64　Ton aïeule, celle / 65　Qui chante en berçant / 66　Ton angoisse atroce, / 67　La mer, doux colosse / 68　Au sein innocent,) において、広い「海」(la mer) に安らぎを求める。また、ヴェルレーヌは「海」と同じ音を持つ「母」(la mère) を、海のイマージュに重ね合わせていると解釈することもできる。なぜならば、「65　揺りながら歌う / 68　無垢の胸をもった」という表現は、母親が子供を胸に抱きかかえて、優しく揺りながら歌う情景を暗示するからである。
　彼の母親は、彼にたいして、実生活では実にやさしかったことや、

1889年に印刷された『叡智』第2版には、「我が母の思い出に」との献辞が加わったこと、などを考慮に入れれば、このような解釈も可能となるであろう。

74　..........
75　Ton sang qui s'amasse
76　En une fleur d'or
77　N'est pas prêt encor
78　À la dédicace.
79　Attends quelque peu,
80　Ceci n'est que jeu.

74　..........
76　黄金の一輪の花に
75　集まったお前の血は
77　準備がまだできていない
78　奉献のためには
79　すこし待つように、
80　たいしたことではない。

第8詩節の「76　黄金の一輪の花に / 75　集まったお前の血は / 78　奉献のためには / 77　準備がまだできていない / 79　すこし待つように、/ 80　たいしたことではない。」(75 Ton sang qui s'amasse / 76 En une fleur d'or / 77 N'est pas prêt encor / 78 À la dédicace. / 79 Attends quelque peu, / 80 Ceci n'est que jeu.) は、ヴェルレーヌが回心して、司祭に罪を告白したいと告げたとき、その告白が引き延ばされたという引用6を示している。彼はまだ、告白と聖体拝領の秘跡に与ることを許されていなかったのである。その時の思いが、このように表現されたと解釈できる。

第三節　ヴェルレーヌの信仰

88　・・・・・・・・・
89　Naufragé d'un rêve
90　Qui n'a pas de grève!

90　砂浜をもたない
89　夢の遭難者よ！

　第 9 詩節の「90　砂浜をもたない / 89　夢の遭難者よ！」(89 Naufragé d'un rêve / 90 Qui n'a pas de grève!) は第 4 詩節の、「39　かくも悲しい旅人よ」(39 Voyageur si triste,) と同義語である。告白を待たされたヴェルレーヌは、自分をたどり着くべき「砂浜を持たない」「遭難者」として描く。ここにも、ヴェルレーヌの苦悩や不安が暗示されている。

91　Vis en attendant
92　L'heure toute proche.
93　・・・・・・・・
　　・・・・・・・・
99　Un peu de courage,
100　C'est le bon orage.

91　待ちながら生きよ
92　すぐ近づいた時を
93　・・・・・・・
　　・・・・・・・
99　ほんの少しの勇気を
100　これはお前には有益な雷雨だ。

　第 10 詩節では、それでも、間近に迫った告白の時を勇気をもって待とうとする。「92　すぐ近づいた時を / 91　待ちながら生きよ」(91

— 273 —

Vis en attendant / 92 L'heure toute proche.)。「99 ほんの少しの勇気を / 100 これはお前には有益な雷雨だ。」(99 Un peu de courage, / 100 C'est le bon orage.) と、この苦しみの意味を理解しようとする。

108 ・・・・・・・・・
109 « Elle m'entre au cœur. »
110 Le parfum vainqueur!

109 《棘が私の心臓に入る。》
110 勝ち誇った香りだ！

第 11 詩節では、その時を待ちながら、彼の頭の中に去来するイマージュが描かれている。そこでは再び、『不幸』が万全な力と魅力をもって彼の脇腹と彼の心臓を貫く。「109 《棘が私の心臓に入る。》/ 110 勝ち誇った香りだ！」(109 « Elle m'entre au cœur. » / 110 Le parfum vainqueur!) と、再び彼は罪の誘惑に屈する。

111 « Pourtant je regrette,
112 Pourtant je me meurs,
113 Pourtant ces deux cœurs... »
114 Lève un peu la tête.
115 « Eh bien, c'est la Croix. »
116 Lève un peu ton âme
117 De ce monde infâme.
118 « Est-ce que je crois? »
119 Qu'en sais-tu ? La Bête
120 Ignore sa tête,

111 《とは言っても私は惜しいと思う
112 とは言っても私は死にかけている

第三節　ヴェルレーヌの信仰

113　とは言ってもこのふたつの心が…》
114　ほんの少し頭を上げよ
115　《ほら、『十字架だ』》
116　お前の魂をほんの少し持ち上げよ。
117　このおぞましい世間から
118　《私は信じるだろうか？》
119　お前になにが分かるというのだ？　『獣は』
120　自分の頭を知らない

　第12詩節では、罪の生活を懐かしむ詩句「111《とは言っても私は惜しいと思う」(111 « Pourtant je regrette,) と、過去の罪を悔い改めないまま死にかけているという「112　とは言っても私は死にかけている」(112 Pourtant je me meurs,) 詩句によって、「113　とは言ってもこのふたつの心が…》」(113 Pourtant ces deux cœurs...»)と、ふたつの心の葛藤が描かれる。
　彼は、このような自分自身に向かって命じる。「114　ほんの少し頭を上げよ」(114 Lève un peu la tête.) すると十字架が見える。「115《ほら、『十字架だ』》」(115 « Eh bien, c'est la Croix. »)「117　このおぞましい世間から / 116　お前の魂をほんの少し持ち上げよ。」(116 Lève un peu ton âme / 117 De ce monde infâme.) そこで彼は自問自答する。「118《私は信じるだろうか？》」(118 «Est-ce que je crois?»)「119　お前になにが分かるというのだ？『獣は』/ 120　自分の頭を知らない」(119 Qu'en sais-tu? La Bête / 120 Ignore sa tête,) と十字架を見ても、自らの信仰に疑いを抱く自己を表現する。

121　La Chair et le Sang
122　Méconnaissent l'Acte.
123　……………
　　　……………
128　Je ne veux point croire.

129　Je n'ai pas besoin
130　De rêver si loin !

121　『肉』と『血』は
122　『信仰の業』を認めない。
123　..........
　　　..........
128　私は絶対信じたくない。
129　私は必要としないのだ
130　それほど彼方を夢見ることを！

　第 13 詩節において、「121　『肉』と『血』は / 122　『信仰の業』を認めない。」（121　La Chair et le Sang / 122　Méconnaissent l'Acte.）あるいは、「128　私は絶対信じたくない。/ 130　それほど彼方を夢見ることを！/ 129　私は必要としないのだ」（128　Je ne veux point croire. / 129　Je n'ai pas besoin / 130　De rêver si loin !）と、彼は神を信じることをきっぱり否定する。

131　« Aussi bien j'écoute
132　Des sons d'autrefois.
133　Vipère des bois,
134　Encor sur ma route ?
135　Cette fois, tu mords. »
136　Laisse cette bête.
137　Que fait au poète ?
138　Que sont des cœurs morts ?
139　Ah ! plutôt oublie
140　Ta propre folie.

131　《その上私は聞いている

— 276 —

第三節　ヴェルレーヌの信仰

132　昔の音を、
133　森のマムシよ、
134　まだ私の道の上にいるのか？
135　今度こそ、お前は咬む。》
136　そんな獣はほっておけ。
137　詩人に何をするのだ？
138　死んだ心とは何なのだ？
139　ああ！むしろ忘れてしまえ
140　お前自身の狂気を。

　第14詩節において、「131《その上私は聞いている / 132　昔の音を、/ 133　森のマムシよ、/ 134　まだ私の道の上にいるのか？/ 135　今度こそ、お前は咬む。》」(131 «Aussi bien j'écoute / 132　Des sons d'autrefois. / 133　Vipère des bois, / 134　Encor sur ma route? / 135　Cette fois, tu mords.»)と、過去の生活への郷愁が相変わらずヴェルレーヌにつきまとっている。「135　今度こそ、お前は咬む。》」という詩句によって、自分が蛇の誘惑に惑わされることを表現する。
　しかし、ここで再度、立ち直ろうという心も見られる。「136　そんな獣はほっておけ。/ 137　詩人に何をするのだ？/ 138　死んだ心とは何なのだ？/ 139　ああ！むしろ忘れてしまえ / 140　お前自身の狂気を。」(136 Laisse cette bête. / 137　Que fait au poète? / 138　Que sont des cœurs morts? / 139　Ah! plutôt oublie / 140　Ta propre folie.) このように、ヴェルレーヌは必死で過去の狂気を忘れようとしている。

141　・・・・・・・
142　Douceur, patience,
143　・・・・・・・
144　Et paix jusqu'au bout!
145　・・・・・・・
　　　・・・・・・・

149 Naïf et discret,
150 Heureux en secret!

142 優しさ、忍耐、
143 ……
144 最後まで平和を！
145 ……
    ……

149 素朴で控えめな、
150 密かな幸せ！

　第15詩節において、再びヴェルレーヌは立ち上がる。彼は過去の「狂気」よりも「142 優しさ、忍耐、」(142 Douceur, patience,)、「144 最後まで平和を!」(144 Et paix jusqu'au bout!)を求めると言う。そして彼は「149 素朴で控えめな、/ 150 密かな幸せ！」(149 Naïf et discret, / 150 Heureux en secret!) にあこがれるのである。

154 ……
155 Finis l'odyssée
156 Dans le repentir
157 D'un humble martyr,
158 D'une humble pensée.
159 Regarde au-dessus...
160 « Est-ce vous, JÉSUS? »

154 ……
157 つつましい殉教と
158 つつましい思いの
156 悔悛のうちに
155 波瀾万丈の人生を終えよ

— 278 —

第三節　ヴェルレーヌの信仰

159　彼方を見よ…
160　《それはあなたですか、『イエス』？》

　最終詩節において、彼は「157　つつましい殉教と / 158　つつましい思いの / 156　悔悛のうちに / 155　波瀾万丈の人生を終えよ」(155 Finis l'odyssée / 156 Dans le repentir / 157 D'un humble martyr, / 158 D'une humble pensée.) と自分に言い聞かせることで、素朴な信仰の道を歩むことを決心する。そして「159　彼方を見よ」(159 Regarde au-dessus...) と自分に命じる。するとついに、そこにイエスを発見する。「160《それはあなたですか、『イエス』？》」(160 «Est-ce vous, JÉSUS?»)

　「苦しみの道」はまず、ランボーとの乱れた生活を思い起こすことから始められた。しかし、それだけではない。「星」に象徴される純粋さにも、ヴェルレーヌはあこがれをもっていた。このふたつの心が、自分の内心に同居していることを、彼はまず第 1 詩篇において読者に暗示する。次に、過去の陽気な旅を思い浮かべながら、少しずつ自分の心を覗き始める。やがて雪の白さに心動かされるが、町の凍てついた情景に、自らの回心の道がいかに困難であるか、その不安を重ね合わせる。彼は蛇の誘惑に負け、開き直って、罪の世界へ逆戻りしても構わないとさえ思う。

　彼は、行き場のない自分を、「39　悲しい旅人」、「89　遭難者」と呼ぶこともあった。告白の時を待ちながらも、なかなかふたつの心の（「113　とは言ってもこのふたつの心が」）葛藤は止むことがない。自らの信仰に疑いを持ち、第 13 詩節においては、神を信じることを拒否さえする。しかし、彼は再度立ち直ろうと、必死でこの狂気を忘れようと試みる。そして最後に「159　彼方を」見て、救い主「160　『イエス』」を発見する。

　この詩篇も、詩篇「IV」と同様に、一連の筋立てのもとに構成されている。ただ、詩篇「IV」と異なるのは、詩篇「IV」は、神と直

接対話することによって、最後に神＝イエスと一体となることができたという筋立てであったが、今度は神との対話ではなく、自分自身の内省によって、最後にイエスを見いだすという構成である。そのため、ヴェルレーヌが神にたいしていかなる信仰をもっているのか、ここでは分析することができなかった。

　しかしながら、自分の弱さを知り、絶えず悪の誘惑と戦いながら苦しんでいる姿を、このようにありのまま率直に告白しているキリスト信者を、われわれはここに発見する事ができた。これこそが、そのタイトルが示すとおり、彼の「苦しみの道」であった。ヴェルレーヌはこの詩篇を創作した後、晴れて告白と聖体拝領が許されたのである。

　詩法にかんしては、この詩篇はすべて 5 音綴で構成されている。短い音綴であるために、リズムは速く、歯切れがよい。例えば 22 « Que / c'est / beau / la / neige, 77 N'est / pas / prê / t en / cor, 90 Qui / n'a / pas / de / grève!, 128 Je / ne / veux / point / croire. , 138 Que / sont / des / cœurs / morts? 等である。この歯切れのよさと奇数脚の持つ安定感のなさが、お互いにその効果を及ぼしあって、彼の心の動揺を音において表現している。

　さらに第 1 詩節の 4 Comme ...、5 Comme ...、9 Pauvre ...、10 Pauvre ... 第 5 詩節の 41 C'est ...、42 C'est ...、43 C'est ...、47 C'est ...、48 C'est ... などの繰り返しも、詩における音楽的な効果を高めている。この繰り返しはほんの一例にすぎない。最も目立つ繰り返しの例としては、第 7 詩節の 61 La mer! ...、63 La mer...、67 La mer, ... 第 8 詩節の 71 Tu ...、72 Tu ... ton 、73 Ton ...、75 Ton ...、第 12 詩節の 111 Pourtant ...、112 Pourtant ...、113 Pourtant ...、第 16 詩節の 154 D'être ...、156 Dans ...、157 D'un humble ...、158 D'une humble ... などが挙げられるであろう。

　ヴェルレーヌは回心にいたるまでの、すなわちキリストを見いだすまでの心の苦しみを率直に表現すると同時に、詩人として、これらの詩法を駆使することで、詩の意味内容を読者＝聞く者に暗示し

第三節　ヴェルレーヌの信仰

ていると言える。

　ところで、相変わらず『叡智』全体の構成にかんして、われわれには疑問が残る。ヴェルレーヌが自分自身の信仰の段階、換言すれば、信仰の変遷を描くことを念頭に入れ、そのために『独房にて』に収めることにしていた7篇をばらばらにして、『叡智』の中に配列したのであれば、「苦しみの道」が詩篇「IV」の前に置かれるべきであった。なぜならば、創作年代順からも、詩篇の内容からも「苦しみの道」を経て、詩篇「IV」に見られるように、最終的に神と一致することができるという筋書きが成立するからである。しかし、彼が敢えてそのような配置をおこなわなかったことに何か別の特別な意図があるのか、この2篇の詩の分析だけでは、結局は分からないままであった。

　しかし、ヴェルレーヌの信仰がいかなるものであったかを探る、というわれわれの目的は、この2篇の詩によって達成されたのではないだろうか。すなわち、詩篇「IV」においては、信仰のうすかったヴェルレーヌが、神との対話＝祈りをとおして、次第に神との一致を望むようになるが、それは①、および③の神にたいする信仰が根底にあったためであること、とりわけ、キリストの「肉」と「血」である聖体に与ることで、彼はキリストとの一致を望んでいることをわれわれは確認した。「苦しみの道」においても、回心にいたる心の葛藤が表現されているのを見た。

　有限なる小さき者が、無限なる偉大な神と一致したいと望み、そこから生じる苦しみを真剣に苦しみ、その魂の状態を率直に告白したこれらの詩篇には、宗教詩としての深い魅力が感じられる。これを表現するために、ヴェルレーヌは脚韻に工夫をこらし、句またぎや同一語句の使用によって自分の告白を音に乗せ、一連の「連祷」、「聖歌」としたのである。

　ただ、『叡智』全体がこのような「連祷」、「聖歌」であると結論づけることはできない。なぜなら、第一節の2）で紹介したように、宗教とは全く縁のない詩篇も『叡智』の中に含まれているからであ

— 281 —

る。それゆえわれわれは、本章では『叡智』全体をキリスト教の観点から分析することを止め、ヴェルレーヌが獄中で告白する前と後の詩篇だけに絞って、彼の信仰がいかなるものであったかを探った。新信徒としての、新鮮な信仰告白を聞くことができる最もふさわしい材料であると期待したからである。その結果、この2篇に限っては、ユイスマンスの言う、「唯一」の「現代の祈祷書」であり、それは「最も美しい後悔の詩」、「最も美しい嘆願の詩句」として、読者に受け入れられるものであると言えよう。

結 論

われわれは、本書において、ヴェルレーヌの最初の作品である『土星びとの歌』から、『叡智』にいたるまで、それぞれ数篇の詩篇を取り挙げて、その中から、彼がどのように自己を表現したか、詩法および表現内容を中心に考察した。
　その結果、次のようなことが言えるであろう。まず、ヴェルレーヌの詩法にかんしては、『土星びとの歌』において、彼は、同一語句や類似の音の「繰り返し」あるいは「句またぎ」によって、曖昧な、非現実の世界を創造し、意味をもたない音によって、詩の内容を暗示した。
　『艶なる宴』においては、彼は、高踏派の目指す没個性、無感動というテーマを中心に置きながらも、楽しい宴もいつかは悲しみで終わるという世界を表現するため、対照法を駆使した文体を用いた。
　これらの技法は、ランボーを「酵母」とし、別れた妻マチルドを材料とした、『言葉なき恋歌』において収斂した。これは、後にヴェルレーヌが主張する「詩はなによりも音楽的でなければならない」とする、彼の「詩法」の実践であったのである。
　『叡智』においては、ヴェルレーヌは、このような詩法を自由自在にあやつりながら、脚韻に工夫をこらし、句またぎや同一語句の使用によって、自分の告白を音に乗せ、一連の「連祷の書」、「聖歌」とし、自己を明確に表現したと結論づけられる。
　自己表現の内容にかんしては、『土星びとの歌』および『艶なる宴』においては、高踏派の目指す、没個性や無感動という影響の下に、彼自身の自己表現は隠され、明確には表面に浮き出ていない。ただ『艶なる宴』においては、楽しい宴も、いつかは悲しみで終わるという、ひとつの筋立てのもとに創作された世界を見ることができた。これはヴェルレーヌの個人的な感情表現であり、高踏派とは一線を画す傾向にあると言えよう。
　その後ヴェルレーヌは、マチルドという詩のミューズとの出会いによって、『よき歌』を創作する。そこでは、「恋愛詩」特有の、型にはまった表現内容の下に、マチルドを愛しながらも、彼女の「肉

体」を求める願望と、自分だけの「救い」を求めるエゴイスムが潜んでいた。その結果、この詩集は、彼の実生活に直接結びついた、没個性どころか、実に個性的な詩集となった。彼はこの詩集をもって、高踏派と完全に断絶したと言えるであろう。

『叡智』においては、神との出会いによって創作された詩篇IV、および詩篇II「苦しみの道」の中に、彼は自分の弱さからくる信仰の苦しみや、神を見いだしたときの喜びを、率直に告白した。

このように、新しい作品誕生の影には、常に新しい出会いがヴェルレーヌにはあった。その結果、『よき歌』以降、彼の人生の実体験が、『言葉なき恋歌』および『叡智』の中に、色濃く反映されるようになる。換言すれば、『よき歌』を出発点として、ヴェルレーヌは読者に、その時その時の、自己の魂の状態を明確に表現するようになった。その意味で、『よき歌』は、彼の魂の告白の源泉となる重要な作品であると結論づけられる。

ところで、『叡智』以降、ヴェルレーヌには、特筆すべき新しい出会いはなかった。後に出版された『昔と近ごろ』(*Jadis et naguère*、1885年刊行)、『愛』(*Amour*、1888年刊行)、『平行して』(*Parallèlement*、1889年刊行) に収められた大部分の作品も、彼が牢獄の中や出獄した後に創作したものである。それゆえ、ヴェルレーヌにおける自己表現の変遷というテーマで、彼の作品を分析するには、『叡智』までで十分であろうと思われる。今回、取り上げなかったこれらの作品は、別の機会に新たなテーマのもとに考察を加えたい。

註

第一章

1) *Confessions* in *O.en P.C.*, p.445 によれば、出版に必要な費用は従姉のエリザ (Elisa MONCOMBLE) がヴェルレーヌに提供した。
2) Jacques-Henry BORNECQUE, *Les Poèmes Saturniens de Paul Verlaine*, Librairie Nizet, 1967, p.187

作品の創作年代を特定するのは困難であるとしながらも、氏は敢えてヴェルレーヌの友人や手紙などによって以下のように年代を推定する。pp.188-190

1861 年の終わりあるいは 1862 年の前半 *Nocturne parisien*
1862 年 10 月 *Initiume*
1862 年？（早くとも）*Crépuscule du Soir mystique, L'Heure du Berger*
1863 年 *Sub Urbe,*
1864 年（早くとも）*Nuit du Walpurgis classique, La chanson des Ingénues*
1865 年 *Prologue* 第一部、*Promenade sentimentale, Chanson d'Automne, Nevermore, Croquis parisien*
1866 年 *Après Trois Ans, Avant-Prologue, Prologue* 第二部、*Épilogue*

雑誌などに発表され、明確に年代が判明しているものとして以下のものを挙げている。

1863 年 *Monsieur Prudhomme*、『進歩評論』(*La Revue du Progrès*、8 月)
1865 年 *Dans les Bois*、『芸術』 (*L'Art*、12 月 16 日)、*Nevermore*、『芸術』(12 月 30 日)
1866 年 *Il Bacio, Dans les Bois, Cauchemar, Sub Urbe, Marine, Mon Rêve familier*、『現代高踏派詩集』(*Le Parnasse contemporain*、4 月 28 日)

Nuit du Walpurgis classique、『十九世紀評論』(*La Revue du XIXe siècle*、8 月 1 日)

Grotesques、『十九世紀評論』(10 月―12 月)

L'Angoisse、『現代高踏派詩集』(11 月)

以上がボルネックによって推定された、あるいは雑誌などに記載された詩篇から導き出された一部の作品の日付である。ただ、*L'Angoisse* の日付が1866 年 11 月とされている点に疑問が残る。10 月にはすでに『土星びとの歌』は印刷が完了していた。ル・ダンテック (Y.-G. Le DANTEC) によれば *L'Angoisse* は『現代高踏派詩集』8 号 1866 年発表とする。(*O.P.C.*,p.1077) *Mon Rêve familier* などが発表された 4 月 28 日付の『現代

高踏派詩集』が第9号であるので、これより1週間前の日付、すなわち、*L'Angoisse* は1866年4月21日発表とするのが妥当ではないだろうか。いずれにせよ、これらは、その詩篇が発表された年代によるものであり、詩篇が創作されたのは、当然、発表以前である。ヴァン・ブヴェール (Ad.Van BEVER) によれば、「『土星びとの歌』の全ての詩篇は1860年以前に創作され、従って、作者はまだ学業を終えていなかった」とする。(*Cor.*, 1, p.34)

このように、これらのことを総合しても、ヴェルレーヌがいつ自分の詩篇を書いたかを特定することは、容易ではない。

3) Pierre PETITFILS, *Verlaine*, Julliard, 1981, pp.47-52.
4) Catulle MENDÈS, *La Légende du Parnasse contemporain*, Auguste BRANCART, Éditeur,1884, Republished in 1971 by Gregg International Publishers Limited, Westmead, Farnborough, Hants., England, printed in Holland, p.8
5) Théophile GAUTIER, *Préface* in *Mademoiselle de Maupin*, texte établi avec introduction et notes par Adolphe BOSCHOT de l'Institut, Éditions Garnier Frères, 1966, p.23

ゴーチエ自身はこの「序文」の中で、l'art pour l'art という言葉は一言も使用していない。それゆえ、筆者はあえて「いわゆるゴーチエの」という表現を用いた。この l'art pour l'art は、Larousse; *Larousse des citations françaises et étrangères*, Librairie Larousse, 1976, p.157 によれば、ヴィクトル・クザン (Victor COUSIN 1792-1867) によって、以下のように初めて用いられ、「それが芸術のための芸術という有名な芸術教義のみなもととなるのであろう」と、コメントを加えている。下線は筆者による。

Il faut de la religion pour la religion, de la morale pour la morale, de l'art pour l'art. Le bien et le saint ne peuvent être la route de l'utile, ni même du beau. (*Cours de philosophie*)

訳
「宗教のためには宗教が、道徳のためには道徳が、芸術のためには芸術が必要である。善なるものや聖なるものは、有益性のための道にはなり得ないし、まして美のための道にはなり得ない。」「哲学講義」

Cette phrase serait à l'origine de la fameuse doctrine esthétique de l'art pour l'art.

訳
「この文章が、芸術のための芸術という有名な芸術教義のみなもととなるのであろう」

誰が最初にゴーチエの「序文」から、l'art pour l'art という表現を用い

て、高踏派たちの芸術理論を引き出したか、筆者の資料不足により、ついに見いだすことができなかったが、この言葉「芸術のための芸術」は、まさにゴーチエが言わんと欲したことを見事に言い当てている。

6) Théophile GAUTIER, *Émaux et Camées*, G.CHARPENTIER et E. FASQUELLE éditeurs, 1895, p.189

7) *Articles et préfaces* in *O.en P.C.*, p.605

8) Jean MOUROT, *Verlaine*, Collection PHARES, Presses Universitaires de Nancy, 1988, pp.46-48

9) Georges ZAYED, *La formation littéraire de Verlaine*, Librairie Nizet, 1970, p.74

10) Jean MOUROT, *op.cit.*, pp 48-49

11) ただし、この8篇は厳密には、正韻ソネあるいは準正韻ソネである。sonnet régulier の日本語訳「正韻」および sonnet irrégulier の日本語訳「準正韻」は、鈴木信太郎、『フランス詩法』、下巻、白水社、1970年、pp.250-287によった。

　氏による正韻ソネの定義をまとめると次のようになる。1) 4行詩2詩節と3行詩2詩節に分かれ、4行詩2詩節が初めにくる。2) 4行詩2詩節は2種類の脚韻 (a、b) で同一脚韻による抱擁韻 (abba、abba) をつくる。(abbabaab) であってはならない。3) 3行詩2詩節は3種類の脚韻 (c、d、e) で、(ccd、ede) とする。4) 韻律 (mesure) は詩人の等韻律 (isométrique) である。これらのひとつでも違反したソネを準正韻ソネと呼ぶ。

　これを基準として　以下、8篇を列挙する。

　Résignation：準正韻ソネ、*Nevermore*：準正韻ソネ、*Après Trois Ans*：正韻ソネ、*Vœu*：正韻ソネ、*Lassitude*：準正韻ソネ、*Mon Rêve familier*：正韻ソネ、*À une Femme*：準正韻ソネ、*L'Angoisse*：正韻ソネ

　正韻ソネであるにせよ、準正韻ソネであるにせよ、ソネであることにかわりはない。

12) 繰り返しのパターンのそれぞれの日本語訳は、野内良三、『レトリック辞典』、国書刊行会、1998年によった。

13) Roger LEFÈVRE, *Verlaine poésies choisies*, Classiques Illustrés Vaubourdolle, Librairie Hachette, 1956, p.13

14)「子供っぽい」という表現にかんして、『土星びとの歌』の中の *Il Bacio* と題された詩篇の、13-14詩行を参考までにここに示す。(O.P.C., p.82) 下線は筆者による。

　　　12 ·················
　　　13 Moi, je ne puis, chétif trouvère de Paris,
　　　14 T'offrir que ce bouquet de <u>strophes enfantines</u>：
　　　15 ·················

訳
　　13 僕はパリのしがない吟遊詩人、
　　14 この子供っぽい詩節の花束しか君に捧げられない：

「よく見る夢」の中でヴェルレーヌが「子供っぽい」という表現をしている訳ではないので、ここに引用した「子供っぽい詩節」という語句とは、何の関連もないかもしれない。しかしながら、この Il Bacio と Mon Rêve familier が同時に印刷されている (いずれも 1866 年 4 月 28 日『現代高踏派詩集』に掲載) ことを考慮にいれれば、「よく見る夢」において、少なくとも彼の意識下で、「子供っぽい」表現を試みたのではないかとの推測は可能であろう。

15) Louis AGUETTANT, *Verlaine, le bonheur de lire*, Les Éditions du Cerf, 1978, p.34
16) Pierre PETITFILS, *op.cit.*, p.58
17) *Ibid.*, pp.41-42
18) *Confessions* in *O.en P.C.*, p.444
19) Jacques-Henry BORNECQUE; *op.cit.*, p. 90
　　ボルネックはここで、*Mon Rêve familier* 以外にも、*Nevermore*、*Le Rossignol*、*Vœu*、*À une Femme*、等にエリザの面影を見いだしている。
20) *O.P.*, p. 510
21) Charles BAUDELAIRE, *Les Fleurs du mal* in *Œuvres complètes, I* , texte établi, présenté et annoté par Claude PICHOIS, Bibliothèque de la Pléiade,Éditions Gallimard, 1975, p.10
　　このような同一語句の繰り返しは「照応」(*Correspondances*) にも見られる。参考までに以下に部分的に引用する。(下線は筆者による。)
　　　5 Comme de longs échos qui de loin se confondent
　　　6 Dans une ténébreuse et profonde unité,
　　　7 Vaste comme la nuit et comme la clarté,
　　　8 Les parfums, les couleurs et les sons se répondent.

22) Victor HUGO, *Odes et Ballades* in *Œuvres poétiques, I* , préface par Gaëtan PICON, édition établie et annotée par Pierre ALBOUY, Bibliothèque de la Pléiade, Éditions Gallimard, 1964, p.291
23) 鈴木信太郎、『フランス詩法』、上巻、白水社、1970年、p.104
24) *Jadis et naguère* in *O.P.C.*, pp.326-327
　　　1 De la musique avant toute chose,
　　　2 Et pour cela préfère l'Impair
　　　3 ....

訳
1 何よりもまず音楽を
2 そのためには奇数脚を選べ

　この詩篇の日付は、*O.P.C.*の註 p.1148 において、1874年4月とされている。「沈む陽」の制作年代は不明であるが、『土星びとの歌』の中に「沈む陽」が収められている以上、「沈む陽」は「詩法」よりも先に書かれている。このことから、ヴェルレーヌは最初の詩集からすでに、奇数脚のもつ音楽性に惹かれていたことが推測できる。

25) Émile Littré, *Dictionnaire de la langue française*, tome 3 Gallimard / Hachette, 1972,
26) Logos, *Grand Dictionnaire de la langue française*, par Jean GIRODET, Bordas, 1976
27) Lexis, *Larousse de la langue française*, Librairie Larousse, 1977
28) Jacques-Henry BORNECQUE, *op.cit.*, p.221
29) 鈴木信太郎、*op.cit.*,下巻、p.73
30) 鈴木信太郎、*op.cit.*, 上巻、pp.64-81
31) *Ibid.*, p.74
32) *Ibid.*, pp.193-194
33) Jacques-Henry BORNECQUE, *op.cit.*, p.226
34) Maurice GRAMMONT, *Petit traité de versification française*, Collection U, Librairie Armand Colin, 1965, p.124
35) *Ibid.*, pp.127-133
36) *Ibid.*, p. 127
37) *Ibid.*, p.133
38) *Ibid.*, p.132
39) *Ibid.*, pp.134-138
40) Eléonore M. ZIMMERMANN, *Magies de Verlaine*, Librairie José Corti, 1967,p.44

「秋の歌」において、使用された全ての母音。

母音＼詩節	[o] [ɔ]	[a] [ɑ]	[e] [ɛ] [ɛj]	[i]	[u]	[ə]	[œ]	[y]	[j]	[ã] [ɔ̃]	[ɛ̃] [jɛ̃]	計
1	7	0	3	0	0	3	2	1	1	5	0	22
2	2	0	4	0	3	5	2	1	0	3	2	22
3	4	5	4	1	0	3	1	0	1	3	0	22
計	13	5	11	1	3	11	5	2	2	11	2	66

註

「秋の歌」において、使用された全ての子音。

子音\詩節	[b]	[d]	[f]	[g]	[ʒ]	[k]	[l]	[m]	[n]	[p]	[r]	[s]	[t]	[v]	[z]	計
1	1	3	0	2	0	1	7	2	4	0	2	2	2	1	0	27
2	1	1	1	0	0	2	3	2	1	1	3	4	2	1	1	26
3	0	2	1	0	1	1	2	4	0	2	3	1	2	3	1	23
計	2	6	2	2	1	4	12	8	5	3	8	7	6	5	2	76

「秋の歌」における、グラモンに従った母音の音色別表。

母音\詩節	1) 鋭い	2) はっきり	3) 響きわたる	4) 暗い	5) 重い	その他	計
1	1	3	0	7	10	1	22
2	1	6	0	5	10	0	22
3	1	4	5	4	7	1	22
計	3	13	5	16	27	2	66

1) 鋭い母音は [i] [y]
2) はっきりした母音は [e] [ɛ] [ɛj] [ɛ̃] [je]
3) 響きわたる母音は [a] [ɑ]
4) 暗い母音は [u] [o] [ɔ]
5) 重々しい母音は [œ] [ə] [ɑ̃] [ɔ̃]
   その他、はグラモンがどのカテゴリーにも入れなかった [j] である。

「秋の歌」における、グラモンに従った子音の音色別表。

子音\詩節	1)＋7)	2)	3)	4)	5)	6)	その他	計
1	9	6	7	2	1	2	0	27
2	7	3	3	3	2	5	3	26
3	7	4	2	3	4	2	1	23
計	23	13	12	8	7	9	4	76

7) の軽蔑、嫌悪、ため息、すすり泣き、苦しみを表す子音 [p] は 1) ぎくしゃくした感じを表す分類に、すでに [p] が入っているので、1) と 7) はひとつにした。また、その他、はグラモンがどのカテゴリーにも入れなかった [ʒ] である。

第二章

1) Louis AGUETTANT, *op.cit.*, p.51
2) イタリア喜劇にかんしては、コンスタン・ミック著、『コメディア・デラルテ』、梁木靖弘訳、未来社、1987年に詳しい。ここでそれを簡単に紹介すると、コメディア・デラルテは中世から盛んになり、イタリアバロック期に最盛期を迎え、ヨーロッパ全土に広がる。熱烈なエロティシズムといったルネッサンスの精神を反映している。フランスではモリエール (MOLIÈRE) の喜劇にも影響を与える。主な登場人物の名前と役割は以下のとおり。
- ピュルシネラ：ザンニ (最も人気が高く、コメディア・デラルテの特徴を最もよく表すタイプ) と呼ばれる役柄のひとりで、簡単に恋におち、悪どくて醜い。(p.50)
- コロンビーヌ：ピュルシネラの相手役であり、婚約者、妻、恋人などを演じる。(p.52)
- ピエロ：(ペドロリーノ) ザンニのこと。2人1組で演じられる。ベルガモ人が演じた。観客はこのふたりの下僕に、庶民の智恵と朴訥な外見の下に隠された抜け目なさを見ていた。(pp.38-40)
- アルルカン：(アルレッキーノ) フランスのパントマイムを根付かせた役。辛辣なせりふをはく。第2ザンニとして、粋な身のこなしで、知的な洗練された、恋人役を演じる。(p.48)
- スカラムーシュ：言葉と仕草の大げさな人間という役どころ。自分の美しさや魅力や財産を自慢するが、実際には唾棄すべき人間であり、ありのままの自分を受け入れたくない人間の役。きらびやかなものを身に付け、大食漢。(p.56-58)
- スペイン人：イタリア人は自分達を虐げるスペイン人を毛嫌いしていた。そこから、滑稽なからいばりのスペイン人が舞台に登場する。
- 医者：脇役であるが、どの舞台仲間よりも口八丁手八丁を使って、疑わしい薬を売りつけた大道香具師に近い役がら。(pp.200-201)

　ただし、ヴェルレーヌがどれほど彼らの役回りを熟知して、詩篇の中に登場させたかは不明である。
3) Claude CUÉNOT, *État présent des études verlainiennes*, Société d'Édition "*Les Belles Lettres*", 1938, p.54
4) *Ibid.*,
5) Antoine ADAM, *Verlaine, Connaissance des Lettres*, Hatier, 1965, p.102
6) *O.P.*, pp.68-69
7) *Ibid.*,p.69

8) Louis AGUETTANT, *op.cit.*, p.52
9) Pierre MARTINO, *Verlaine*, Boivin & Cie, Éditeurs, 1930, p. 64
10) *O.P.*, p.71
11) Louis AGUETTANT, *op.cit.*, p.53
12) *Ibid.*,
13) Pierre MARTINO, *op.cit.*, p.66
　　ここでマルチノは「2〜3の絵画」と表現するが註6)においては、ヴェルレーヌがルーヴルで見ることのできたワットーの絵画はたったひとつしかなかった、とされており、若干の相違が見られる。
14) Edmond et Jules de GONCOURT, *Journal, Mémoires de la vie littéraire*, 1858-1860, tome III, Les éditions de l'imprimerie nationale de Monaco, Fasquelle and Flammarion, 1956, p.118
15) *O.P.*, p.74
16) Victor HUGO, *Œuvres poétiques, II*, édition établie et annotée par Pierre ALBOUY, Bibliothèque de la Pléiade, Éditions Gallimard, 1967, p.524
17) Théodore de BANVILLE, *Promenade galante* in *Rimes dorées, Œuvres, III*, réimpression de l'édition de Paris, 1890-1909, Slatkine reprints, Genève, 1972, p.192
18) 12) Pierre MARTINO, *op.cit.*, p.67
19) Jacques-Henry BORNECQUE, *Lumières sur les Fêtes galantes de Paul Verlaine*, Librairie Nizet, 1969, p.145
20) Henri MORIER, *Dictionnaire de poétique et de rhétorique*, Presses Universitaires de France, 1961, p.114
21) *Ibid.*, p.115
　　彼は、対照法を大まかに、概念対照法からリズム対照法まで、8のカテゴリーに分類している。
22) Maurice GRAMMONT, *op.cit.*, pp.104-105
23) *Ibid.*, p.41
24) Paule SOULIÉ-LAPEYRE,*Le vague et l'aigu dans la perception verlainienne*, Publications de la Faculté des Lettres et Sciences humaines de Nice,Collection « Méditerranée antique et moderne » —15, « Les belles lettres », 1975, p.175
25) Maurice GRAMMONT, *op.cit.*, p.39

第三章

1) *Conférence sur les poètes contemporains* in *O.en P.C.*, p.900
　　この講演は、1893年11月にイギリスでおこなわれたものである。(*O.en P.C.*, p.1411)
2) Claude CUÉNOT, *op.cit.*, p.54

3) Bronislawa MONKIEWICZ, *Verlaine Critique littéraire*, Réimpression de l'édition de Paris, 1928, Slatkine Reprints, 1983, p.28
4) Pierre PETITFILS, *op.cit.*, pp.80-81
5) Ex-Madame Paul VERLAINE, *Mémoires de ma vie*, Collection dix-neuvième, Éditions Champ Vallon, 1992, p.67
本書は 1907―1908 年に書かれたものであるが、最終的には 1935 年にフラマリオン社（Flammarion)から出版された。
6) *Ibid.*, p. 72
7) Pierre PETITFILS, *op.cit.*, p.82
8) *Ibid.*, p.83
9) *Ibid.*, p.85
10) *Ibid.*, p.88
11) *O.P.*, p.570
12) Pierre PETITFILS, *op.cit.*, p.75
13) *Ibid.*,
14) *Cor.,1.*, p.25
15) Ex-Madame Paul VERLAINE, *op.cit.*, p.73
16) *Ibid.*, p.74
17) *Ibid.*, p.78
18) *Ibid.*, p.79
19) *Ibid.*, p.81
20) *O.P.C.*, p.140
21) Pierre PETITFILS, *op.cit.*, p.89
22) *Confessions* in *O.en P.C.*, p.496
23) *Ibid.*, p.900
24) Pierre PETITFILS, *op.cit.*, p.89
25) *O.P.*, pp.569-579
26) Ex-Madame Paul VERLAINE, *op.cit.*, pp.73-98
27) *O.P.*,p.105
28) Ex-Madame Paul VERLAINE, *op.cit.*, p.82
29) *Ibid.*, pp.83-84
30) *Ibid.*, p.84
31) *O.P.*, p.105
32) Ex-Madame Paul VERLAINE, *op.cit.*, pp.73-74
33) *O.P.*, p.571
34) Ex-Madame Paul VERLAINE, *op.cit.*, p.74
35) *O.P.*, p.571

36) Ex-Madame Paul VERLAINE, *op.cit.*, pp.77-78
37) *O.P.*, pp.571-572
38) Ex-Madame Paul VERLAINE, *op.cit.*, p.78
39) *O.P.*, p.572
40) *Ibid.*,
41) *O.P.*, p.573
42) *Ibid.*,
43) Ex-Madame Paul VERLAINE, *op.cit.*, p.80
44) Carlovingienの意味は不明。この名前にかんしては、ヴェルレーヌ自身が『告白』の中で、「僕はすでにカルロヴァンジャン (carlovingien) という名前を彼女に与えていた。」と証言している。しかしそれだけである。voir *O.en P.C.*, p.524

　ジャック・ロビッシェは、この名前について、「おそらく、名前にかんするもうひとつの夢物語 (une autre rêverie) が、この詩から着想を得た」と指摘し、プルースト (PROUST) が『スワン家のほうへ』(*Du côté de chez Swann*) において、(メロヴァンジャン mérovingiens) という語が使用されている箇所を例として示しているだけである。(voir *O.P.*, p. 573)「夢物語」とロビッシェが言うように、これは、実在しない名前であろう。

　また、mérovingiens にかんしては、Marcel PROUST, *À la recherche du temps perdu 1*, édition publiée sous la direction de Jean-Yves TADIÉ avec, pour ce volume, la collaboration de Florence CALLU, Francine GOUJON, Eugène NICOLE, Pierre-Louis REY, Brian ROGERS et Jo YOSHIDA, Bibliothèque de la Pléiade, Éditions Gallimard, 1987, p.169 を参照。

　以下は筆者の推測による。
　CarlovingienはCarolingiens「カロリング王朝」と非常に紛らわしい名前である。ところで、André CHERPILLOD, *Dictionnaire étymologique des noms d'hommes et de dieux*, Masson, Paris 1988, p.72 によれば、「Carolingiens という名は、ラテン語の Carolus で、この王朝の最初の王となったピピン(小) Pépin le Bref の父の名前、カール・マルテル Charles Martel に由来している。」ここで興味深いのは、マチルドの兄の名前がやはり、シャルル Charles である。それゆえ、暗に未来の義理の兄 Charles を思いつつ、それに似た名前をヴェルレーヌが創造したのかもしれない。しかし、これはおそらく筆者の無理なこじつけであろう。ここでは「昔風の名前である」という程度の意味に止めたい。

45) Ex-Madame Paul VERLAINE, *op.cit.*, p.81
46) *O.P.*, p.573
47) *O.P.*, p.574

48) Ex-Madame Paul VERLAINE, *op.cit.*, p.82
49) *O.P.*, p.574
50) Ex-Madame Paul VERLAINE, *op.cit.*, p.82
51) *Ibid.*,
52) *O.P.*, p.575
53) Ex-Madame Paul VERLAINE, *op.cit.*, pp.83-84
54) *O.P.*, p.575
55) Ex-Madame Paul VERLAINE, *op.cit.*, p.93
56) *O.P.*, p.577
57) *O.P.*, pp.569-570 および Pieere PETITFILS,*op.cit.*, p.89
58) J.-S.CHAUSSIVERT, *L'art verlainien dans la Bonne Chanson*, A.G.Nizet,Paris, 1973, pp.96-97
59) Jean BECK, *La Musique des Troubadours, Les musiciens célèbres*, Librairie Renouard, Henri LAURENS, Éditeur, (Reprint of the 1910 ed.,Paris), AMS presse, New York, 1973, pp.68-69
60) Alfred de MUSSET, *Poésies nouvelles* in *Poésies complètes*, texte établi et annoté par Maurice ALLEM, Bibliothèque de la Pléiade, Éditions Gallimard, 1957, p.377
61) BAUDELAIRE, *Les Fleurs du mal* , *op.cit.*, p.43
62) *Ibid.*, p.44
63) Ivan GOBRY, *Verlaine et son destin*, Pierre TÉQUI, éditeur, 1997, p.72
64) Eléonore M. ZIMMERMANN, *op.cit.*, p.264

第四章
1) Pierre PETITFILS, *op.cit.*, p.95
2) *Ibid.*, p.477 によれば、この表現は 1873 年 7 月 10 日、ブリュッセル警察署におけるヴェルレーヌ婦人の証言である、とする。
3) *Ibid.*, p. 176
4) *Ibid.*, pp.94-207
5) *Romances sans paroles* in *O.P.C.*, p. 1100
6) *Ibid.*, p.1101
7) *Ibid.*, p.1103
8) *O.P.C.*, p.196
9) *Ibid.*, p.197
10) *Ibid.*, p.199
11) *Ibid.*, p.201
12) *Ibid.*,
13) *Ibid.*, p.204

14) *Ibid.*, p. 206
15) *Ibid.*, p.207
16) *Ibid.*,
17) *Ibid.*, p.209
18) Antoine ADAM, *Verlaine, op.cit.*, p.108
19) Pierre PETITFILS, *op.cit.*, p.150
20) *Ibid.*, p.168
21) *Ibid.*, pp.197-198
22) *O.P.C.*, p.177
23) Louis AGUETTANT, *op.cit.*, p.72
24) *Ibid.*, p.74
25) *Cor., 1.*, pp.101-102
26) *Ibid.*, p.38
27) *Ibid.*, p.93
28) Louis AGUETTANT, *op.cit.*, p.95
29) *Cor., 1.*, p.296
30) *Ibid.*, p.300
31) Pierre PETITFILS, *op.cit.*, p.200
 プチフィスは、1874年4月16日の『ル・ラペル』誌 (*le Rappel*) に記載されたブレモンの書評は重要であると指摘し、以下のように彼の記事を引用している。
「われわれは、ポール・ヴェルレーヌの『言葉なき恋歌』を手にしたところである。これはまたしても音楽であり、しばしば奇妙で、相変わらず悲しく、神秘的な苦悩の響きのように思われる音楽である。」
 ヴェルレーヌはこの記事を読んで、音楽こそ詩の本質であると考え、「詩法」を創作したと、プチフィスはここで主張している。
32) *O.P.C.*, p.1148 によれば「1882年11月10日、『現代パリ』(*Paris-Moderne*) に発表された。」
33) Théodore de BANVILLE, *Petit traité de poésie française* in *Œuvres VIII*, Réimpression de l'édition de Paris 1890-1909, Slatkine Reprints, 1972, p.11
34) *Ibid.*, pp.52-53
35) *Ibid.*, p.61
 ここで彼はボワローの以下の詩句を取り上げて、
 ....
 Si je pense exprimer un Auteur sans défaut,
 La Raison dit Virgile, et la Rime Quinaut.
  (BOILEAU. *A M. de Molière.* Satires, II)

「défautと脚韻をあわせるためには Quinaut とせずに QuiFaut とすべきだった」と言い、子音に支えられた押韻を支持する。

36) *Ibid.*, p.62
37) *Ibid.*, p.80
38) *Un mot sur la rime* in *O.en P.C.*, pp.696-697
39) *Ibid.*, pp.697-698
40) Paule SOULIÉ-LAPEYRE, *op.cit.*, pp.146-151
41) *Ibid.*, p.151
42) *Ibid.*, p.147
43) Henri MORIER, *op.cit.*, p.506
44) Maurice GRAMMONT, *op.cit.*, p.46
45) Paule SOULIÉ-LAPEYRE, *op.cit.*, p.151
46) Maurice GRAMMONT, *op.cit.*, p.137
47) Paule SOULIÉ-LAPEYRE, *op.cit.*, p.174
48) Jacques ROBICHEZ, *Verlaine entre Rimbaud et Dieu*, Société d'édition d'enseignement supérieur, 1982, p.62
49) Antoine ADAM, *Verlaine , op.cit.*, pp.111-112
50) Louis AGUETTANT, *op.cit.*, p.100
51) Jean-Pierre RICHARD, *Poésie et profondeur*, Éditions du Seuil, 1955, p.174
52) Antoine ADAM ; *Le vrai Verlaine*, Réimpression de l'édition de Paris, 1936, Slatkine Reprints, 1981, p.40
53) Jacques ROBICHEZ, *Verlaine entre Rimbaud et Dieu , op.cit.*, p.65
54) RIMBAUD, *Œuvres, Délires I* in *Une saison en enfer*, Sommaire biographique, introduction, notices, relevé de variantes, bibliographie et notes par Suzanne BERNARD et André GUYAUX, Éditions Garnier Frères, 1981, p.227
55) Louis AGUETTANT, *op.cit.*, p.103
56) 池上忠治　責任編集、「印象派時代」、『世界美術大全集』、22巻、小学館、1993年、pp.11-12
57) Antoine ADAM, *Verlaine, op.cit.*, p.113
58) *Romances sans paroles* in *O.P.C.*, p. 1104
　　ここで、『ロワイエ・コラール』はルペルチエの指摘によれば、ヴェルレーヌにとっては、詩人の敵で、横柄で威張った人びとの具現化である、という註が付せられている。ちなみに、*Grand dictionnaire encyclopédique Larousse tome 13*, Librairie Larousse, 1985 によれば、ロワイエ・コラール (Royer-Collard 1763―1845) は、立憲君主制を支持し、極右王党派とは対立した人物で、「正理論派」(Doctrinaires) の指導者であった。
59) Eléonore M. ZIMMERMANN, *Variété de Verlaine, Réflexions sur la nature de*

la poésie in *La petite musique de Verlaine,* "*Romances sans paroles, Sagesse*", par J.BEAUVERD, J.-H. BORNECQUE, P. BRUNEL, J.-F. CHAUSSIVERT, P. COGNY, M. DECAUDIN, P. VIALLANEIX, G. ZAYED, E. ZIMMERMANN, Société d'Édition d'Enseignement Supérieur, CDU et SEDES réunis, 1982, p.11
60) *Romances sans paroles* in *O.P.*, p.595
61) Henri MORIER, *op.cit.*, p.205
62) Maurice GRAMMONT, *op.cit.*, p.136
63) Antoine ADAM; *Verlaine, op.cit.*, p.110

(1)『土星びとの歌』における目立たない脚韻の例。
Prologue;
　39 pas / 40 combats,　59 tout / 60 bout,　83 foi / 84 loi,
Après Trois Ans;
　2 jardin / 3 matin
À une Femme;
　2 doux / 3 vous,　9 bien / 11 mien,
Cauchemar;
　19 bleu / 20 feu,
Effet de Nuit;
　7 loups / 8 houx,
Grotesques;
　26 faut / 28 haut, 38 vous / 40 loups,
Nuit du Walpurgis classique;
　34 tous / 36 fous,
L'Heure du Berger;
　9 bruit / 12 Nuit,
Le Rossignol;
　9 bien / 10 rien,
Jésuitisme;
　1 joint / 2 point,
La Chanson des Ingénues;
　2 bleu / 4 peu,
Une Grande Dame;
　12 genoux / 13 roux,
Çavitrî;
　1 vœu / 4 pieu,

Nocturne parisien;
    35 tout / 36 bout, 47 soleil / 48 vermeil, 83 fou / 84 sou,
Marco;
    48 bout / 49 absout,
La Mort de Philippe II;
    62 roux / 64 jaloux / 66 poux,   80 Foi / 82 Loi / 84 Roi,
    93 peu / 95 feu / 97 Dieu,   118 joue / 120 loue / 122 boue,
    123 point / 125 Oint,   145 fous / 147 trous / 149 poux,
Épilogue II;
    2 feu / 4 bleu,   10 adieu / 12 bleu,
以上29組

(2)『言葉なき恋歌』における目立たない脚韻の例。
Ariettes oubliées I;
    9 doux / 12 cailloux,   15 pas / 18 bas.
Ariettes oubliées V;
    7 soudain / 10 incertain,
Ariettes oubliées VI;
    21 grigou / 23 bafoue,   26 abbé / 28 attrapée,
Charleroi;
    13 quoi / 16 Charleroi,
Simples fresques II
    1 fin / 2 divin,   10 château / 11 beau,
Chevaux de bois;
    17 besoin / 20 foin,
Birds in the night;
    30 soldat / 32 ingrat,   53 fous / 55 tous,   62 rideaux / 64 tantôts,
Green;
    2 vous / 4 doux,
Spleen;
    6 doux / 8 vous
以上14組

(3)『土星びとの歌』における目立ちすぎる脚韻の例。下線は筆者による。
Avant-prologue;
    3 d<u>ésastres</u> / 4 <u>des astres</u>, 9 nécrom<u>anciens</u> / 10 <u>anciens</u>
Résignation;

2 p<u>apale</u> / 3 Sardan<u>apale</u>
L'Angoisse;
　2 past<u>orales</u> / 3 aur<u>orales</u>, 12 p<u>areille</u> / 14 app<u>areille</u>
Nuit du Walpurgis classique;
　13 <u>aulique</u> / 15 c<u>olique</u>, 21 <u>blanches</u> / 23 <u>branches</u>
Jésuitisme;
　11 am<u>oureuses</u> / 12 Bienh<u>eureuses</u>
Initium;
　11 con<u>temple</u> / 13 <u>temple</u>
Nocturne parisien;
　9 cou<u>vertes</u> / <u>vertes</u>, 15 troub<u>adour</u> / 16 l'<u>Adour</u>
　81 fant<u>asques</u> / 82 m<u>asques</u>
César Borgia;
　19 <u>grand pli</u> / 20 <u>rempli</u>
La Mort de Philippe II;
　136 béa<u>titude</u> / 138 cer<u>titude</u>
Épilogue I;
　1 <u>danse</u> / 3 ca<u>dence</u>
　以上15組

(4)『言葉なき恋歌』における目立ちすぎる脚韻の例。下線は筆者による。
Ariettes oubliées I;
　1 lang<u>oureuse</u> / 2 am<u>oureuse</u>
Ariettes oubliées IV;
　2 h<u>eureuses</u> / 4 pl<u>eureuses</u>
Simples fresques I;
　10 d'<u>automne</u> / 12 mon<u>otone</u>
Birds in the night;
　1 pa<u>tience</u> / 3 insou<u>ciance</u>, 34 souf<u>france</u> / 36 <u>France</u>
Green;
　1 <u>branches</u> / 3 <u>blanches</u>
Spleen;
　5 <u>tendre</u> / 7 d'at<u>tendre</u>
Child wife;
　17 l'h<u>onneur</u> / 19 b<u>onheur</u>
　以上8組

第五章

1) Jacques ROBICHEZ, *Verlaine entre Rimbaud et Dieu*, op.cit., p.97
2) Louis MORICE, *Verlaine,Sagesse*, Librairie Nizet, 1968, pp.20-22
3) *O.P.*, p. 172
4) *Ibid.*, p.605
5) *Ibid.*,
6) Pierre PETITFIS, op.cit., p.263
7) *Ibid.*, p.262
8) Pierre-Henri SIMON, *Sagesse de Paul Verlaine*, texte établi, présenté et annoté par Pierre-Henri SIMON de l'Académie Française, Éditions Universitaires Fribourg Suisse, 1982, p. 102
9) J. K. HUYSMANS, *Paul Verlaine, Poésies religieuses*, Librairie Léon Vanier, Éditeur, 1904, p. 28
10) Louis MORICE, op.cit., p.30
11) Antoine ADAM, *Verlaine*, op.cit., p.140
12) 矢橋透、吉田好克 他『フランス文化のこころ―その言語と文学―』の中の前川泰子「『叡智』：世紀末の改宗詩―社会／思想的背景をめぐって―」、駿河台出版社、1993年、pp.61-79 に詳しい。
13) Pierre MARTINO, op.cit., p.127
14) ローマ・カトリック教会からの独立と、ローマ教皇の権力の制限を求める運動。
15) ローマ・カトリック教会を重んじ、フランス・カトリック教会をその支配下に置こうとする運動。メストル (Joseph de MAISTRE) によって理論化された。
16) H. デンツィンガー編 A.シェーンメッツァー増補改訂『カトリック教会文書資料集』、浜寛五郎訳、エンデルレ書店、昭和 49 年、pp.443-447
17) カトリック中央協議会事務局編集『カトペディア '92』、カトリック中央協議会出版、1992年、p.35
18) ジェフリー・バラクラフ編、上智大学中世思想研究所 監修、『図説キリスト教文化史 III』、別宮貞徳訳、原書房、1994年、p.48
19) *Mes prisons* in *O.en P.C.*, p.347
20) *Ibid.*,
21) *Ibid.*,
22) Mgr. GAUME, *Catéchism de persévérance ou Exposé historique, dogmatique, morale, liturgique, apologétique, philosophique et social de la religion, depuis l'origine du monde jusqu'à nos jours*, par Mgr. GAUME, protonotaire apostolique, docteur en théologie, vicaire général de Reims, de Montauban et d'Aquila, Chevalier de l'Ordre

de Saint-Sylvestre, membre de l'Académie de la religion catholique de Rome, etc. huitième édition, tome quatrième, Paris, Gaume frères et J.Duprey, Éditeurs,1860, pp.625-626

ゴームの何年版をヴェルレーヌが読んだかは不明であるが、われわれは、少なくとも、彼が入獄する以前の版を、すなわち、1873年以前の版を使用する。本章で、主に使用するゴームの『上級公教要理』(第4巻) は、上記の1860年出版の第8版である。(初版は1838年、全8巻)

Q : Qu'est-ce que l'Eucharistie?
R : L'Eucharistie est un Sacrement qui contient vraiment, réellement et substantiellement le corps, le sang, l'âme et la divinité de Notre-Seigneur Jésus-Christ, sous les espèces ou apparences du pain et du vin.

Q : Pourquoi dites-vous vraiment, réellement et substantiellement?
R : On dit *vraiment*, réellement et substantiellement pour marquer que Notre-Seigneur est présent dans l'Eucharistie, non pas seulement en figure, ou par la foi, ou par sa puissance, mais en corps et en âme.

ただし、1866年出版の第21版 (初版は1839年) である『上級公教要理要約』
　Abrégé du catéchisme de persévérance ou Exposé historique dogmatique, morale et liturgique de la religion, depuis l'origine du monde jusqu'à nos jours, par Mgr. Gaume, protonotaire apostolique, docteur en théologie, etc. vingt-deuxième édition, Paris, Gaume frères et J.Duprey, Éditeurs, 1866, pp.211-212 においては、下線 (筆者による) に示されているように、イタリックの部分が増加している。

Q : Qu'est-ce que l'Eucharistie?
R : L'Eucharistie est un Sacrement qui contient vraiment, réellement et substantiellement le corps, le sang, l'âme et la divinité de Notre-Seigneur Jésus-Christ, sous les espèces ou apparences du pain et du vin.

Q : Pourquoi dites-vous <u>*vraiment, réellement et substantiellement*</u>?
R : On dit *vraiment*, <u>*réellement et substantiellement*</u> pour marquer que Notre-Seigneur est présent dans l'Eucharistie, non pas seulement en figure, ou par la foi, ou par sa puissance, mais en corps et en âme.

　このことにより、時代が70年代に近づくにつれて、文言の変化はないが、イタリック体によって、強調される部分が変化したことは、認めら

れる。われわれは、後者のほうが、キリストの肉と血を、より物質的に強調されているとの印象を持つ。ただ、前述したとおり、ヴェルレーヌが第何版を読んだかは分からないので、われわれは初版により近い1860年出版の第8版を主に使用することとする。

23) 荻原晃　編『カトリック教理問答』、中央出版社、1949年初版、昭和28年3月20日、第3版、pp.289-290

24) Maurice FELTIN, *Catéchisme à l'usage des diocèses de France*, Maurice FELTIN, Archevêque de Paris, Paris VIᵉ, P. Lethielleux, Éditeur, 1950, p.76

203 ― Qu'est-ce que l'Eucharistie?
L'Eucharistie est un sacrement qui contient réellement le corps, le sang, l'âme et la divinité de Jésus-Christ sous les apparences du pain et du vin.

25) *Ibid.*,

Les « apparences du pain », « apparences du vin » sont ce qui apparaît à nos sens, comme la couleur, le goût, la forme du pain et du vin.

26) *Catéchisme catholique*, Édition Canadienne, Québec, 1955, p.173

784 ― Qu'est-ce que l'Eucharistie?
L'Eucharistie est le sacrement qui contient réellement le corps et le sang, l'âme et la divinité de Notre-Seigneur Jésus-Christ.

27) カトリック中央協議会、『カトリック要理』(改訂版)、1972年初版、1998年、p.177
28) *Ibid.*, p.180
29) 南山大学監修『第2バチカン公会議公文書全集』、サンパウロ、1986年初版、1999年、p.20
30) *Catéchisme de l'Église catholique*, Mame / Plon, 1992, p.292

Si les chrétiens célèbrent l'Eucharistie depuis les origines, et sous une forme qui, dans sa substance, n'a pas changé à travers la grande diversité des âges et des liturgies, c'est parce que nous nous savons liés par l'ordre du Seigneur, donné la veille de sa passion : « Faites ceci en mémoire de Moi » (I Co 11, 24-25). なお、この部分 « Faites ceci en mémoire de Moi » の聖書の日本語訳は、本来なら「わたしの記念としてこれを行いなさい」と訳したいところであるが、このカトリッ

ク要理が第2バチカン公会議の後出版されたものであるため、その精神に基づいて、日本語訳は『聖書』(新共同訳) 日本聖書協会、1991年版によった。参考までに、フランス語の共同訳聖書TOB (Traduction Œcuménique de la Bible)、Alliance biblique universelle, Éditions du Cerf, 1984では«···faites cela en mémoire de moi.»「わたしの記念としてそれを行え」となっている。

31) *Catéchisme de l'Église catholique, op.cit.*, p.296

 Dans le très saint sacrement de l'Eucharistie sont « contenus *vraiment, réellement et substantiellement* le Corps et le Sang conjointement avec l'âme et la divinité de notre Seigneur Jésus-Christ, et, par conséquent, *le Christ tout entier* » .

32) イバニェス・ラングロイス著、『世の光イエズス・キリスト「カトリック教会のカテキズム」要約Q & A』、新田荘一郎訳、財団法人精道教育促進協会、1994年、p.60
 なお、原書のタイトルは以下のとおり。
 JESUCRISTO, LUZDEL MUNDO CATECISMO CATOLICO BREVE, by José Miguel Ibáñez Langlois, 1993

33) Mgr.GAUME, *op.cit.*, p.626

 Q : Quelle est la forme de l'Eucharistie?
 R : La forme de l'Eucharistie, ce sont les paroles de la consécration que le prêtre prononce à la Messe, et qui changent le pain et le vin au corps et au sang de Notre-Seigneur.

 Q : Comment s'appelle ce changement?
 R : Ce changement s'appelle transsubstantiation, c'est-à-dire changement de substance.

34) *Mes prisons* in *O.en P.C.*, pp.349-350
35) *Cor., 1,* p.147
36) この聖書 (*La Bible*,traduction de Louis-Isaac Lemaître de Sacy, préface et textes d'introduction établis par Philippe SELLIER, Éditions Robert LAFFONT, S.A., Paris, 1990) はサシーの何年版のヴルガタ訳をもとに再版されたのか、その再版者であるフィリップ・セリエ (Philippe SELLIER) 氏によって、明確に示されてはいないが、その序文から、トレント公会議以降、部

分的に出版されたものをそれぞれ、そのテクストとして用いたものであろう。

37) *La Bible de Jérusalem, La sainte Bible* traduite en français sous la direction de l'École biblique de Jérusalem, Nouvelle édition entièrement revue et augmentée, Les Éditions du Cerf, 1978

この聖書はヘブライ語、アラマイ語、ギリシャ語をもとにし、必要な時にはヴルガタ訳（Vulgate）も参照しながら、多くのカトリック研究者の協力のもとに、フランス語に訳されたものである。

38) バルバロ訳『旧約新約聖書』ドン・ボスコ社、1964年初版、1978年

この聖書はヴルガタ訳に基づき、ギリシャ語訳を参照しながら、創世の書からネヘミアを除く全てはバルバロ神父の訳による。これは「現代におけるもっとも権威ある批判テキストにもとづく翻訳である。」(p.34)、とその序文に記されている。

39) *Matthieu* VI, 1-21：下線は筆者による。

第1節：...... vous n'aurez pas de récompense auprès de votre <u>Père</u> qui est dans les cieux.

第4節：...... et ton <u>Père</u>, qui voit dans le secret, te le rendra.

第6節：...... ton <u>Père</u> qui est là, dans le secret ; et ton <u>Père</u>, qui voit dans le secret, te le rendra.

第8節：...... car votre <u>Père</u> sait bien ce qu'il vous faut,......

第9節：...... Notre <u>Père</u> qui es dans les cieux, ...

第14節：...... votre <u>Père</u> céleste vous remettra aussi ;......

第15節：...... votre <u>Père</u> non plus ne vous remettra pas vos manquements.

第18節：...... mais de ton <u>Père</u> qui est là, dans le secret; et ton <u>Père</u>, qui voit dans le secret, te le rendra.

「ルカ(Luc)」11章2節では：...... <u>Père</u>, que ton Nom soit sanctifié ;

以上「父」という表現がマタイでは6章1—21節においてだけでも、全部で10回使用されている。サシーの聖書でも同様にPèreが使用されている。以下、エルサレム聖書研究所の聖書とサシーの聖書で、語句が同じである場合、いちいち断りを入れない。

40) *Matthieu* V, 48 : Vous donc, vous serez parfaits comme votre Père céleste est parfait.

41) *Luc* I, 37 : car rien n'est impossible à Dieu. イタリックは原文のまま。

42) *Luc* XII, 2 : Rien, en effet, n'est voilé qui ne sera révélé, rien de caché qui ne sera connu.

43) *Luc* XII, 7 : Bien plus, vos cheveux même sont tous comptés.

44) *Luc* XV, 20 : ...... Tandis qu'il était encore loin, son père l'aperçut et fut pris de

pitié ; il courut se jeter à son cou et l'embrassa tendrement.
45) *Marc* XII, 29 : ...... *Le Seigneur notre Dieu est l'unique Seigneur,* イタリックは原文のまま。サシーの聖書では、...... le Seigneur votre Dieu est le seul Dieu.
46) *Jean* XVII, 1-3 : 1...... Père, l'heure est venue : glorifie ton Fils, afin que ton Fils te glorifie ...... 3 : Or, la vie éternelle, c'est qu'ils te connaissent, toi, le seul véritable Dieu, et celui que tu as envoyé, Jésus-Christ.
47) *Matthieu* III, 17 : Et voici qu'une voix venue des cieux disait : «Celui-ci est mon Fils bien-aimé, qui a toute ma faveur. »
ここで、une voix venue des cieux とは神の声であり、mon Fils bien-aimé はキリストを意味する。
48) *Matthieu* XXVIII, 19 : Allez donc, de toutes les nations faites des disciples, les baptisant au nom du Père et du Fils et du Saint Esprit,
日本語の翻訳では「父と子と聖霊との、み名によって」となるが、このようにフランス語では nom と単数形である。これは、父と子と聖霊は一つだからである。
49) *Matthieu* VI, 26 : Regardez les oiseaux du ciel : ils ne sèment ni ne moissonnent ni ne recueillent en des greniers, et votre Père céleste les nourrit ! Ne valez-vous pas plus qu'eux ?
50) *Matthieu* VI, 30 : Que si Dieu habille de la sorte l'herbe des champs, qui est aujourd'hui et demain sera jetée au four, ne fera-t-il pas bien plus pour vous, ...
51) *Matthieu* VI, 33 : Cherchez d'abord son Royaume et sa justice, et tout cela vous sera donné par surcroît.
52) *Matthieu* VI, 25 : Voilà pourquoi je vous dis : Ne vous inquiétez pas pour votre vie de ce que vous mangerez, ni pour votre corps de quoi vous le vêtirez. ......
53) *Matthieu* VI, 31 : Ne vous inquiétez donc pas en disant : Qu'allons-nous manger ? qu'allons-nous boire ? de quoi allons-nous nous vêtir ?
54) *Matthieu* VI, 24 : Nul ne peut servir deux maîtres : ...... Vous ne pouvez servir Dieu et l'Argent.
サシーの聖書では l'Argent の代わりに les richesses が使用されている。
55) *Matthieu* VI, 30 : ...... gens de peu de foi !
56) *Matthieu* VI, 25 : ...... Ne vous inquiétez pas pour votre vie ......、31 : Ne vous inquiétez donc pas en disant : ......、34 : Ne vous inquiétez donc pas du lendemain : ......、以上3箇所である。
57) *La Genèse* III, 9 : Yahvé Dieu appela l'homme : « Où es-tu ? » dit-il.
58) *La Genèse* III, 8 : ...... l'home et sa femme se chachèrent devant Yahvé Dieu parmi les arbres du jardin.
サシーの聖書では Yahvé Dieu は sa face に jardin は paradis となっている。

59) *La Genèse* III, 12-13 : 12 L'homme répondit: « C'est la femme que tu as mise auprès de moi qui m'a donné de l'arbre, et j'ai mangé! » 13 Yahvé Dieu dit à la femme: « Qu'as-tu fait là? » et la femme répondit : « C'est le serpent qui m'a séduite, et j'ai mangé. »

「創世の書」3章12—13節：「12 男は、『あなたが私といっしょに置かれた女が、木の実をとってくれたので、私は食べました』と答えた。すると主なる神は、『なぜそうしたのか？』と女におおせられると、女は、『へびにだまされて食べてしまいました』と答えた。」

サシーの聖書では12節の l'homme は Adam に、13節のm'a séduite は m'a trompée となっている。

60) *La Genèse* III, 14-15 : 15節の下線は筆者による。14 : Alors Yahvé Dieu dit au serpent: « Parce que tu as fait cela, maudit sois-tu entre tous les bestiaux et toutes les bêtes sauvages. Tu marcheras sur ton ventre et tu mangeras de la terre tous les jours de ta vie. 15 : Je mettrai une hostilité entre toi et la femme, entre ton lignage et le sien. <u>Il</u> t'écrasera la tête et tu l'atteindras au talon. »

サシーの聖書では 15 節に大きな相違がある。以下に 15 節を引用する。下線は筆者による。

15 : Je mettrai une inimitié entre toi et la femme, entre sa race et la tienne. <u>Elle</u> te brisera la tête, et tu tâcheras de la mordre par le talon.

エルサレム聖書研究所の聖書では 15 節は Il であり、ヴルガタ訳に基づくサシーの聖書では Elle の、この相違について、『旧約新約聖書』ドン・ボスコ社(1978年) は、以下のとおり説明する。全て原文のまま。

「かれ」とは、「かの女のすえ」のこと。ヴルガタ訳では、女性代名詞「かのじょ」とある。本節にでる「女」がマリアであるという解釈は、ヴルガタ訳のあやまりにもとづいているのではなく、テキスト全体—悪魔に敵対をふるう「婦人」が約束されること(エヴァが罪をおかして悪魔にまけたので、もう敵対をふるうことができなくなった)と、勝利者として預言されるものは、「アダムのすえ」といわれるのではなく、「女のすえ」といわれること—に強くもとづいている。「女のすえ」はまた、歴史的キリストだけでなく、これに一致するすべての善人、すなわちいわゆる「神秘的なキリスト」でもある。悪魔のいざないにまけた人祖は、神が不真実であり、人間から善と悪の知識をぬすまれるのではないかとおそれる臆病なものであり、人間に対して愛のないものであると思いこんだ (4—5 節) が、神は人間の罪を機会にして、正反対のことを証明されたのである。すなわち、罪をゆるしてもその結果と罰であるすべての苦しみと死とがこの世にはいるのを止めず、これを

つぐないの手段とし、約束された救い主の十字架上のいけにえによって、人間に対する最大の愛とあわれみの証明をされた・・・(創世の書　p.10)

　この説明で分かるように、テキスト全体の理解からは、「アダムのすえ」ではなく「女のすえ」が問題となっており、結果的には Il も Elle も救い主キリストを意味することになる。

61) *La Bible de Jérusalem* の *La Genèse* III, 15 の註で、「これは救いの最初の曙光、《原福音》(Protévangile)である。」と指摘されている。(p.34)
62) 『旧約新約聖書』の解釈を以下に引用する。全て原文のまま。
　これがいわゆる「原福音」であり、救い主に関する第一の約束である。へびは悪魔のことであるから、へびの頭がふみくだかれるとは、悪魔の完全な敗北をさす。悪魔はさいしょの女エヴァを通じてアダムに罪をおかさせるのに成功したが、こんどは、新しいエヴァ(「かの女」)を通じて、かの「婦人のすえ」である新しいアダム —救い主— が、悪魔に対して完全な勝利(「頭をふみくだく」)をえるだろう。だが悪魔は小さな傷(「かかとをかむ」)しかつけることができない。したがってテキストの文字どおりの意味で、「かの女のすえ」とは、救い主イエズス・キリストで、「かの女」とは、キリストのおん母マリアである。「教父たちと教会の著作者たちは…この節を解釈して、この語調から、人類のあわれみ深いあがない主、すなわち神のおんひとり子イエズス・キリストが明らかに預言され、ともにいときよきおん母処女マリアが示され、同時に悪魔に対するふたりの敵対が明確にに示されている」(教皇ピオ9世＝「イネッファビリス・デウス」大勅書)
　　　　　　　　　　　　　　　　　　(「創世の書」　p.10)

　この引用の最後の部分が示すように、これは、われわれの勝手な解釈((a)はへびであり、(b)は新しいエヴァ(マリア)であり、(c)は悪魔であり(d)はキリストである。)ではなく、教父たちの時代からのそれを教皇ピウス9世が確定したものである。

63) *Mes prisons* in *O.en P.C.*, p.346
64) *Ibid.*,
65) *Ibid.*, p.348
66) *Ibid.*,
67) *Ibid.*,
68) *Ibid.*,
69) *Ibid.*, p.350
70) *Ibid.*,

71) *Ibid.*, p.349
72) *Ibid.*, p.352
73) *Cor., 1*, pp.146-147
74) *Sagesse* in *O.P.C.*, p.1125 の註では、この詩篇は『独房にて』(*Cellulairement*) の最後に *Final* というタイトルで置かれたもので、1874年9月8日、ルペルチエに宛てた手紙の中に、そのタイトルが見られる、と説明している。ジャック・ロビッシェも、*O.P.*, pp.612-613 の註において、同様の指摘をしている。
75) Louis MORICE, *op.cit.*, p.352
    Sagesse in *O.P.C.*, p.1129 の註では、『独房にて』の日付から、この詩篇を1874年6月、7月モンスでとする。
    ジャック・ロビッシェも *O.P.*, p.616 の註において、『独房にて』の原稿をもとに、同様の指摘をしている。
76) Louis MORICE, *op.cit.*, p.291
77) *Sagesse* in *O.P.C.*, p.1125
78) *L'Exode* XX, 3 ; Tu n'auras pas d'autres dieux devant moi.
79) *Matthieu* III, 17 : Et voici qu'une voix venue des cieux disait : « Celui-ci est mon Fils bien-aimé, qui a toute ma faveur. »
    その他、「マタイ」第17章5節、「マルコ」第1章11節、「ルカ」第3章22節などにも同様の表現が見られる。
80) *Matthieu* XXVI, 26-27-28 : 26 : Or, tandis qu'ils mangeaient, Jésus pris du pain, le bénit, le rompit et le donna aux disciples en disant : « Prenez, mangez, ceci est mon corps. » 27 : Puis, prenant une coupe, il rendit grâce et la leur donna en disant : « Buvez-en tous ; 28 : car ceci est mon sang, le sang de l'alliance, qui va être répandu pour une multitude en rémission des péchés.
    「マタイ」第26章26—28節:「26 食事の間、イエズスは、パンをとって、祝して、さき、それを弟子たちに与えて、『とって食べよ。これは私の体である』とおおせられた。27 また、さかずきをとって感謝し、彼らに与えて、『みな、このさかずきから飲め。28 これは多くの人のために、罪のゆるしを得させるため流す契約の私の血である。」
    また、同様の場面は「マルコ」第14章22—24節、「ルカ」第22章15—20節にも見られる。
81) Mgr.GAUME, *op.cit.*, p.626

Q : Que reste-t-il sur l'autel après les paroles de la consécration ?
R : Après les paroles de la consécration, il ne reste plus sur l'autel que le vrai corps et le vrai sang de Notre-Seigneur.

82) *Mes prisons* in *O.en P.C.*, p.347
83) *Ibid.*, pp.347-348
84) *Ibid.*, p.348
85) Louis MORICE, *op.cit.*, p.302
86) *O.P.*, p.613
87) *Luc* I, 35 : L'ange lui répondit: « L'Esprit Saint viendra sur toi, et la puissance du Très-Haut te prendra sous son ombre; c'est pourquoi l'être saint qui naîtra sera appelé Fils de Dieu.
88) Louis MORICE, *op.cit.*, p.305
89) *Matthieu* VIII, 14-15 : 14 : Étant venu dans la maison de Pierre, Jésus vit sa belle-mère alitée, avec la fièvre. 15 : Il lui toucha la main, la fièvre la quitta, …
「マタイ」第8章14—15節:「14 イエズスがペトロの家においでになると、ペトロの義理の母が、熱病でねているのをごらんになったので、その手におふれになると、熱は去り、…」
その他、「ルカ」第4章38—39節にも同様の内容が見られる。
90) *Luc* I, 37-38 : 37 : *car rien n'est impossible à Dieu* ». 38 : Marie dit alors: « Je suis la servante du Seigneur; qu'il m'advienne selon ta parole! » Et l'ange la quitta.
「ルカ」第1章37—38節『「… 37神にはおできにならないことはありません」と答えた。38 そこでマリアは、『私は主のはしためです。あなたのおこ とばのとおりになりますように!』と答えた。そして天使は去った。」
91) *Matthieu* V, 45: …car il fait lever son soleil sur les méchants et sur les bons, et tomber la pluie sur les justes et sur les injustes.
92) Saint AUGUSTIN, *Livre quatrième 1-2* in *La Trinité, Œuvres de Saint AUGUSTIN 15*, Bibliothèque augustinienne, Livre I-VII, Texte de l'Édition bénéictine, traduction et notes par M.MELLET, O.P., et Th. CAMELOT, O.P., Introduction par E.HENDRICKX, O.E.S.A., Avant-propos par G.MADEC, Études augustiniennes, 1991, p.341
93) 以下はヴェルレーヌが入れた註の原文である。(   )は原文のまま。
Dieu vous a aimés jusqu'à la folie. (Saint-Augustin)

本当にアウグスチヌスがどこでこう表現したのか、*O.P.C.* では何も言及されていない。ルイ・モーリスも同様である。ジャック・ロビッシェのみが、*O.P.*, p.614の註において、「聖アウグスチヌスは『初心者の教理教育』(*De catechizandis rudibus*) の中で、神の愛の激しさを語っている。ヴェルレーヌが使用したフランス語版訳で、「激しさ」(véhémence) から「狂気」(folie) へとなったのだろうか」と指摘している。われわれも、彼の指摘に基づいてアウグスチヌスの『初心者の教理教育、(405年頃)』(Saint

AUGUSTIN, *La Première catéchèse, De catechizandis rudibus, Œuvres de Saint AUGUSTIN 11 / 1*, Bibliothèque augustinienne, Texte critique du CCL, Introduction, traduction et notes par Goulven MADEC, Études augustiniennes, 1991, pp.62-63) で確認をしたが、やはり「狂気」という言葉は見いだせなかった。以下はジャック・ロビッシェによって指摘された箇所である。下線は筆者による。

IV,7 Quae autem maior causa est adventus Domini, nisi ut ostenderet Deus dilectionem suam in nobis, commendans eam <u>vehementer</u>; quia, cum adhuc inimici essemus, Christus pro nobis mortuus est.

なお、Goulven MADECによるこのフランス語訳は以下のとおり。下線は筆者による。
 IV,7. Or quelle raison plus grande y a-t-il de la venue du Seigneur que l'intention que Dieu a eue de montrer son amour pour nous, en le manifestant <u>avec force</u>?‥‥ quand le Christ est mort pour nous;
日本語訳
 「IV,7. ところで、キリストがわれわれのために死んだとき、神がわれわれのために、熱心にそのことを表明するため、その愛を示すという神の意図以上に、どのような大きな主の到来の理由があるだろうか？」

また、神の「狂気」(folie) については、「コリント人への手紙 I 」, 第 1 章 18 節および 25 節において、パウロ (Paul) は次のように述べている。下線は筆者による。
 Première épître aux Corinthiens I, 18 : Le langage de la croix, en effet, est <u>folie</u> pour ceux qui se perdent, mais pour ceux qui se sauvent, pour nous, il est puissance de Dieu.
 25 : Car ce qui est <u>folie</u> de Dieu est plus sage que les hommes, et ce qui est faiblesse de Dieu est plus fort que les hommes.
 「コリント人への手紙Ⅰ」,第 1 章18節：「18 実に、十字架のことばは、亡びる者には愚かであるが、救われる者私たちにとっては、神の力である。」25節：「25 神の<u>愚か</u>さは人間よりも賢く、神の弱さは人間よりも強いものだからである。」

サシーの聖書でも同様に folie が使用されている。

結論としては、ヴェルレーヌはアウグスチヌスを読んで、その内容を

彼なりに理解し、聖書で表現された神の「狂気」を念頭に置き、いかにもアウグスチヌスが語ったようにしてヴェルレーヌ自身が註を入れたのではないかと推測される。確かに、我が子キリストが十字架によって死ぬほどに、神は人間を愛したということは、パウロが言うように、ある種の人々には「狂気」(folie) とも思えるであろう。

94) *Jean* XIII, 23 : Un de ses disciples, celui que Jésus aimait, se trouvait à table tout contre Jésus.
サシーの聖書では以下のとおり「胸」(sein) という語が用いられている。
23 : Mais l'un d'eux que Jésus aimait étant couché sur le sein de Jésus,
95) Mgr.GAUME, *op.cit.*, p.627

Q : Quels sont les effets de la sainte Communion?
R : 1° La Communion nous donne la vie du nouvel Adam. *Celui,* nous dit le Sauveur, *qui mange ma chair et qui boit mon sang a la vie éternelle,* ; 2° elle nous unit corporellement et spirituellement à Notre-Seigeur, ･･･

第21版でも、イタリックの部分に変更はない。ただし、質問の部分でla sainteの文言が以下のとおり、省かれている。

Q : Quels sont les effets de Communion? (p.212)

96) Saint AUGUSTIN, *Confessions*, Traduction d'Arnauld d'ANDILLY, Édition présentée par Philippe SELLIER, Éditions Gallimard, 1993, p.239
97) *Isaïe* LIII, 7 : Maltraité, il s'humiliait, il n'ouvrait pas la bouche, comme l'agneau qui se laisse mener à l'abattoir, comme devant les tondeurs une brebis muette, il n'ouvrait pas la bouche.
サシーの聖書も「口をひらかない羊」にかんしては、ほとんど同じであるが参考までに引用する。
7 : Il a été offert, parce que lui-même l'a voulu, et il n'a point ouvert la bouche. Il sera mené à la mort comme une brebis qu'on va égorger; il demeurera dans le silence sans ouvrir la bouche, comme un agneau est muet devant celui qui le tond.
98) *Jean* I, 29 : Le lendemain, il voit Jésus venir vers lui et il dit: « Voici l'agneau de Dieu, qui enlève le péché du monde.
La Bible de Jérusalem の注解によれば、「神の小羊」(l'agneau de Dieu) は、「ヨハネのキリスト論の重要なシンボルのひとつであり、ヨハネは、人間の罪を担い『あがないの子羊』(agneau expiatoire) (「レヴィの書」第14章) として自らを捧げる『神のしもべ』(Serviteur) (「イザヤ」第53章) の

像と、イスラエルのあがないのシンボルである、すぎこしの子羊(「出エジプトの書」第12章；あるいは「ヨハネ」第19章36節)の儀式とを一つに結びつける」と説明する。(p.1530)

99) *Isaïe* LIII, 12 : C'est pourquoi il aura sa part parmi les multitudes, et avec les puissants il partagera le butin, parce qu'il s'est livré lui-même à la mort et qu'il a été compté parmi les criminels, alors qu'il portait le péché des multitudes et qu'il intercédait pour les criminels.

「イザヤの書」第53章12節：「だから、私は、そのむくいとして、おびただしい人を、かれにあたえよう。かれは、力あるものを、戦利品とする、それは、かれが、自分を死にわたし、悪人のかずに入れられたからである。かれは、おおくの人の罪をせおって、罪人のために、とりつぎをした。」

Luc XXIII, 32-33 : 32 : On emmenait encore deux malfaiteurs pour être exécutés avec lui. 33 : Lorsqu'ils furent arrivés au lieu appelé Crâne, ils l'y crucifièrent ainsi que les malfaiteurs, l'un à droite et l'autre à gauche.

「ルカ」第23章32-33節：「32 そこには、他の二人の悪人も、イエズスとともに刑を受けるためにひかれていた。33 されこうべという所につくと、イエズスを十字架につけ、悪人の 人をその右に、一人をその左につけた。」

その他「ヨハネ」第19章17-18節にも上記と同様の内容が見られる。

100) Louis MORICE, *op.cit.*, p.361
101) *Ibid.*,
102) *Ibid.*, p.362
103) *Ibid.*, p.363

おわりに

　私は以前から、ヴェルレーヌが自分自身をどのように表現しているのか、彼が歌ったさまざまな詩篇をとおして、明るみに出そうと試みてきました。初期の作品の中には、高踏派の影響を受けつつも、高踏派とは異なるヴェルレーヌの自己表現は見られないものか、後期の作品においては、神との出会いによって、彼が自分自身をその詩篇をとおしてどのように表現しているのかなど、牛の歩のような研究でした。それらはそれぞれ独立して、熊本大学教養部紀要に少しずつ発表したのですが、これでは、ヴェルレーヌの作品の全体像を把握するまでにはいたりませんでした。

　そこで、これまでおこなってきた私の個々の研究を総合し、それぞれヴェルレーヌの作品が占める位置を確認しながら、ヴェルレーヌの自己表現の変遷の道すじを明らかにしたいと考え、本書の執筆に取り組んだ次第です。このねらいが、どこまで読者のみなさんに届いたかわかりませんが、本書が誕生するまでには、実に多くの人びとにお世話になりました。この場をお借りして、あらためて御礼申し上げます。

　まず、カトリック関係では、ドミニコ会士のリシャール神父 (Robert Thomas RICHARD O.P.) に感謝の念を捧げたいと思います。彼からは30年近くにわたる研究会で、キリスト教を教えて頂きました。本書では彼との研究の成果を、ほんの一部ではありましたが、役に立てることができたと思います。

　また、参考文献に困ったとき、快く神学校の図書閲覧を認めて下さった、福岡サン・スルピス大神学院聖書学担当の高見三明神父には、大いにお世話になりました。とりわけ、公教要理および聖書にかんしては、貴重な示唆を頂き、まことに有り難うございました。

　最後に、本書の出版を快く引き受けて頂いた早美出版社、今日まで影ながら私を支えて下さったすべての方々に、心から感謝いたします。

　　2001年　早春

　　　　　　　　　　　　　　　　　　　　　　　　　　　大熊　薫

文献目録

本書で引用した文献

A ヴェルレーヌの作品

1 *Œuvres poétiques complètes*, texte établi et annoté par Y.-G. Le DANTEC, édition révisée complétée et présentée par Jacques BOREL, Bibliothèque de la Pléiade, Éditions Gallimard, 1962

2 *Œuvres en prose complètes*, texte établi, présenté et annoté par Jacques BOREL, Bibliothèque de la Pléiade, Éditions Gallimard, 1972

3 *Œuvres poétiques de VERLAINE*, textes établis avec chronologie, introductions, notes, choix de variantes et bibliographie, par Jacques ROBICHEZ, Éditions Garnier Frères, 1969

4 *Correspondance de Paul VERLAINE*, publiée sur les manuscrits originaux avec une préface et des notes par Ad. Van BEVER, tome 1, 2, 3, Réimpression de l'édition de Paris, 1922-1929, Slatkine Reprints, Genève-Paris, 1983

B その他の作家の作品

5 BANVILLE (Théodore de), *Petit traité de poésie française* in *Œuvres VIII*, Réimpression de l'édition de Paris 1890-1909, Slatkine Reprints, Genève, 1972

6 BANVILLE (Théodore de), *Promenade galante* in *Œuvres, III*, Réimpression de l'édition de Paris 1890-1909, Slatkine Reprints, Genève, 1972

7 BAUDELAIRE (Charles), *Les Fleurs du mal* in *Œuvres complètes, I*, texte établi, présenté et annoté par Claude PICHOIS, Bibliothèque de la Pléiade, Éditions Gallimard, 1975

8 GAUTIER (Théophile), *Émaux et Camées*, G.CHARPENTIER et E. FASQUELLE éditeurs, 1895

9 GAUTIER (Théophile), *Préface* in *Mademoiselle de Maupin*, texte établi avec introduction et notes par Adolphe BOSCHOT de l'Institut, Éditions Garnier Frères, 1966

10 GONCOURT (Edmond et Jules de), *Journal, Mémoires de la vie littéraire*, tome III, Les éditions de l'imprimerie nationale de Monaco, Fasquelle and Flammarion, 1956

11 HUGO (Victor), *Œuvres poétiques, II*, édition établie et annotée par Pierre ALBOUY, Bibliothèque de la Pléiade, Éditions Gallimard, 1967

12 HUGO (Victor), *Odes et Ballades* in *Œuvres poétiques, I*, préface par Gaëtan PICON, édition établie et annotée par Pierre ALBOUY, Bibliothèque de la

Pléiade, Éditions Gallimard, 1964
13 MENDÈS (Catulle), *La Légende du Parnasse contemporain*, August EBRANCART, Éditeur, 1884, Republished in 1971 by Gregg International Publishers Limited, Westmead, Farnborough, Hants., England, printed in Holland
14 MUSSET (Alfred de), *Poésies nouvelles* in *Poésies complètes*, texte établi et annoté par Maurice ALLEM, Bibliothèque de la Pléiade, Éditions Gallimard, 1957
15 PROUST (Marcel), *À la recherche du temps perdu 1*, édition publiée sous la direction de Jean-Yves TADIÉ avec, pour ce volume, la collaboration de Florence CALLU, Francine GOUJON, Eugène NICOLE, Pierre-Louis REY, Brian Rogers et Jo YOSHIDA, Bibliothèque de la Pléiade, Éditions Gallimard, 1987
16 RIMBAUD (Arthur), *Œuvres, Délires I* in *Une saison en enfer*, Sommaire biographique, introduction, notices, relevé de variantes, bibliographie et notes par Suzanne BERNARD et André GUYAUX, Éditions Garnier Frères, 1981

C 批評文献
I ヴェルレーヌ関係の文献

17 ADAM (Antoine), *Le vrai Verlaine, essai psychanalytique* Réimpression de l'édition de Paris, 1936, Slatkine Reprints, Genève, 1981
18 ADAM (Antoine), *Verlaine, Connaissance des Lettres*, Hatier, 1965
19 AGUETTANT (Louis), *Verlaine, le bonheur de lire*, Les Éditions du Cerf, 1978
20 BORNECQUE (Jacques-Henry), *Les Poèmes Saturniens de Paul Verlaine*, Librairie Nizet, 1967
21 BORNECQUE (Jacques-Henry), *Lumières sur les Fêtes galantes de Paul Verlaine*, Librairie Nizet, 1969
22 CHAUSSIVERT (J.-S.), *L'art verlainien dans la Bonne Chanson*, A.G.Nizet, Paris, 1973
23 CUÉNOT (Claude), *État présent des études verlainiennes*, Société d'Édition "*Les Belles Lettres*", 1938
24 GOBRY (Ivan), *Verlaine et son destin*, Pierre TÉQUI, éditeur, 1997
25 HUYSMANS (J. K.), *Paul Verlaine, Poésies religieuses*, Librairie Léon VANIER, Éditeur, 1904
26 LEFÈVRE (Roger), *Verlaine, poésies choisies*, Classiques Illustrés Vaubourdolle, Librairie Hachette, 1956
27 MARTINO (Pierre), *Verlaine*, Boivin & Cie, Éditeurs, 1930
28 MONKIEWICZ (Bronislawa), *Verlaine, Critique littéraire*, Réimpression de l'édition de Paris, 1928, Slatkine Reprints, Genève-Paris, 1983
29 MORICE (Louis), *Verlaine, Sagesse*, Librairie Nizet, 1968

30 MOUROT (Jean), *Verlaine*, Collection PHARES, Presses Universitaires de Nancy, 1988
31 PETITFILS (Pierre), *Verlaine*, Julliard, 1981
32 RICHARD (Jean-Pierre), *Poésie et profondeur*, Éditions du Seuil, 1955
33 ROBICHEZ (Jacques), *Verlaine entre Rimbaud et Dieu*, Société d'édition d'enseignement supérieur, 1982
34 SIMON (Pierre-Henri), *Sagesse de Paul Verlaine*, texte établi, présenté et annoté par Pierre-Henri SIMON de l'Académie Française, Éditions Universitaires Fribourg Suisse, 1982
35 SOULIÉ-LAPEYRE (Paule), *Le vague et l'aigu dans la perception verlainienne*, Publications de la Faculté des Lettres et Sciences humaines de Nice, Collection « Méditerranée antique et moderne » — 15, « *Les belles lettres* », 1975
36 ZAYED (Georges), *La formation littéraire de Verlaine*, Librairie Nizet, 1970
37 ZIMMERMANN (Éléonore M.), *Magies de Verlaine*, José Corti, 1967
38 ZIMMERMANN (Éléonore M.), *Variété de Verlaine, Réflexions sur la nature de la poésie* in *La petite musique de Verlaine*, "*Romances sans paroles, Sagesse*", par J.BEAUVERD, J.-H.BORNECQUE, P.BRUNEL, J.-F.CHAUSSIVERT, P.COGNY, M. DECAUDIN, P. VIALLANEIX, G. ZAYED, E. ZIMMERMANN, Société d'Édition d'enseignement supérieur, CDU et SEDES réunis, 1982

伝記
39 Ex-Madame Paul VERLAINE, *Mémoires de ma vie*, Collection dix-neuvième, Éditions Champ Vallon, 1992

II ヴェルレーヌ関係以外の文献
「恋愛詩」関係
40 BECK (Jean), *La Musique des Troubadours, Les musiciens célèbres*, Librairie Renouard, Henri LAURENS, Éditeur, (Reprint of the 1910 ed., Paris), AMS presse, New York, 1973

詩法関係
41 GRAMMONT (Maurice), *Petit traité de versification française*, Collection U, Librairie Armand Colin, 1965
42 MORIER (Henri), *Dictionnaire de poétique et de rhétorique*, Presses Universitaires de France, 1961
43 鈴木信太郎、『フランス詩法』、白水社、上巻、下巻、1970年

III キリスト教関係の文献
「カトリック要理」関係 (出版年代順)
44 GAUME (Mgr.), *Catéchism de persévérance ou Exposé historique, dogmatique, morale, liturgique, apologétique, philosophique et social de la religion, depuis l'origine du monde jusqu'à nos jours*, par Mgr. GAUME, protonotaire apostolique, docteur en théologie, vicaire généal de Reims, de Montauban et d'Aquila, Chevalier de l'Ordre de Saint-Sylvestre, membre de l'Académie de la religion catholique de Rome, etc. huitième édition, tome quatrième, Paris, Gaume frères et J.DUPREY, Éditeurs,1860

45 GAUME (Mgr.), *Abrégé du catéchisme de persévérance ou Exposé historique, dogmatique, morale et liturgique de la religion, depuis l'origine du monde jusqu'à nos jours*, par Mgr. GAUME, protonotaire apostolique, docteur en théologie, etc. vingt-deuxième édition, Paris, Gaume frères et J.DUPREY, Éditeurs, 1866

46 *Catéchisme à l'usage des diocèses de France*, Maurice FELTIN, Archevêque de Paris, P. LETHIELLEUX, Éditeur, 1950

47 *Catéchisme catholique*, Édition Canadienne, Québec, 1955

48 *Catéchisme de l'Église catholique*, Mame / Plon, 1992

49 荻原晃 編『カトリック教理問答』、中央出版社 昭和24年初版、昭和28年3月20日、第3版

50 『カトリック要理』(改訂版)、カトリック中央協議会、1972年初版、1998年

51 イバニェス・ラングロイス著、『世の光イエズス・キリスト「カトリック教会のカテキズム」要約Q&A』、新田荘一郎訳、1993年、財団法人精道教育促進協会、1994年

キリスト教史や公会議にかんする文献 (出版年代順)
52 南山大学監修『第2バチカン公会議公文書全集』、サンパウロ、1986年初版、1999年

53 カトリック中央協議会事務局編集『カトペディア '92』、カトリック中央協議会出版、1992年

54 ジェフリー・バラクラフ編、上智大学中世思想研究所監修、『図説キリスト教文化史 III』、別宮貞徳訳、原書房、1994年

アウグスチヌス (Saint AUGUSTIN) 作品関係
55 *Confessions*, traduction d'Arnauld d'ANDILLY, Édition présentée par Philippe SELLIER, Éditions Gallimard, 1993,

56 *La Première catéchèse, De catechizandis rudibus, Œuvres de Saint AUGUSTIN 11 /*

1, Bibliothèque augustinienne, texte critique du CCL introduction, traduction et notes par Goulven MADEC, Études augustiniennes, 1991
57 *La Trinité, Œuvres de Saint AUGUSTIN 15*, Bibliothèque augustinienne, Livres I-VII, Texte de l'Édition bénédictine, traduction et notes par M.MELLET, O.P., et Th. CAMELOT, O.P., Introduction par E.HENDRICKX, O.E.S.A., Avant-propos par G.MADEC, Études augustiniennes, 1991

聖書
58 *La Bible de Jérusalem, La sainte Bible*, traduite en français sous la direction de l'École biblique de Jérusalem, Nouvelle édition entièrement revue et augmentée, Les Éditions du Cerf, 1978
59 *TOB* (*Traduction œcuménique de la Bible*), Alliance biblique universelle, Éditions du Cerf, 1984
60 *La Bible*, traduction de Louis-Isaac Lemaître de SACY, préface et textes d'introduction établis par Philippe SELLIER, Éditions Robert LAFFONT, S.A., Paris, 1990
61 『旧約新約聖書』、ドン・ボスコ社、1964年初版、1978年
62 『聖書』(新共同訳)、日本聖書協会、1991年

IV その他
イタリア喜劇関係の文献
63 コンスタン・ミック著、『コメディア・デラルテ』、梁木靖弘訳、未来社、1987年

絵画関係の文献
64 池上忠治 責任編集、「印象派時代」、『世界美術大全集』22巻、小学館、1993年

辞書類（出版年代順）
65 Littré, *Dictionnaire de la langue française*, Gallimard / Hachette, 1972
66 Logos, *Grand Dictionnaire de la langue française*, par Jean GIRODET, Bordas, 1976
67 Lexis, *Larousse de la langue française*, Librairie Larousse, 1977
68 *Grand Dictionnaire encyclopédique Larousse tome 13*, Librairie Larousse, 1985
69 André CHERPILLOD, *Dictionnaire étymologique des noms d'hommes et de dieux*, Masson, Paris 1988
70 野内良三、『レトリック辞典』、国書刊行会、1998年

本書では直接引用はしなかったが参考にした文献

I ヴェルレーヌ関係
 1 MARTRIN-DONOS (Charles de), *Verlaine intime*, Réimpression de l'édiition de Paris, 1898, Slatkine Reprints, Genève-Paris, 1983
 2 TAYLOR-HORREX (Susan), *Fêtes galantes and Romances sans paroles*, Grant & Cutler Ltd., 1988
 3 高木裕『詩の空間と〈声〉—フランス近代詩の発話者』駿河台出版社 1994年
 4 堀口大学『ヴェルレーヌ研究』第一書房、昭和8年
 5 前川泰子「『叡智』：世紀末の改宗詩—社会／思想的背景をめぐって—」、矢橋透、吉田好克他『フランス文化のこころ—その言語と文学—』駿河台出版社 1993年
 6 山村嘉己『土星びとの歌—ヴェルレーヌ評伝—』関西大学出版部、平成2年

II ヴェルレーヌ関係以外
「恋愛詩」関係
 7 アンリ・ダヴァンソン著、『トゥルバドゥール、幻想の愛』、新倉俊一訳、筑摩叢書198、筑摩書房 1972年
 8 ダンテ著、『神曲』、野上素一訳、筑摩世界文学大系11、筑摩書房、昭和48年
 9 ペトラルカ著、『カンツォニエーレ』、池田廉訳、名古屋大学出版会、1992年

「音楽」関係
10 『音楽事典』第5巻、平凡社、昭和43年
11 グラウト著、『西洋音楽史＝下』、服部幸三、戸口幸策共訳、ノートン音楽史シリーズ、音楽之友社、1991年

「絵画」関係
12 坂本満 責任編集、「ロココ」、『世界美術大全集』、18巻小学館、1996年

「キリスト教」関係
13 BENOIT (P.) & BOISMARD (M. –E), *Synopse des quatre évangiles en français, avec parallèles des apocryphes et des Pères*, Les Éditions du Cerf, 1965
14 BOGAERT (Pierre-Maurice), *Les Bibles en français, histoire illustrée du moyen âge à nos jours*, Brepols, 1991
15 LEBRUN (François), *Histoire des catholiques en France*, Édouard PRIVAT,

éditeur, 1980
16 PREVOST (M.), D'AMAT (Roman), *Dictionnaire de Biographie française*, Librairie Letouzey et Ané, 1982
17 井上幸治編、『フランス史』（新版）、山川出版社、昭和49年
18 下中彌三郎編集『世界歴史事典第1巻』、平凡社、昭和26年
19 上智大学、『カトリック大辞典』、富山房、昭和27年
20 半田元夫、今野國雄著、『キリスト教史II』、世界宗教史叢書、山川出版社、1981年

なお、本書は主に以下の紀要を参考にしつつ、それらに大幅な加筆訂正をおこない、かつ新たに書き下したものを加えて、再構成したものである。(出版年代順に挙げる。)

1 *Où es-tu, Verlaine?*、熊本大学教養部紀要、外国語・外国文学編、第19号、昭和59年
2 *La Nuance de Verlaine*, 熊本大学教養部紀要、外国語・外国文学編、第20号、昭和60年
3 「『土星びとの歌』におけるヴェルレーヌの独自性について」熊本大学教養部紀要、外国語・外国文学編、第22号、昭和62年
4 「『*Via dolorosa* 苦しみの道』について」熊本大学教養部紀要、外国語・外外国文学編、第24号、平成元年
5 「仮面のヴェルレーヌ」熊本大学教養部紀要、外国語・外国文学編、第26号、平成3年
6 「『よき歌』におけるヴェルレーヌの魂の状態—語彙及び表現研究を中心にして—」熊本大学教養部紀要、外国語・外国文学編、第28号、平成5年
7 「『叡智』におけるヴェルレーヌの神」熊本大学教養部紀要、外国語・外国文学編、第32号、平成9年

人名索引

ただし、ヴェルレーヌ (ポール) Paul VERLAINE を除く

ア行

アウグスチヌス Saint AUGUSTIN 208, 244, 245, 253, 254, 261
アゲッタン (ルイ) Louis AGUETTANT 14, 15, 42, 44, 45, 145, 151, 153, 181, 183, 208
アダム ADAM 219, 225, 231, 244, 252
アダン (アントワーヌ) Antoine ADAM 43, 140, 180–183, 198, 208
アルルカン Arlequin 42, 51, 67
エヴァ ÈVE 225
エレディア (ジョゼ・マリア・ド) José-Maria de HEREDIA 5

カ行

カヴァルカンティ (グイード) Guido CAVALCANTI 115
カサンドル Cassandre 51, 73
カリヤス (ニーナ・ド) Nina de CALLIAS 89
キュエノ (クロード) Claude CUÉNOT 43, 88
キリスト (イエス=イエズス) Jésus-CHRIST 203, 213–218, 222, 224, 225, 231–236, 238, 241, 242, 247, 249, 251, 254, 260–262, 279–281
グラチニー (アルベール) Albert GLATIGNY 45
グラモン (モーリス) Maurice GRAMMON 36–38, 80, 82–84, 174, 175, 197
クリタンドル Clitandre 42, 51
ゴーチエ (テオフィル) Théophile GAUTIER 5, 8, 19, 45
ゴブリイ (イヴァン) Ivan GOBRY 130
コペ (フランソワ) François COPPÉE 5
ゴーム枢機卿 Mgr. GAUME 209, 212–215, 207, 218, 219, 226, 232, 233, 252
コロンビーヌ Colombine 42, 51, 67, 73, 77
ゴンクール兄弟 les GONCOURT 45, 46

サ行

サシー (ルメートル・ド) Lemaître de SACY 221
サバチエ婦人 Madame SABATIER 122, 123
サント・ブーヴ SAINTE-BEUVE 91
シヴリイ (シャルル・ド) Charles de SIVRY 89, 90, 92, 93
シモン (ピエール・アンリ) Pierre-Henri SIMON 207
シャルダン (ジャン・シメオン) Jean-Siméon CHARDIN 45
ジョベール婦人 Madame JAUBERT 121
ショシヴェール J.-S. CHAUSSIVERT 115, 116, 124
鈴木信太郎 27, 33
スリエ・ラペイール (ポール) Paule SOULIÉ-LAPEYRE 82, 168, 169, 174, 179
ゼイエ (ジョルジュ) Georges ZAYED 7

タ行

ダンテ DANTE 115, 124
ツィメルマン (エレオノール) Éléonore M. ZINMMERMANN 39, 130, 191
デュピュイ (エルネスト) Ernest DUPUY 44

ハ行

バンヴィル (テオドール・ド) Théodore de BANVILLE 5, 45, 46, 94, 158–160, 165, 175
ピエロ Pierrot 42, 51, 67
ピウス (=ピオ) 九世 Pius IX 210, 211
プチフィス (ピエール) Pierre PETITFILS 5, 6, 16, 17, 23, 90, 91, 96, 135, 136, 141, 154, 207
フランス (アナトール) Anatole FRANCE 207
ブレモン (エミール) Emile BLÉMONT 137, 152–154

— i —

ベック (ジャン) Jean BECK 121
ペトラルカ Francesco PETRARCA 115, 124
ベルトー 婦人 Madame BERTEAUX 89
ボードレール (シャルル) Charles BAUDE-
LAIRE 6, 7, 21, 23, 30, 122
ボルネック (ジャック・アンリ) Jacques-
Henry BORNECQUE 4, 17, 30, 33, 48
ボレル (ジャック) Jacques BOREL 145
ボワロー(ニコラ) Nicolas BOILEAU 160

マ行

マタイ Saint MATTHIEU 222–224, 232, 241, 244
マネ MANET 186, 187
マラルメ(ステファヌ) Stéphane MALLARMÉ 91, 207
マリア la Sainte Vierge MARIE 205, 228, 242
マルコ Saint MARC 222
マルチノ (ピエール) Pierre MARTINO 44–46, 209
マンデス (カチュール) Catulle MENDÈS 5
ミシュレ (ジュール) Jules MICHELET 208
ミュッセ (アルフレッド・ド) Alfred de MUSSET 7, 121
ムーロ (ジャン) Jean MOUROT 7, 9, 10
メーストル (ジョゼフ・ド) Joseph de MAISTRE 208
メンデルスゾーン Mendelessohn-Bartholdy 151
モーテ (マチルド) Mathilde MAUTÉ 89–97, 100–103, 110–116, 119, 126, 128–131, 134–144, 146, 148–150, 152, 153, 173, 180–182, 187, 189, 192, 193, 195, 197–199, 205, 206, 226, 271
モネ MONET 186
モリエ (アンリ) Henri MORIER 76, 80, 174, 197
モーリス (ルイ) Louis MORICE 202, 203, 205, 206, 208, 229, 235, 236, 239, 259, 262,
265, 266, 268
モンキエヴィッチ (ブロニスラヴァ) Bronislawa MONKIEWICZ 88, 89
モンコンブル (エリザ) Eliza MONCOMBLE 16, 17

ヤ行

ユイスマンス J. K. HUYSMANS 207, 282
ユーゴー (ヴィクトル) Victor HUGO 22, 23, 45, 91, 160
ヨハネ Saint JEAN 222, 249, 254

ラ行

ラカーズ LACAZE 44, 45
ラマルチーヌ (アルフォンス・ド) Alphonse de LAMARTINE 7
ラムネー (フェリシテ・ロベール・ド) Félicité Robert de LAMENNAIS 210
ランクレ (ニコラ) Nicolas LANCRET 45
ランボー (アルチュール) Arthur RIMBAUD 131, 134–139, 144–146, 150, 180–184, 190, 197, 199, 202, 206, 247, 265, 268, 271, 279
リシャール (ジャン・ピエール) Jean-Pierre RICHARD 181
リール (ルコント・ド) Leconte de LISLE 5, 88, 94
ルカ Saint LUC 222, 238, 240, 242, 255
ルフェーヴル (ロジェ) Roger LEFEVRE 14
ルペルチエ (エドモン) Edmond LEPELLETIER 43, 45, 89, 91, 95, 135, 146, 150, 151, 221, 228, 245
ロビッシェ (ジャック) Jacques ROBICHEZ 18, 43, 45, 97, 100, 102, 180, 183, 195, 202, 203, 204, 205, 235, 236
ロワイエ・コラール ROYER-COLLARD 189

ワ行

ワットー(アントワーヌ) Antoine WATTEAU 42–46, 73

用 語 索 引

あ行
アレクサンドラン alexandrin 12, 168
イエズス会 Jésuites 204, 205, 210
イタリア喜劇 Commedia dell'arte 42
印象派 impressionnisme 186, 187
隠喩 métaphore 97, 102
ウルトラモンタニスム ultramontanisme 210
重々しい母音 voyelles graves 36, 37

か行
ガリカニスム gallicanisme 210
換喩 métonymie 97, 102
奇数脚 rime impaire 27, 168, 169, 175, 179, 187, 189, 191, 193, 194, 196–199, 280
宮廷風恋愛 amour courtois 121, 124, 143
偶数脚 rime paire 33, 168, 185, 189, 193
句またぎ enjambement 25–27, 29, 31, 39, 40, 263, 281
暗い母音 voyelles sombres 36, 37
芸術のための芸術 l'art pour l'art 6
交韻 rimes croisée 194, 196
高踏派 Parnasse 5, 8–10, 17–19, 39, 40, 42, 43, 75, 85, 88, 95, 131, 158, 159, 161, 163

さ行
三位一体 trinité 223, 244
宗教詩 poésie religieuse 208, 281
十分な脚韻 (目立たない脚韻、弱い脚韻) rimes suffisantes 161–164, 166, 167, 176, 177, 185, 198
女性韻 rimes féminines 33, 80–82, 179, 187, 191, 193, 262, 263
純粋美 (純粋芸術) art pur 7, 18, 19
鋭い母音 voyelles aiguës 36, 37
聖体 eucharistie 211–218, 220, 224, 232–234, 241, 251–255, 260, 261, 281
漸層法 gradation 13
ソネ sonnet 12, 229, 260, 264

た行
第1バチカン公会議 Concile Vatican I 210
第2バチカン公会議 Concile Vatican II 211, 216, 219
対照法 antithèse 76, 79, 80, 84
男性韻 rimes masculines 80, 81, 83, 84, 179, 187, 189, 193, 262
提喩 synecdoque 97, 102
同一音の繰り返し 23–25, 30, 31, 34, 35, 38–40
同一語句の繰り返し 12, 13, 21, 22, 26, 27, 29, 34, 38–40
撞着語法 oxymore 76
トレント公会議 Concile de Trente 210–212, 214, 215, 216, 218, 221

は行
はっきりした母音 voyelles claires 36, 37
パリ・コミューン la Commune 134, 135, 210
響きわたる母音 voyelles éclatantes 36, 37
平韻 rimes plates 80
抱擁韻 rimes embrassées 12, 80, 194, 262
没個性 impersonnalité 5, 8, 17–19, 39, 42, 43, 75, 85, 95, 131, 163

ま行
無感動 impassibilité 5, 10, 19, 88, 89, 163

や行
豊かな脚韻 (目立つ脚韻) rimes riches 28, 82, 166, 176–178

ら行
列挙法 énumération 13
列叙法 accumulation 13
恋愛詩 poésie amoureuse 115, 116, 121, 124, 126, 127, 130, 131, 146, 151
ロマン主義 romantisme 5

ヴェルレーヌ
自己表現の変遷
『土星びとの歌』から『叡智』まで

大熊　薫（おおくま・かおる）
1949年福岡県生まれ。
九州大学文学部卒、同大大学院文学研究科博士課程中退。
昭和56年9月から昭和57年9月まで、パリ・ドミニコ会修道院にて、カトリック研究。
現在、熊本大学文学部文学科教授。専攻：仏文学。
訳書：『イエスと歩む福音宣教の旅』ドン・ボスコ社、平成5年（共訳）

著　者
©
大熊　薫

2001年3月15日　初版印刷
2001年3月25日　初版発行

定価本体 3,800 円（税別）

発行者　山　崎　雅　昭
印刷所　株式会社 平河工業社
製本所　有限会社 葛西製本所

発行所　早美出版社
東京都新宿区早稲田町80番地
郵便番号162-0042
TEL. 03(3203) 7251　FAX. 03(3203)7417
振替　東京 00160-3-100140

ISBN4-915471-97-7 C3098 ¥3800E